창룡검전

3

최현우 신무협 장편 소설

ORIENTAL FANTASY STORY & ADVENTURE

dream books
드림북스

창룡검전(蒼龍劍傳) **3** _ 금의환향(錦衣還鄉)

초판 1쇄 인쇄 / 2009년 3월 6일
초판 1쇄 발행 / 2009년 3월 16일

지은이 / 최현우

발행인 / 오영배
편집장 / 김경인
펴낸 곳 / (주)삼양출판사 · 드림북스

주소 / 서울특별시 강북구 미아8동 322-10호
대표 전화 / 02-980-2112~4 팩스 / 02-983-0660
편집부 전화 / 02-980-2116 팩스 / 02-983-8201
홈페이지 / www.sydreambooks.com

등록번호 / 제9-00046호
등록일자 / 1999년 3월 11일

ⓒ 최현우, 2009

값 8,000원

(주)삼양출판사 · 드림북스의 서면 허락 없이는 어떠한
형태나 수단으로도 이 책의 내용을 이용하지 못합니다.

ISBN 978-89-542-3107-7 04810
ISBN 978-89-542-3097-1 (세트)

* 지은이와 협의하에 인지는 생략합니다.
* 잘못된 책은 구입한 곳에서 바꾸어 드립니다.

금의환향(錦衣還鄉)

창룡검전

최현우 신무협 장편 소설

ORIENTAL FANTASY STORY & ADVENTURE

dream books
드림북스

목차

제1장 하늘이 원하는 것 ················ 007

제2장 필유검인(必有劍刃), 검에는 날이 있다 ···· 039

제3장 주강(珠江)의 밤 ················ 077

제4장 금의환향(錦衣還鄕) ·············· 125

제5장 북경에서 온 초청 ··············· 157

제6장 항주 여정 ········· 193

제7장 상두 조가장의 경우 ········· 225

제8장 일검(一劍) ········· 265

제9장 미래불시(未來不是) ········· 307

제1장
하늘이 원하는 것

 난화기루는 화려한 광주에서도 손꼽히는 명소다. 주강(珠江)의 아름다운 풍광과 좋은 음식, 향기로운 술, 그리고 고급스러우면서도 은은한 분위기. 사람들은 오늘도 난화기루를 가득 메운 채 즐거움을 찾아 북적이고 있었다.

 그러나 정작 운현에게는 난화기루에 흐르는 부드러운 음악도, 향기로운 미주(美酒)도 아무런 느낌을 주지 못하고 있었다. 다만 자신과 부총관과의 대화에 갑작스레 끼어든, 그리고 자신을 향해 분명한 적의(敵意)를 내비치고 있는 낯선 청년의 눈빛만이 눈에 들어올 뿐이었다.

 "오랜만이군, 부총관."

그 청년은 부총관에게 인사를 건네고 있었지만, 그 목소리는 다분히 형식적이었다. 그의 시선은 여전히 운현을 쏘아보고 있었기 때문이다. 부총관은 자리에서 일어나며 정중하게 인사를 했다.

"오랜만입니다. 호 도련님."

대화 중에 난데없이 끼어든 청년은 바로 이곳 광주에서 손꼽히는 문파인 호가장(胡家莊)의 셋째 아들 호연기였다.

그는, 인사를 건네는 부총관은 돌아보지도 않은 채 운현을 쏘아보고 있었다. 두 사람이 서로 처음 보는 것이 분명할 텐데도 운현을 향한 그의 시선은 적대감으로 가득 차 있었다.

"이자는 누군가?"

부총관은 일말의 불안감을 느끼면서도 정중하게 운현을 소개했다.

"아, 이 분은 저희 운가상단의……."

부총관의 소개가 채 끝나기도 전에, 호연기의 말이 튀어나왔다.

"그래? 그런데 대단히 무례한 사람이군. 인사도 하지 않고 말이야."

호연기의 말에 부총관은 눈살을 찌푸렸다. 무언가 일이 단단히 잘못되어 가고 있었다. 호연기는 부총관의 소개는 들으려고도 하지 않는다. 작정하고 시비를 걸겠다는 의도가 아닌 이상에야 어찌 이렇게 일이 진행된단 말인가?

"호연기 도련님. 무슨 일인지는 모르겠습니다만……."
"모르면……."
호연기는 부총관의 어깨에 손을 얹었다.
"잠자코 있게."
은연중에 내력을 운용하며 호연기가 손에 힘을 주어 내리누르자, 그 힘을 견디지 못한 부총관이 얼굴을 찌푸리며 자리에 무너지듯 주저앉는다.
"윽."
털썩.
"흠, 아무 말도 못하는 건 겁을 먹어서인가? 아니면, 내가 우습게보인다는 뜻인가?"
호연기는 운현을 똑바로 바라보며 빈정대는 듯한 말투로 말했다. 그의 손은 여전히 부총관의 어깨를 누르고 있고, 부총관은 고통스러운 듯 얼굴을 찌푸린 상태다.
그러나 정작 당사자인 운현은 전혀 영문 모를 일이다. 대체 난생 처음 보는 저 호연기라는 자가 왜 자신에게 저런 적의를 내보인단 말인가?
"저는 당신과 초면인 것 같습니다만."
운현이 조용히 말했다.
"그렇지. 나도 초면이야."
호연기가 비웃음을 머금은 채 답하자 운현이 그를 똑바로 바라보며 말한다.

"그런데…… 왜 이러는 거지?"

"호오. 그래도 성질은 있나 보군."

운현이 반말로 나오자 호연기는 피식 웃음을 흘렸다.

"별것 아니야. 그저 네 무례한 모습에 조금 화가 나서 말이지."

"무례?"

운현은 눈살을 찌푸렸다. 처음부터 시비를 걸어온 사람은 호연기가 아니었던가?

어쨌거나 지금 그에게 시시비비를 따지는 것이 의미가 없다는 것은 확실했다. 게다가 운현에게는 호연기의 의도를 파악하는 것보다 더 중요한 일이 있었다.

"먼저 그분을 놓아드려."

부총관을 누르고 있는 호연기의 손을 보며 운현이 말했다.

"그분? 아, 이 손 말인가?"

호연기는 씨익 웃으며 운현을 바라보았다. 그 순간, 부총관의 얼굴이 더욱 일그러지며 어깨가 아래로 내려간다.

"크윽."

부총관은 이를 악물었지만 신음소리가 새어 나오고 말았다. 호연기는 비웃음 가득한 얼굴로 운현에게 말했다.

"요청은 좀 더 정중해야지. 안 그래?"

덜컹.

운현은 자리에서 벌떡 일어섰다. 그리고 굳은 얼굴로 호연기에게 다가갔다.

"그 손을 놓아라."

비릿한 웃음을 떠올리며 호연기는 운현에게 말했다.

"놓아주지. 네가 고개를 숙이고 정중하게 사과를 한다면."

운현은 이를 악물었다. 치밀어 오르는 화를 진정시키려는 듯, 그렇게 잠시 서 있던 그는 성큼성큼 호연기에게 다가섰다. 그리고 호연기를 무시하고 직접 부총관의 어깨에 손을 뻗었다.

"어허!"

그 순간, 호연기의 손이 기묘하게 움직였다.

파박.

다가오는 운현의 손을 탁 쳐내고 호연기의 손은 다시 총관의 어깨에 얹힌다. 마치 아무 일도 없었던 듯이. 그것이 호연기의 원래 의도였다.

"어?"

탁.

운현의 손을 향해 기묘한 움직임으로 다가가던 호연기의 손이 오히려 튕겨났다.

자신의 손이 움직이는 궤적을 마치 미리 읽기라도 한 듯, 운현이 절묘한 위치에서 호연기의 손을 걷어낸 것이다. 덕분에 호연기는 그만 자신도 모르게 중심을 잃고 몇 발자국 뒤로 물러서고 말았다.

"괜찮으십니까? 부총관님."

그 사이, 부총관에게 다가선 운현은 그를 부축하며 일으키고 있었다. 부총관은 호연기에게 잡혔던 어깨가 고통스러운 듯 다른 손으로 어깨를 감싸 쥐었다.

"네 이놈!"

당황한 마음에 호연기는 운현을 향해 반사적으로 주먹을 날렸다.

퍼억.

그의 주먹은 정확히 운현의 얼굴을 강타했다. 거의 반사적으로 날린 터라 내력을 싣지는 않았지만 충분히 위력적인 주먹이었다. 운현의 고개가 홱 돌아가고 그의 몸이 휘청 흔들릴 정도로.

운현은 천천히 다시 고개를 돌렸다. 호연기의 주먹에 맞은 부위가 벌써 붉게 피멍이 들기 시작하고 있었다. 운현은 호연기를 똑바로 쳐다보며 말했다.

"이제 됐나?"

씁쓸한 기색을 감추지 않은 채 운현은 말했다. 그러나 그의 행동은 오히려 호연기의 화를 더 북돋을 뿐이었다.

"이놈이!"

호연기는 몸을 틀며 강하게 발을 내질렀다.

퍼억!

그의 발은 운현의 가슴팍에 정확히 명중했다.

"도련님!"

놀란 부총관이 운현을 불러보았지만, 이미 운현의 몸은 속절없이 뒤쪽으로 날아가고 있었다.
 쿠당탕.
 챙강.
 "꺄아악!"
 탁자가 뒤집어지고 음식 접시들이 부서져 나간다. 다른 탁자에 있던 손님들이 갑작스런 소란에 비명을 지르며 일어서고, 운현은 형편없는 모습으로 탁자들 사이에 나뒹굴고 있었다.
 "지금 누굴 놀리려 드는 거야!"
 호연기는 정말로 화가 났다. 지금도 하영령은 저 위층에서 휘장 사이로 이 광경을 지켜보고 있을 것이 분명했다. 상대의 비굴한 모습을 보여주겠다고 자신만만하게 나섰는데, 이러다가는 하영령의 눈앞에서 자신이 창피를 당하는 꼴이 되어 버리지 않겠는가?
 "이노옴!"
 호연기는 비틀비틀 일어서는 운현을 향해 몸을 날렸다. 내력이 담긴 그의 일권(一拳)이 운현을 향해 사정없이 날아가고 있었다.

 *　　*　　*

 "와! 역시 난화기루, 난화기루 하더니 정말 끝내주는데요!"

담소하의 난리법석에 진예림은 고개를 저었다. 담소하가 말 끝마다 기루에서 모여야 하네, 그 유명한 난화기루를 꼭 가봐야 하네 하더니 그의 관심이 그저 말만이 아니었던 것이다.

"이야! 이거 봐요, 이거. 이거 옥으로 만든 잔 아니에요?"

화려한 휘장으로 장식된 난화기루 2층의 한 방을 차지한 세 명의 사내들과 한 명의 여인은 묵묵히 자리에 앉아 있었다. 단 한 사람, 담소하만 제외하고서.

그는 난화기루에 들어설 때부터 고개를 두리번거리며 소란을 피우더니 방에 들어와서는 휘장을 만지작거리거나 각종 장식과 식탁을 살피며 계속 부산스럽게 굴었던 것이다.

"그건 옥이 아니라 청자라는 것이다."

묵묵히 앉아 있던 백운상이 담담한 목소리로 말했다.

"우왓! 청자! 이거 혹시 금보다 비싸다는 그 고려청자?"

"이 바보야!"

결국 진예림이 나섰다. 그녀는 날카로운 어조로 담소하에게 말했다.

"이런 기루에서 어떻게 그 귀한 고려청자를 쓰겠냐! 쓸데없는 소리 말고 좀 조용히 못해? 다 큰 놈이 어린아이처럼……. 뭐야, 그게?"

"치이. 누님은 정말 너무해. 저 이런 데 온 게 처음이란 말이에요."

구시렁대는 담소하에게 진예림은 눈을 부라리며 말했다.

"나도 처음이거든? 그리고 처음이든 아니든 좀 조용히 하란 말이야. 조용히!"

담소하는 진예림의 눈을 피해 고개를 돌리며 혼자 투덜거렸다.

"진짜 요즘 신경질적이라니까. 그러니까 노처녀 소리를 듣지……."

"뭐얏!"

"자, 자 이제 그만들 하고."

항장익이 정리에 나섰다. 그는 온화한 미소를 지으며 담소하와 진예림을 진정시켰다.

"이제 조금만 더 있으면 조 대인께서 오시니 다들 잠시만 더……."

와장창.

"꺄아악!"

휘장을 뚫고 들려온 비명소리에 그들의 표정이 일시에 변했다. 온화한 미소도, 투덜거리는 표정도 삽시간에 사라지고 그들은 눈을 빛내며 동시에 소리가 들려온 쪽으로 고개를 돌린다.

사락.

진예림은 조심스럽게 휘장을 젖혔다. 그리고 바깥의 분위기를 살폈다. 백운상도 항장익도, 그리고 담소하도 각기 다른 휘장을 조심스럽게 젖히며 바깥의 동정을 살핀다.

소란의 진원지는 아래층이었다. 진예림은 상황을 살피고는 살며시 안도의 한숨을 내쉬었다.

"에이, 별거 아니네요."

어느새 쾌활한 분위기로 되돌아온 담소하가 휘장 사이로 아래층을 내려다보며 말했다.

"손님들끼리 싸우는 모양인데요?"

다른 세 사람도 담소하의 말에 동의했다. 또한 이 소란은 그들이 신경 쓸 일이 아니라는 것에도 역시 공감했다. 손님들끼리 다툼이라면 자신들이 전혀 상관할 바가 아니다.

진예림은 다시 한 번 확인하는 의미에서 아래층의 상황을 살펴보았다.

그리고 문득, 그의 시야에 들어오는 한 사람의 모습에 눈살을 찌푸렸다. 그를 알아본 것은 진예림만이 아니어서, 담소하는 그의 모습을 발견하자마자 이렇게 말했다.

"어라? 또 저 남잔데요?"

백운상 역시 그를 알아본 듯, 흥미롭다는 표정으로 아래층을 살핀다. 그리고 진예림은 반쯤 짜증이 섞인 목소리로 중얼거렸다.

"또야?"

아래층에서 소란을 일으킨 사람들. 그 중의 하나가 바로 낮에 그들이 월수산에서 만났던 운현이었기 때문이다.

* * *

"크윽."

호연기의 발에 차여 멀리 나가떨어진 운현은 신음을 흘리며 일어섰다. 무엇인가 부딪혀 깨어지는 소리와 누군가의 놀란 비명소리가 들려왔지만 운현의 눈은 자신을 향해 짓쳐오는 호연기를 향해 있었다.

"이노옴!"

분노한 호연기의 눈빛과 그의 고함이 들려온다. 그리고 그가 운현을 향해 내지르려는 주먹이 운현의 눈에 들어온다. 보기에도 내력이 담긴 치명적인 일권(一拳). 아마도 저것에 제대로 맞았다간 몸이 성치 못할 것이다.

'후.'

어찌 보면 일촉즉발의 순간이다. 그러나 운현에게는 호연기의 모든 움직임이 너무나 느리고, 그리고 엉성해 보였다. 갓 들어온 신입 금의위들의 주먹도 저것보다는 빠르고 정교했었으니까. 그리고 동시에 든 생각은 너무나 덧없다는 느낌이었다.

'대체 왜……'

처음 보는 자신에게, 아무런 연고도 없는 자신에게 저런 살기를 뿜어내는 것은 도대체 무슨 이유일까? 무슨 연유로 자신에게 이런 잔인한 짓을 서슴지 않는 것일까?

운현은 자신도 모르게 웃음이 나왔다. 눈앞에서 호연기가

하늘이 원하는 것 19

살기를 번득이며 달려들고 있었는데도, 운현의 허탈감은 짙어져만 갔다.

'아니, 애초에 아무런 이유가 없는 것인지도.'

그렇다. 애초에 아무런 이유가 없는 것인지도 모른다. 싸움이란 사실은 별것 아닌 이유로, 어쩌면 아무것도 아닌 이유로 시작하는 것인지도 모른다.

그렇게 피를 흘리며 싸우던 영웅맹과 무림맹도, 사실은 처음부터 별것 아닌 이유로 싸운 것은 아니었을까? 그토록 많은 사람들이 죽어간 것도, 사실은 아무것도 아닌 이유로 애매한 피를 뿌려야만 했던 것은 아닐까?

피식.

운현은 자신도 모르게 웃음이 나왔다. 아무것도 아닌 이유가 수많은 사람의 목숨을 빼앗아 간다. 별것도 아닌 것을 위해 허다한 사람들이 피를 뿌렸다.

아무것도 아닌 자신을 위해 독고랑이 죽었다. 아무것도 아닌 자신을 위해, 아무것도 아닌 자신 때문에.

허탈한 운현의 웃음 끝에 묻어나온 것은 자기 자신에 대한 참을 수 없는 분노였다. 그 강렬한 분노가 순식간에 운현을 지배하기 시작했다.

"하아아!"

기합과 함께 호연기는 있는 힘을 다해 주먹을 날렸다. 비록 그가 대성하지는 못했다 해도, 호가장의 일절이라는 호가 삼연권(胡家 三連拳)이었다.

후웅.

그러나 호연기의 주먹은 헛되이 허공을 갈랐다. 운현의 얼굴을 겨냥한 그의 주먹을, 가벼운 동작만으로 운현이 피해냈기 때문이다.

"이놈!"

호연기는 분노로 소리쳤다. 그리고 분노에 찬 운현의 목소리가 똑같이 되돌아왔다.

"꼴불견이다!"

운현은 힘껏 소리 질렀다. 그는 일그러진 얼굴로 호연기와 똑같이 분노를 표출하고 있었다.

"고작 그것을 가지고 세상에 무서운 것이 없다는 듯 뽐내고 다녔다는 거냐!"

"닥쳐라!"

후웅.

호연기는 크게 발을 휘둘렀다. 본디 호가 삼연권(胡家 三連拳)의 묘미는 뒤를 이어 펼쳐지는 연격(連擊)의 매서움과 강력함에 있었지만, 지금의 호연기는 그 묘미를 살릴 만한 재주도 자제심도 가지고 있지 못했다. 호연기의 동작은 지나치게 크고, 지나치게 힘이 들어가 있었으며, 지나치게 알기 쉬웠다.

"고작 그것이었더냐!"

호연기의 공격이 또 한 번 허공을 가르자 운현의 외침이 다시 터져 나왔다.

"겨우 그것으로 자신이 대단한 사람이라고 생각했던 거냐!"

운현의 외침은 점점 격렬해지고 있었다. 숨 가쁘게 공격을 가하고 있는 것은 바로 호연기였는데, 분노가 극에 달한 것 역시 호연기였는데, 운현의 얼굴이 오히려 호연기보다 더 참담하게 일그러지고 있었다.

"닥치지 못하겠느냐!"

이제는 호가 삼연권도 뭐도 없었다. 호연기는 운현을 향해 몸을 날렸다. 그러나 운현은 그것을 피해낼 뿐만 아니라 오히려 호연기를 강하게 밀쳐내 버렸다.

콰당탕.

와장창.

호연기가 바닥을 구르며 탁자가 부서지고 접시들이 깨어져 나갔다. 그 호연기를 향해 운현은 외쳤다.

"고작 그것을 가지고!"

그의 외침은 마치 절규와도 같았다. 운현의 눈은 붉게 충혈되어 있었다.

"사람들을 구해낼 수 있다고 자만했던 거냐!"

운현의 말은 호연기를 향한 것이 아니었다. 운현이 소리치는 대상은 바로 자기 자신이었다. 호연기가 아니라 자기 자신에게, 운현은 분노하고 있었다. 호연기가 아니라 자기 자신에게, 운현은 소리치고 있었다. 운현은 피를 토하듯 절규했다.
"고작 그 따위를 가지고!"
 그러나 호연기는 그것을 알아차릴 수 없었다. 운현의 말이 어딘가 이상하다는 것을 눈치채기에 호연기는 너무 젊었고, 그리고 그의 분노와 혈기는 주체할 수 없을 정도로 끓어오르고 있었다.
"이 쓰레기 같은 놈!"
 마치 선언하듯 외친 운현의 한마디에 호연기의 이성은 분노로 완전히 날아가 버렸다.
"이노오옴!"
 호연기는 일어섰다. 그리고 서슴없이 검을 뽑아들었다.
 스릉.
"꺄아악!"
 검이 뽑히고 검날이 모습을 드러내자 다시 누군가의 비명이 들려왔다. 호연기가 드디어 진검(眞劍)을 빼어든 것이다. 이 정도면 이미 술자리의 다툼이 아니다. 검이 뽑힌 이상, 누군가의 피가 뿌려질 것이 분명했다.
"어디, 다시 한 번 말해봐라. 이놈."
 호연기는 광소를 지으며 말했다. 분노로 일그러진 그의 얼굴에 괴이한 미소가 걸린다. 그는 운현을 향해 천천히 한 발 한 발 다가왔다.
"왜? 목숨이 아깝게 되니 이제야 무서움을 알겠느냐?"

운현의 침묵을 호연기는 조롱했다. 그러나 운현은 대답하지 않았다.

시퍼런 호연기의 검날을 보고서도, 그는 그저 그대로 서 있었다. 참담하고 분노에 휩싸인 표정 그대로.

"네가 자초한 일이니 나를 원망하지 마라."

호연기는 괴이한 미소를 지은 채 그렇게 말했다. 이제 피를 보지 않고서는 도저히 이 상황을 멈출 수 없게 되었다. 호연기는 천천히 검을 들어올렸다.

탁탁탁.

"멈춰요!"

숨 가쁜 발소리와 함께 운현의 앞을 막아선 것은 전혀 뜻밖의 사람이었다. 호연기는 놀라움으로 눈을 크게 부릅떴다.

"이제 됐어요. 그만해요!"

화려한 비단옷에 세련된 장식을 걸친 미모의 여인. 거친 호흡으로 얼굴이 상기된 그녀는 하영령, 하청상단의 막내딸이자 골칫거리인 바로 그녀, 하영령이었다.

* * *

호연기가 처음 운현에게 시비를 걸기 시작할 때만 해도 하영령은 즐거운 듯 그 장면을 바라보고 있었다. 부총관의 어깨를 눌러 그를 주저앉힐 때에는 왠지 호연기가 남자답게 보이기도 했고, 운현의 얼굴에 한 방을 날렸을 때는 속이 다 시원해서 자신도 모르게 '그렇지!' 하고 중얼거리기도 했다.

그러나 그 흥분은 오래 지속되지 못했다. 운현이 얼굴을 맞고도 고개를 돌리며 말했던 '이제 됐나?'라는 바로 그 한마디 때문이었다.

그때 운현의 그 눈빛. 비록 운현은 자신을 보지 못하고 있었지만, 하영령은 마치 그 말이 자신을 향해 하는 말같이 느껴졌다. 그리고 불쾌했다. 그것도 아주 많이.

더 이상 소란이 즐겁지 않게 느껴지기 시작한 것은 바로 그때부터였다.

호연기의 발차기에 운현이 나뒹굴며 난장판이 되었어도 하영령은 더 이상 신나지가 않았다. 오히려 한없이 입맛이 씁쓸해지기 시작했다.

'칫.'

호연기가 운현에게 마치 농락이라도 당하듯 헛손질을 하고 있을 무렵에도 하영령의 씁쓸한 기분은 사라지지 않았다. 호연기가 그랬듯이 하영령도 같은 참담함을 느꼈다.

그러나 그녀에게 다행이었던 것은, 그녀는 호연기보다 한 발짝 더 물러서서 운현과 호연기 두 사람을 모두 바라볼 수 있었다는 사실이다.

그녀는 운현의 얼굴이 일그러지는 것을 보았다. 일방적으로 당하고 있는 사람은 오히려 호연기였는데도, 더 많이 괴로워

하고 더 많이 참담해하는 것은 바로 운현이라는 것을 그녀는 발견했다. 언제부터인가, 운현이 외치는 소리가 마치 고통에 절규하는 것처럼 느껴지기 시작했다.

그리고 어느 순간, 운현의 목소리는 호연기를 조롱하는 것이 아니라 바로 운현 자신을 조롱하고 있다는 사실을 불현듯 깨닫게 되었다.

지금 정말 상처받고 있는 사람은 호연기가 아니라 바로 운현이었다. 지금 정말 피를 흘리고 있는 사람은 호연기가 아니라 바로 운현이었다. 그것도 자기 스스로에게. 절규하는 운현의 얼굴은, 지금 당장이라도 울음을 터트릴 것처럼 보였다.

'아!'

그 순간, 그녀의 마음 한구석이 마치 찔린 듯이 아파왔다. 운현이 왜 저런 표정을 보이는지는 알 수 없었지만, 단 한 가지만은 확실히 알 수 있었다. 지금 그는 너무도 아파하고 있었다.

운현의 아픔이 마치 그녀 자신의 것인 듯 느껴졌던 그 순간, 하영령은 자신도 모르게 일어서고 있었다.

'안 돼!'

하영령은 속으로 그렇게 외치며 벌떡 일어섰다. 그리고 달렸다. 화려한 휘장 사이를 정신없이 달렸다. 손목과 옷에 매단 장신구들이 흔들리며 소리를 내었지만 상관하지 않았다.

계단을 꽉 메운 구경하는 사람들을 밀어젖히고 그녀는 달려 내려갔다. 그리고 앞뒤 살필 겨를도 없이 막아섰다. 바로 운현의 앞을.

"멈춰요!"

호연기의 두 눈이 크게 부릅떠지는 것을 하영령은 보았다. 그리고 그제서야 알아차렸다. 그의 손에 들린 검날이 서슬 푸르게 빛나고 있다는 것을. 하지만 하영령은 물러설 수 없었다.

"이제 됐어요. 그만해요!"

가쁜 숨을 몰아쉬며 하영령은 그렇게 말했다. 호연기에게, 그리고 운현에게.

"하, 하매."

호연기는 일그러진 얼굴로 낭패한 표정을 지었다. 지금 그의 앞을 가로막은 미모의 여인은 다름 아닌 하영령이었다. 호연기가 이런 일까지 벌이게 된 장본인. 이 모든 게 그녀에게 남자다운 모습을 보여주려고 하다가 생긴 일이 아닌가?

눈앞의 이 사내, 운현이라는 이 문사의 꼴불견을 보여줌으로써 말이다. 그런데 그 운현을, 지금 하영령이 가로막고 선 것이다.

그저 힘을 믿고 무작정 행패라도 부리는 사람처럼 되어버린 자신의 모습. 게다가 하영령은 본래 운현 같은 똑똑해 보이는 사람이 멋있다고 하지 않았는가?

가장 보여주고 싶지 않은 모습을, 가장 보여주고 싶지 않은 사람에게 보여주고 만 것이다.

그러나 호연기는 다시 이를 악물었다. 이제는 하영령에게 어떻게 보이는가의 문제가 아니다. 자신에게 이토록 큰 모욕을 준 자의 피를, 반드시 봐야 했다.

"비켜! 하매!"

"그러지 말아요! 호 오라버니, 이제 충분하잖아요."

하영령이 간곡하게 말했다. 그러나 하영령의 그 목소리는 오히려 호연기를 더욱 자극하고 말았다.

자신을 동정하고 있는 듯한 하영령의 눈빛과 목소리, 이제는 운현의 편이 되어버린 그녀. 호연기는 더 이상 아무것도 생각할 수 없었다.

"이, 이노옴."

하영령의 머리 뒤로 운현의 얼굴이 보였다. 하영령에게 이런 소리를 듣게 한 장본인의 얼굴이 바로 거기에 있었다. 저런 놈 때문에, 자신이 하영령에게 마치 동정이라도 받는 꼴이 되지 않았는가?

호연기는 절대 이렇게 끝낼 수는 없었다. 아직 운현의 비굴함을, 그리고 자신의 우월함을 보여줄 기회는 남아 있었다. 이제 딱 한 발자국이면, 그렇게 될 수 있었다.

"타아아!"

거친 기합소리와 함께 호연기는 운현에게 짓쳐 들어갔다. 하영령이 앞을 가로막고 있었지만, 호연기에게도 나름대로 생각은 있었다.

'이것은 위협일 뿐이다.'

정말 하영령을 베지는 않을 것이다. 바로 앞에서 검을 멈추면, 운현의 겁에 질린 모습을 보고 조롱할 수 있을 것이다. 자신이 보고 싶은 것은, 그저 저자의 벌벌 떠는 모습뿐이다. 호연기는 그렇게 생각했다. 아니, 그렇게 생각하고 있다고 스스로를 속였다.

풀썩.

불현듯 주저앉는 하영령을 본 순간, 호연기는 당연히 그럴 것이라 생각했던 것처럼 똑바로 운현을 향해 그대로 검을 내리그었다. 어쩌면 처음부터, 그의 검은 멈추는 것을 생각하지 않고 있었던 것인지도 몰랐다.

운현의 앞을 막아선 하영령은 자신이 떨고 있는 것을 분명히 알 수 있었다. 호연기의 검날은 서슬이 시퍼렇게 살아 있었고, 분노한 호연기는 언제라도 그 검을 휘두를 것처럼 보였다. 검날을 마주하는 것은 그녀의 생각보다 더 무섭고 공포스러운 일이었다.

그러나 피할 수는 없었다. 설마 호연기가 자신을 향해 검을 휘두를까 하는 생각도 있었다. 하지만 호연기가 소리를 지르며 짓쳐 들었을 때는 공포로 인해 손가락 하나도 까딱할 수 없었다. 피한다는 것은, 얼어붙은 그녀로서는 생각도 할 수 없는 일이었다.

그 순간, 그녀의 몸이 옆으로 거칠게 젖혀졌다. 뒤에서 누군가 자신을 밀쳐내고 있었다. 바로 그녀의 뒤에 서 있던 사람, 운현이었다.

'아.'

하영령은 넘어지면서도 운현을 쳐다보았다. 운현의 시선은 그녀를 보고 있지 않았다.

똑바로 앞을 향한 그의 시선은, 자신을 향해 덮쳐오는 시퍼런 검날을 향해 있었다. 여전히 일그러진 모습 그대로, 그러나 너무나 조용하게.

이제 곧이어 벌어질 참극에 하영령은 자신도 모르게 눈을 질끈 감았다.

카앙.

날카로운 한 줄기 쇳소리와 함께 호연기의 검이 가로막혔다. 그리고 뒤이어 터져 나온 묵직한 기합소리.

"하압!"

치이잉.

검은 호연기의 손을 벗어나 날아가고, 호연기는 손아귀를 찢을 듯한 충격에 뒤로 비척비척 물러났다.

"크윽."

검을 통해 전달된 상대의 내력은 흥분한 상태였던 호연기의 내부를 진탕시킬 정도로 강한 충격을 주었다. 본래 그 정도의 내력은 아니었으나 호연기가 이성을 잃을 정도로 흥분해 있었던 까닭이다.

"이게 무슨 짓인가!"

묵직한 고함 소리가 그 뒤를 이었다. 호연기가 고개를 들자, 처음 보는 강렬한 눈매를 가진 키 큰 사내가 검집 채로 검을 들고 서 있었다. 그는 바로 백운상이었다. 그가 자신의 검으로 호연기의 검을 막아낸 것이다.

"아가씨를 죽일 셈인가!"

그의 호통에 호연기는 문득 정신을 차렸다.

'아!'

운현의 발아래, 하영령이 쓰러지듯 주저앉아 있었다. 그녀는 새파랗게 질린 얼굴로 바들바들 떨며 호연기를 쳐다보고 있었다.

"아, 아니야! 나, 나는, 나는……."

호연기는 그제서야 하영령의 얼굴을 보았다. 공포로 질린 그녀의 얼굴, 그리고 내려쳤던 자신의 검. 누가 보아도 호연기가 하영령의 목숨을 도외시하고 검을 휘두른 그런 상황이었다.

갑작스런 상황 인식과, 검을 통해 전해졌던 강한 내력이 주는 충격으로 호연기는 혼란에 빠졌다. 그때였다.

"무슨 일이냐!"

커다란 고함소리와 함께 바깥에서 우루루 사람들이 들이닥쳤다.

"물러나라! 물러나!"

그들은 하나같이 무복을 차려입은 사내들이었다. 사람들을 헤치며 기루 안으로 들어온 그들은 눈앞에 펼쳐진 광경을 보고 흠칫 놀랐다.

"아니, 도련님!"

그들은 호가장의 사람들이었다. 난화기루에서 소란이 났다는 전갈에 급히 달려왔지만, 그것은 호가장이 난화기루의 보호를 책임지고 있었기 때문이다. 설마 호연기가 그 가운데 있을 줄은 예상치 못했던 것이다.

그들 중 두세 명이 급히 호연기를 부축하고, 나머지 사람들이 날카로운 표정으로 상황을 살핀다. 감히 누가 호연기에게 해를 가했는지 찾아내려는 것이다.

"누구냐! 누가 감히 도련님께……."

"멈추게!"

고급스런 비단옷을 차려입은 뚱뚱한 체격의 중년인이 앞으로 나섰다. 그의 모습을 발견한 하인들이 반색하며 그를 반긴다.

"지배인님!"

그는 사람들을 헤치고 앞으로 나오더니 호가장의 통솔자인 듯 보이는 한 사람에게 굳은 표정으로 말했다.

"내가 호가장에 일을 맡긴 것은 쓸데없는 일을 막아달라는 뜻이었지, 이런 소란을 일으켜 달라는 것이 아니었소!"

"무, 무슨……."

지배인은 하영령을 가리키며 말했다.

"호가장의 자제가 난화기루에서 이런 소란을 피우고 하청상단의 아가씨에게까지 검을 휘둘렀으니, 이 일을 어찌 책임질 셈이오!"

이제 막 나타난 것치고는 그는 비교적 소상히 전후 사정을 알고 있었다.

"내 호가장에 반드시 이 일의 책임을 물을 것이오!"

그의 한 마디에 호가장의 통솔자는 안색이 굳었다.

지금 바야흐로 광주에서 세를 뻗치는 무가(武家)는 세 군데나 있었다. 그들은 언제든지 큰 수입원을 제공하는 기루를 원했고, 난화기루 같은 곳이라면 어느 무가라도 두 손 벌려 환영할 터였다.

때문에 호가장으로서도 난화기루 같은 큰 수입원을 함부로 대할 수는 없었다. 그들이 이토록 빠르게 달려온 것도 바로 난화기루의 일이었기 때문이다. 그런데 정작 소란을 일으킨 사람이 호가장의 셋째 자제라 하니, 그들의 안색이 굳은 것도 무리는 아니다.

"우리 도련님께서 그러셨을 리가 없소."

호가장의 통솔자는 애써 부인해 보았다. 하지만 지배인은 코웃음을 쳤다.

"여기에 있는 광주의 귀인들께서 모두 보신 일이오. 그런데도 호가장이 발뺌을 할 셈이오?"

지배인은 강하게 나갔다. 그로서도 이번 일은 좋은 기회였다. 평소 기세등등한 호가장의 기를 꺾고 지출을 조금이라도 줄이기 위한 광주 상인의 정신이 여지없이 발휘된 것이다.

"도련님, 괜찮으십니까?"

호연기는 아직도 제대로 정신을 차리지 못하고 있었다.

"어서들 썩 나가시오!"

지배인의 호통에 호가장의 사람들은 입술을 깨물었지만, 정작 당사자인 호연기가 무어라 항변을 못하고 있으니 어쩔 도리가 없었다.

그들은 급히 호연기를 부축하고 기루를 나갔다. 싸움이 끝나자 구경하던 손님들도 자리로 돌아가고, 지배인은 열심히 손님들에게 고개를 숙이며 사과를 하고 있었다.

"여러분! 난화기루에서 이런 소란을 겪게 해드려 정말로 죄송합니다. 저희 기루에서는 여러분께 사죄드리는 의미로 특별히 오늘 하루에 한하여……."

지배인의 목소리를 뒤로하고, 뒤에 서 있던 백운상이 조용히 운현에게 묻는다.

"그대로 그의 검을 맞을 생각이었소?"

운현은 쓴웃음을 지었다.

"당신의 검이 뻗어오고 있다는 것을 알았습니다."

백운상의 눈에 이채가 돌았다. 운현의 말은 자신의 물음에 대한 대답이 될 수 없었다. 자신이 검을 뽑은 것은 분명히 호연기의 검이 운현의 머리 위로 떨어지던 그 순간이었다. 만일 그가 운현을 구하지 않았다면 어떻게 할 작정이었다는 것일까?

'설마 그 찰나 간에 피할 자신이 있었다는 것인가? 아니면……'

아니면 그대로 검을 맞아도 상관없다는 뜻이었을까?

'그대로 죽을 작정이었나?'

그것은 운현 본인 외에는 아무도 알 수 없으리라.

"그대의 이름은?"

백운상은 물었다.

"운현입니다."

"나는 백운상이오."

그 말을 끝으로 백운상은 몸을 돌려 계단으로 올라갔다. 고맙다는 운현의 인사도 없었고, 백운상 역시 인사를 바라지도 않았다.

"또 보네요?"

백운상 다음으로 운현에게 말을 건 것은 운현도 이미 알고 있는 여인이었다.

마차에서 한 번, 그리고 월수산에서 한 번. 하지만 운현은 대답하지 않았다. 그리고 상대도 운현의 대답을 기대하지는 않았던 듯, 바로 말을 이었다.

"풀어야 할 문제가 있다면 빨리 푸는 게 좋아요."

진예림은 바닥에 주저앉아 있는 하영령을 보며 살짝 눈살을 찌푸렸다. 본래 운현이 처음 호연기에게 얻어맞을 때부터 '또

내가 나가야 하나?' 하고 갈등했던 진예림이다. '좀 더 지켜보자'는 백운상의 말이 아니었으면, 그녀 성격에 아예 처음부터 나섰을지도 모른다.

호연기가 검을 빼들었을 때에는 그녀도 위험하다고 생각했다. 그래서 아래층 계단으로 몸을 날렸는데, 중간에 자신을 밀치고 먼저 튀어나가는 여인이 있었다. 그녀가 바로 지금 주저앉아 있는 하영령이다. 그리고 진예림은 어떻게 된 일인지 단박에 알아차렸다.

'삼각관계군.'

삼각관계였다. 여자 하나에 남자 둘. 그리고 이런 경우 여자는 때리는 쪽이 아니라 항상 얻어맞는 편에게 마음이 기운다. 정말 전형적인 삼각관계의 뻔한 구도였다. 그래서 진예림은 운현에게 충고한 것이다. '여자 문제는 걷잡을 수 없이 커지기 전에 빨리 풀어두는 게 좋다'라고.

"문제는 그냥 놔둔다고 사라지는 게 아니니까."

진예림은 돌아서며 한 마디를 더 던지고 미련 없이 2층으로 올라가는 계단으로 향했다. 그리고 운현은, 아무 말도 하지 않은 채 조용히 부총관을 부축했다.

"부총관님, 괜찮습니까?"

"저, 저는 괜찮습니다만……."

운현은 부총관을 일으키고는 그를 부축하고 천천히 걸어 나왔다. 그리고 아직도 주저앉아 있는 하영령을 지나치며, 그녀를 쳐다보지도 않은 채로 이렇게 말했다.

"고맙다는 말은, 하지 않겠습니다."

호연기가 하영령을 하매라고 부르는 순간 운현은 모든 것을 알아차렸다. 운현에게 의외였던 것은 왜 그녀가 자신의 앞을 막아섰는가 하는 것이었지만, 지금은 생각하고 싶지 않았.

그녀를 밀쳐낸 것으로 그녀에게 할 도리는 다 한 셈이었다. 그렇게 한 마디를 던진 후, 운현은 그대로 부총관과 함께 난화기루를 나섰다.

그리고 홀로 남은 하영령은, 그만 왈칵 쏟아질 것 같은 울음을 참느라 입술을 깨물어야 했다. 운현의 목소리를 듣는 순간 갑자기 너무나 마음이 아파왔기 때문이다.

하영령은 떠나는 운현의 뒷모습에서 눈을 떼지 못했다. 잠시 후 호들갑을 떨며 달려온 하녀의 부축을 받으며, 하영령은 그렇게 하청상단으로 돌아갔다.

이렇게 그날 난화기루에서 있었던 일은, 하영령 때문에 두 사람이 기루에서 칼부림까지 했다는 소문으로 부풀려져 한동안 광주 시내를 떠돌아 다녔다.

* * *

"부총관님."

광주의 화려한 불빛을 따라 걸으며 운현은 어깨를 맞댄 부총관에게 그렇게 물었다.

"지켜야 할 소중한 것을 지키지 못한 사람도, 살아갈 수 있을까요?"

"그렇습니다. 도련님."

운현에게 어깨를 기대어 부축을 받고 있는 부총관이 말했다. 언제나처럼 딱딱한 말투였지만 그 말씨에서 느껴지는 따뜻함은 그 빛이 바래지 않고 그대로 전해졌다.

"자신의 어리석음과 자만 때문에 소중한 사람을 잃어버린 사람도……."

운현의 뺨에 눈물이 흘렀다.

"용서받을 수 있을까요?"

운현의 말을 통해 흘러나오는 그의 절절한 마음이, 부총관의 마음에도 그대로 전해졌다.

"그렇습니다, 도련님."

어느덧 부총관의 뺨에도 눈물이 흐르기 시작했다.

"하늘이 바라는 것은……."

부총관은 말했다.

"용서니까요."

화려한 광주의 불빛 아래, 두 사람은 그렇게 온기를 나누며 천천히 걷고 있었다.

제2장
필유검 인(必有劍刃),
검에는 날이 있다

 운현과 함께 운가상단에 돌아온 부총관은, 입구에 도착하자 운현의 부축을 뿌리치고 억지로 허리를 꼿꼿이 세웠다.
 분명히 무리를 하고 있는 것이 보이는데도 불구하고, 부총관은 '침상을 찾아 들어가는 것 정도는 혼자서도 할 수 있다'며 운현의 도움을 고사했다.
 부총관 나름대로의 자존심일 것이라 생각한 운현은 그렇게 입구에서 부총관과 작별을 하고 자신의 숙소로 돌아왔다. 그리고 불을 켜지도 않은 채 그대로 침상에 털썩 주저앉았다. 물론 옷도 갈아입지 않은 채였다.
 "후우."

긴 한숨과 함께, 운현은 한 팔을 이마 위로 올리며 그대로 뒤로 드러누웠다.

풀썩.

피곤했다. 자신의 안에 있던 분노와 슬픔을 모두 토해냈기 때문일까? 아니면 그대로 모든 것을 포기했기 때문일까? 마치 하루 종일 중노동이라도 한 사람처럼 온몸이 피곤했다.

하지만 반대로 마음은 텅 빈 것처럼 헛헛하기만 했다. 이런 저런 생각들이 마치 먼지처럼 텅 빈 마음속을 떠돈다. 그러나 그 중에서도 결코 떠나지 않는 생각이 하나 있었다.

'마주 본다……인가?'

부총관은 분명히 말했다. 어떤 어려움이라도 마주 볼 용기가 있다면 반드시 극복할 수 있다고, 그리고 용서와 화해, 회복이라는 것도 있다고.

조용히 부총관의 말을 떠올리던 운현은 문득 자조적인 웃음을 흘렸다. 난화기루에서 만났던 한 아가씨의 음성이 난데없이 생각난 탓이다.

"후후."

"풀어야 할 문제가 있다면 빨리 푸는 게 좋아요. 문제는 그냥 놔둔다고 사라지는 게 아니니까."

운현의 사정을 알고 한 말은 아닐 것이다. 그러나 그녀의 말은 전적으로 옳았다. 지금까지 운현의 행동은 문제를 외면하는 것이었다. 겉으로는 예전의 모습을 회복하고 성실하게 삶에 임하는 것처럼 보였지만 그것은 분명히 도피였다. 자신이 직시해야 할 문제를 외면하기 위한 도피.

"직시라……."

운현은 한 팔로 이마를 덮은 채 중얼거렸다. 팔 너머로 보이는 것은 어둠 가운데 흐릿하게 드러난 숙소의 천장이다.

'똑바로 바라보라고 해도, 무엇을 해야 하지?'

천천히 잠이 몰려오고 있었다. 잘 생각은 전혀 없었고 실제로도 전혀 졸리지 않다고 생각했지만, 누워 있는 몸은 자신도 모르게 서서히 잠에 빠져들기 시작하고 있었다.

'아, 그렇지.'

운현에게 문득 한 가지 생각이 떠올랐다. 어느새 눈을 감고 있다는 것도 운현은 깨닫지 못했다.

'오늘만은…….'

수마(睡魔)에 조용히 잠겨들기 시작하면서, 운현은 점점 흐릿해져가는 의식으로 생각했다.

'제대로…….'

그것은 언제나 자신을 깨우는 악몽, 그 속에 보이는 독고랑의 피에 젖은 눈동자였다. 그 눈동자와 함께 항상 운현의 악몽은 끝이 났다.

그 눈을 마주볼 용기조차 없었기 때문일까? 도망치는 것처럼, 외면하는 것처럼, 항상 그렇게 꿈은 끝이 났고 운현은 땀

범벅이 된 침상 속에서 깨어나곤 했다.

'용서를…….'

그래도 오늘만은, 그 눈동자를 마주 보며 용서를 빌어야겠다고, 도망가지 말고 그래야겠다고 운현은 생각했다. 그리고 그 생각을 끝으로 운현의 의식은 천천히 잠에 빠져 들어갔다.

'아, 이건 꿈이구나.'

아주 익숙한 장소에 서 있는 자신을 발견하고, 운현이 처음 떠올린 생각은 이것이 꿈이라는 자각이었다. 정말 이상한 일이었지만, 운현은 자신이 꿈을 꾸고 있다는 것을 분명하게 알 수 있었다.

그것은 참으로 이상한 경험이었다. 보통은 꿈을 자각하더라도 그저 단편적인 의식에 지나지 않을 뿐인데, 지금은 의식이 생생하게 깨어 있었다.

게다가 꿈인데도 꿈인 것 같지 않은 현실감. 그야말로 비몽사몽(非夢似夢)이라는 표현이 정확히 어울릴 정도였다. 마치 자신이 깨어 있는 것은 아닐까 하는 의심이 들 정도로 말이다.

하지만 그럼에도 불구하고 이것이 꿈이라는 것만은 분명히 확신할 수 있었다. 왜냐하면 이제는 결코 돌아올 수 없는, 지나간 그 때의 한 장면 가운데 운현이 서 있었기 때문이다.

띠링—

부드러운 바람에 전각 처마에 매달린 풍경이 부드럽게 소리를 낸다. 황금빛 이중 지붕과 붉은 담으로 둘러싸인 거대한 황궁의 뒤편, 그 한구석에서 운현은 목검을 들고 서 있었다.

흩뿌리는 낙엽은 없어도 부드러운 바람과 높은 푸른 하늘이 가을이라는 것을 실감케 하는 어느 맑은 날의 오후. 운현은 아무런 근심도 없이 단지 자신과 목검에만 집중하고 있었다. 그리고 바로 곁에는 부드러운 눈빛으로 자신을 지켜보는 의형, 금군교두 일충현이 서 있었다.

'그래. 어쩌면 이때가 가장 행복했었는지도…….'

운현은 문득 생각했다. 순수하게 검에 몰두하던 자신과 그런 자신을 지켜봐 주는 사람들이 곁에 있었다. 그때는 참으로 지루하고 답답한 날들이었지만 어쩌면 가장 행복했던 순간인지도 모른다. 어쩌면 그저 지금은 추억이 되어 아름답게 채색된 것에 불과할지도 모르지만.

스륵.

운현이 생각에 잠긴 사이, 꿈속의 자신이 천천히 움직이기 시작하고 있었다. 무엇을 하고 있는지는 벌써 알고 있었다.

바로 백호 수련검(白虎修練劍) 십이식(十二式)이다. 너무나 익숙한 검로를 따라 어느새 운현의 목검은 물 흐르듯 흐르고 있었다.

스스로를 바깥에서 바라보던 운현의 의식은, 어느새 자신과 하나가 되어 백호 수련검식을 펼쳐내고 있었다. 꿈속의 자신이 꿈꾸는 자신이 되고, 꿈속에서 펼쳐지던 백호검은 꿈꾸는 자신이 펼치는 백호검이 되었다. 너무나도 그리운, 너무나도 익숙한 검로가 물 흐르듯 자신에게서 흘러나오고 있었다.

그랬다. 비록 초라한 목검에 불과하지만, 그것을 들고 수련을 하는 이 시간에는 자신의 모든 것을 잊을 수 있었다. 답답한 현실도, 볼품없는 한직 학사의 모습도 그곳에는 없었다. 다만 있는 것은 한 자루의 목검이 유려하게 그려내는 아름다운 검로뿐. 세상도, 나도 잊었다.

후욱.

백호 수련검식의 마지막 십이식이 끝나는 순간, 갑자기 모든 것이 바뀌어 버렸다. 손안의 목검도 간데없고 황금빛 이중 지붕도, 높다란 붉은 담도 사라졌다. 마치 오래전부터 그랬던 것처럼, 운현이 서 있는 곳은 별이 가득한 북해의 밤하늘 아래였다.

철썩 철썩.

귓가에 들리는 파도소리. 코끝에 느껴지는 물내음. 차가운 한밤의 공기가 얼굴을 스치고, 바다같이 거대한 호수는 밤하늘 아래 조용히 드러누워 숨 쉬듯 파도소리를 내고 있었다. 고개를 들어 올려다본 하늘은 마치 쏟아질 듯 별이 가득했다.

따라랑.

문득 한 자락의 비파 소리가 운현을 일깨웠다. 운현은 고개를 돌렸다. 그리고 그녀의 모습을 발견했다.

푸른 달빛이 떨어지는 단아한 눈썹, 오똑한 콧날 아래 자리한 붉은 입술을 가진 미녀가 품에 비파를 안고 있었다. 꿈결인 양 부드럽게 움직이는 그녀의 길고 하얀 손가락 끝에서 은빛의 가조각(假爪角)이 달빛을 받아 반짝인다.

'소궁주······.'

그녀는 바로 북해의 소궁주였다. 눈을 감고 비파를 연주하던 그녀가 천천히 눈을 뜨고 고개를 들었다. 그녀의 반짝이는 검은 눈동자가 똑바로 운현을 향한다. 그리고 붉은 입술이 달싹이며 그녀의 목소리가 흘러나왔다.

"기억하고 있나요?"

그녀의 얼굴은 미소 짓지 않았다. 그녀의 눈은 부드럽지도, 따스하지도 않았다. 마치 얼음으로 된 사람처럼, 소궁주에게서는 차가운 한기(寒氣)가 흘러나오고 있었다. 그것도 아주 지독한 한기가.

"아직도······, 기억하고 있나요?"

운현은 대답하고 싶었다. 그렇다고, 잊을 리가 없지 않냐고, 대답하고 싶었다. 그러나 운현의 목소리는 나오지 않았다. 아니, 그대로 얼어붙은 것처럼 아무것도 할 수 없었다.

그런 운현을 향해 소궁주의 한기는 더더욱 짙어져 갔다. 별이 빛나던 밤하늘은 어느새 사라지고, 거대한 북해도 자취를 감춘 채, 오직 회색만이 가득한 풍경 속에서 소궁주는 운현을 향해 조용한 목소리로 말했다.

"나를, 내 이름을······ 아직도 기억하고 있나요?"

움직이지 않았다. 손도, 발도 꼼짝하지 않았다. 마치 무언가가 자신을 온통 묶어버린 것처럼 끔찍한 무력감이 몰려오기 시작했다. 운현의 시선은 오직 소궁주를 향해 있었는데, 냉막한 표정으로 자신을 바라보는 소궁주의 모습이 그토록 처연하게 느껴질 수가 없었다.

'아니에요! 그렇지 않습니다!'

이것이 꿈이라는 것도 잊었다. 바로 눈앞에 그녀가 있지만, 자신은 아무것도 하지 못한다. 끔찍한 무력감. 그리고 그 무력감은 자연스럽게 한 가지 사건을 떠올리게 했다. 그리고 바로 그 순간, 운현은 가장 피하고 싶었던 그 순간의 한가운데로 던져지듯 놓이게 되었다.

훅.

모든 것이 사라지고, 피로 물든 독고랑이 바로 눈앞에서 자신을 내려다보고 있었다. 그의 검은 눈동자가 흔들림 없이 똑바로 운현을 향하고 있었다.

"독고랑!"

운현은 외쳤다. 그러나 자신의 목소리는 소리가 되어 나오지 않았다. 그때 그날처럼, 자신은 아무것도 할 수 없었다. 소리를 내는 것도, 고개를 돌려 독고랑의 시선을 피하는 것조차도.

이것이 꿈이라는 것을 운현이 미처 되새기기도 전에, 자신을 내려다보는 독고랑의 검은 눈동자가 붉게 물들기 시작했다. 순식간에 독고랑의 눈동자를 붉게 물들인 그 피는 어느새 피눈물이 되어 독고랑의 눈가에 맺히기 시작했다. 그리고 그 피눈물은 무방비 상태의 운현을 향해 똑바로 떨어져 내린다.

똑.

자신을 향해 떨어져 내리는 선명하고 붉은 핏방울. 반사적으로 눈을 감으려 하는 자신에게, 운현은 이를 악물며 소리치듯 말했다.

'안 돼!'

자신의 악몽은 언제나 여기까지였다. 그리고 운현이 깨어나는 것도 언제나 이 순간이었다. 그러나 오늘만은 이대로 끝내서는 안 된다. 그리고 오늘만은, 여기서 꿈이 끝나지도 않았다.

틱.

핏방울은 운현의 뺨에 떨어졌다. 차가운 감촉을 느끼면서 운현은 똑바로 독고랑의 모습을 바라보았다. 눈을 감지도 않았다.

고개를 돌리지도 않았다. 자신을 내려다보는 독고랑의 눈을 운현은 직시했다. 그리고 발견했다. 자신을 내려다보는 독고랑의 눈이 부드럽게 미소 짓고 있다는 것을.

"이제."

독고랑의 입이 열리며 더없이 부드러운 목소리가 흘러나왔다.

"가셔야 할 시간입니다. 운 대인."

밤하늘 가득한 파란 달빛 아래, 독고랑은 미소 짓는 얼굴로 그렇게 말했다. 마치 찻잔을 앞에 두고 서로 한담(閑談)을 하듯 그렇게 조용하게.

 운현은 눈을 떴다. 새벽의 희미한 어스름 사이로 익숙한 모습들이 눈에 들어온다. 자신이 옷도 갈아입지 않은 채, 어제 누웠던 그 모습 그대로 침상에 누워있다는 것을 알아차리는 것은 금방이었다.
 지금도 여전히 그의 발은 침상 바깥으로 나와 있었다. 그러나 운현은 옷을 갈아입거나 자세를 바로 하는 대신 그대로 다시 눈을 감았다.
 '아아!'
 그랬다. 푸른 달빛이 가득한 밤하늘 아래, 독고랑은 운현을 두 손에 안아들고 그렇게 웃고 있었다. 자신을 그 피 웅덩이 속에 버려두고 떠난 운현을 향해, 독고랑은 웃고 있었다.
 주륵.
 운현의 감은 두 눈에 뜨거운 것이 느껴졌다. 그것은 곧 운현의 뺨을 타고 흘러내려 침상을 적셨지만 운현은 상관하지 않았다. 마지막까지 자신을 향해 보여준 독고랑의 미소. 그 마음이 뜨거운 눈물이 되어 운현의 마음을 적시고 있었다.
 그랬다. 독고랑은 분명히 미소 짓고 있었다. 운현이 용서를 빌기 이전에 그는 벌써 운현을 용서하고 있었던 것이다. 처음부터, 이미.

눈물은 운현의 뺨을 타고 계속 흘러내리고 있었다. 운현의 두 눈이 마치 샘이라도 된 것처럼 흐르는 눈물은 멈출 줄을 몰랐다.

* * *

소림사의 경내는 참배객들이 피어올린 향내로 가득했다. 천하에 이름난 사찰이니만큼, 모여드는 참배객들 또한 적지 않은 것은 당연했다.

그러나 소림사의 방장 태허선사와 무승들이 항주 무림맹에서 쫓겨나듯 피해온 것이 바로 얼마 전 일이다. 그럼에도 불구하고, 소림사는 마치 아무 일도 없었다는 듯 오늘도 여전히 각양각색의 사람들로 북적이고 있었다.

"과연 소림사로군요."

소림사의 경내에는 어울리지 않는, 도사 차림을 한 젊은 청년이 탄복하듯 나지막하게 말했다. 그리고 그 옆에 서 있던, 역시 도사 차림의 또 다른 청년이 조용히 씁쓸한 미소를 지으며 대답한다.

"과연 소림사니까."

슬쩍 비꼬는 듯한 투로 말한 그 청년은 담담한 표정으로 자신들을 향해 흘끔거리는 참배객들의 흥미 가득한 시선을 받아 넘기고 있었다.

반면에 옆에 선 다른 청년은 지금도 연방 주위를 두리번거리며 말로만 듣던 소림사의 모습을 눈에 담느라 여념이 없다.

"사제는 소림사가 처음이었지?"

그 물음에 젊은 도사 차림의 청년이 그제서야 정신을 차린 듯, 쑥쓰러운 표정으로 대답한다.

"네, 대사형. 사실은…… 화산에서 이렇게 멀리 나온 적은 처음입니다. 아직 항주의 무림맹조차 한 번도 가보지 못하……."

대답하던 도사 차림의 젊은 청년은 문득 입을 다물었다. 자신이 입 밖에 내어서는 안 될 단어를 말했다는 것을 깨달은 탓이다.

"죄, 죄송합니다. 대사형."

당혹스러운 표정으로 사과하는 그에게, 대사형이라 불린 도사 차림의 청년, 매화검 영호준이 미소를 잃지 않은 채 말한다.

"괜찮다. 나야 뭐 그런 것에 별로 신경 쓰지 않으니까."

매화검 영호준은 향내 자욱한 소림사의 경내를 담담한 표정으로 쳐다보며 말했다.

"한두 번 질 때도 있는 것이지. 그런 것에 일일이 신경 쓰면서 어떻게 이 세상을 살겠느냐? 사람이건, 문파건 말이다."

그의 말은 당연했지만, 다른 사람들은 그렇지 못했다. 특히 그들이 속한 화산파에서는 더욱 말이다.

"죄, 죄송합니다."

매화검 영호준을 대사형이라 부른 젊은 청년, 진하성은 다시 한 번 사과했다. 사실 상대가 대사형이었으니 망정이지, 다른 사형들이나 사숙들이었다면 제대로 치도곤을 당할 만한 상황이었다.

무림맹. 그것은 화산에서는 절대 입 밖에 내지 말아야 할 단어였다. 물론 언제나 그랬던 것은 아니다.

이전까지만 해도 그 단어는 화산의 위세를 나타내주는 또 하나의 자랑스러운 이름이었다. 사람들이 항주 혈사라 부르는 바로 그 일이 있기 전까지만 해도 말이다.

그러나 얼마 전의 치욕스러운 패배 이후 그 단어는 금기시 되었다. 그것은 화산의 치부를 나타내는 단어이자 아직도 아물지 않은, 아니 오히려 더 커지고 있는 상처를 직접적으로 건드리는 단어가 되었기 때문이다. '무림맹'이라는 단어는 적어도 화산에서는 이제 아무도 입 밖에 내지 않는 말이었다.

"그런데, 언제까지 우리를 이렇게 기다리게 할 셈일까요?"

그는 화제를 바꾸려는 듯 영호준에게 물었다. 그들이 서 있는 곳은 소림사의 정문을 겨우 지난 경내 한쪽 구석이었다. 손님을, 그것도 화산에서 온 손님을 대하는 태도로서는 결례라 아니할 수 없었다.

"글쎄다. 갑자기 찾아온 우리 잘못도 있으니 어쩔 수 없지. 게다가……"

대답하던 영호준은 조용히 목소리를 낮추었다.

"이곳이라고 우리와 다르겠느냐?"

"아."

그 한마디에 모든 상황이 설명이 되었다. 비록 아무 일도 없었던 양 참배객들이 출입한다 해도, 실제 일어났던 일이 사라지는 것은 아니다. 겉으로 보기에는 멀쩡해 보이지만, 이곳 소림 역시 화산과 같은 어려움을 겪고 있는 것이다. 진하성은 고개를 끄덕였다.

"그렇군요."

그는 자신의 생각이 짧았던 것을 자책했다. 그렇게 생각해 보면 자신들을 경내에 들어오도록 한 것만으로도 충분히 예의를 차린 것이다. 산문 밖에 세워놓지 않은 것이 어디인가?

"죄송합니다. 제가 생각이 짧았습니다."

그의 사과에 영호준의 입가에 미소가 짙어진다.

"그렇게 일일이 사과할 필요는 없어. 그보다……."

그는 자신들을 향해 다가오는 승복 차림의 젊은 청년을 보며 말했다.

"이제 기다리는 것은 끝난 듯하구나."

대사형의 말에 진하성도 고개를 돌렸다. 그리고 자신을 향해 걸어오는 승복 차림의 젊은 청년을 보았다. 그의 단정한 걸음걸이와 눈매에서는 승복으로도 미처 숨길 수 없는 강한 기세가 확연히 배어 나오고 있었다.

'저 사람이 바로…….'

진하성은 자신도 모르게 긴장되는 몸을 느꼈다. 다가오는 그의 기세에 본능적으로 반응하고 있는 것이다. 그러나 대사형인 영호준은 여전히 여유로운 미소를 머금은 채다.

"기다리게 해드려 죄송합니다. 저는 혜천이라 합니다."

가까이 다가온 승복 차림의 청년은 두 사람을 향해 정중히 한 손으로 합장하며 예를 표했다. 영호준 역시 정중하게 예를 표하며 말했다.

"화산의 영호준입니다. 그리고 이쪽은 제 사제입니다."

영호준의 소개에 진하성 역시 정중하게 예를 표했다.

"화산의 진하성입니다."

두 사람의 소개에 자신을 혜천(惠天)이라 소개한 승려는 고개를 끄덕이며 말했다.

"일단 자리를 옮기시지요."

이미 지나다니는 참배객들의 시선이 충분히 껄끄러웠던 그들이다. 영호준은 고개를 끄덕였다.

세 사람이 자리를 옮긴 곳은 소림사의 경내에서도 한참 외진 곳이었다.

참배객들의 모습이 보이지 않는 것은 물론, 소림사의 다른 전각들마저 나무들에 가려 보이지 않을 정도로 외진 곳에 작은 정자가 하나 서 있었다. 깔끔하게 정돈되어 있었지만 인적은 드문 것이 분명해 보이는 이곳에 세 사람이 자리를 잡고 앉았다.

"좋은 곳이군요."

스치는 바람과 은은한 새소리를 음미하듯 영호준이 말했다. 그러나 승복 차림의 젊은 청년은 정중하게 예를 표하며 사과했다.

"이런 곳에 모시게 되어 죄송합니다."

그는 단정한 모습으로 말했다.

"허나 지금은 분위기가 그다지 좋지 아니합니다. 아니……."

혜천은 영호준의 눈을 똑바로 바라보며 말했다.

"솔직히 말씀드리면, 두 분의 방문은 아무도 환영하고 있지 않습니다."

"잘 알고 있습니다."

영호준은 미소를 잃지 않았다.

"아마 제가 소림의 다른 높은 분들을 만나고자 했다면 산문을 들어서지도 못했겠지요. 그렇지 않습니까?"

능청스러운 영호준의 말에 혜천은 작게 한숨을 내쉬었다. 짐짓 거북한 분위기를 조성해서 상대를 내치려고 한 자신의 의도가 성공하지 못할 것을 직감한 탓이기도 하고, 상대가 이미 모든 것을 파악하고 온 것이 분명한 탓이기도 하다.

"사실, 그렇습니다."

그는 잠시 사이를 두고 말했다.

"소림의 제자들은 물론, 강호의 무인이라면 누구를 막론하고 산문 출입을 금하고 있습니다. 평소대로 일반 외부 참배객의 방문을 허용하고는 있습니다만, 지금 당장 산문을 폐쇄한다고 해도 이상할 것이 없을 정도입니다."

그만큼 소림의 분위기가 좋지 못하다는 뜻이다. 그리고 그 원인이라면, 영호준이나 진하성도 이미 짐작하고 있는 바일 터였다. 하지만 영호준의 입에서 나온 말은 진하성조차 깜짝 놀라게 했다.

"태허선사께서 크게 다치셨기 때문인가요?"

대사형의 말에 귀를 기울이고 있던 진하성은 눈을 크게 떴다. 태허선사라면 소림의 방장이다. 그가 크게 다쳤다는 소식은 진하성에게는 처음 듣는 소리였다. 혜천은 담담한 목소리로 답했다.

"그런 일은 없습니다. 적어도…… 공식적으로는 말입니다."

그의 대답에 영호준은 씁쓸하게 미소 지었다.

"역시 사실이었군요."

"소문이 돌고 있습니까?"

혜천의 물음에 영호준은 고개를 저었다.

"아닙니다. 그저, 제 추측이었습니다."

혜천의 눈빛이 이채를 띠었다. 태허선사가 크게 다쳤다는 것은 소림에서도 극히 일부의 사람들밖에 알지 못하는 비밀이다.

혹 벌써 말이 새어 나갔는가 했는데, 그것도 아니라 하니 영호준이 그런 추측을 하게 된 연유가 궁금하지 않을 수 없었다.
"어째서 그런 추측을……."
무엇이 생각났는지 혜천은 문득 말을 멈추었다. 그리고 잠시 생각에 잠기는 듯하더니, 곧 확신에 찬 눈빛으로 영호준을 바라보았다.
"그렇군요."
"그렇습니다."
혜천의 눈빛에 영호준은 가볍게 고개를 끄덕였다.
"저희 화산 역시 같은 일을 당했기 때문이지요."
"네?"
깜짝 놀란 목소리로 반문한 것은 다름 아닌 진하성이다. 그는 놀라움을 넘어 경악한 표정이 되어 영호준을 바라보고 있었다.
"자, 장문인께서 다치셨단 말입니까? 하, 하지만 장문인께서는 폐관 수련에 드셨다고……."
"핑계야. 물론 화산에서도 손에 꼽을 정도의 사람만 알고 있는 사실이지만."
영호준은 가볍게 말했지만 그가 한 말의 무게는 결코 가벼운 것이 아니었다. 장문인이, 그것도 화산파의 장문인이 다쳤다는 것이 어찌 가벼운 일이랴.
게다가 더 큰 문제는 그것을 감추고 있다는 것이다. 그것은 상세가 위중하다는 뜻이 되기도 하지만, 다친 이유를 숨겨야 한다는 뜻이 되기도 하기 때문이다. 그리고 그렇게 해야 할 이유라면, 생각나는 것은 단 하나밖에 없었다.

"설마······."

"그래. 바로 그날, 소위 항주 혈사라고 하는 그날에 당한 일이다."

담담하게 대답하는 영호준과 달리, 진하성의 얼굴에는 경악의 표정이 가득했다.

"마, 말도 안 됩니다! 어찌 장문인께서 염중부 따위에게!"

"염중부가 아니다."

마치 찬물을 끼얹는 것 같은 영호준의 냉담한 목소리가 이어졌다.

"그리고 염중부 따위라고 하지 마라. 그런 말을 할 수 있는 사람은 천하에 몇 명 되지 않고, 적어도 너는 그 중에 들지 못하지 않느냐?"

"대, 대사형······."

대사형의 차가운 목소리와 엄한 눈빛에 진하성의 흥분이 거짓말처럼 사그라졌다.

그리고 동시에 든 의문은, 철혈사왕 염중부가 아니라면 대체 누가 화산의 장문인을 크게 다치게 할 수 있는가 하는 것이었다. 그러나 감히 물어볼 엄두는 내지 못했다. 그리고 영호준도 그 의문을 풀어 줄 생각은 없는 듯했다.

영호준은 다시 혜천을 향해 시선을 돌리며 말했다.

"아마 무당이나 아미파 역시 마찬가지일 것입니다. 천하에 이름난 불가, 도가 문파들이 하나같이 문을 걸어 잠그고 있는 것은 결코 우연이 아니지요."

방금 전 차가운 목소리가 거짓말인 것처럼, 영호준은 싱긋 웃음을 지으며 말했다.

"항주에서 치욕스런 패주(敗走)를 하였으니, 당연히 지금 당장이라도 영웅맹으로 쳐들어가야 마땅할 것입니다. 그런데 사실은 그저 도망만 친 것이 아니고, 장문인이 큰 부상을 입을 정도의 패배를 안고 돌아온 것입니다. 문파가 자랑스레 내세운 소수정예가 형편없이 망가진 것은 물론이고 말입니다. 아, 물론 상대의 예기치 않은 기습이라는 상황은 충분히 인정한다고 해도 말이지요."

영호준의 말은 계속 이어졌다.

"자, 이로써 영웅맹의 무력(武力)은 문파 하나가 감당하기는 어려운 것이 확실해졌습니다. 문파의 수장이 꺾였을 정도니 이미 결론이 난 것이나 마찬가지죠. 그럼 방법은? 당연히 무림맹을 통해 연합을 구축하는 수밖에는 없습니다. 그런데 문제는 그 무림맹이 사라진 것입니다. 아니, 이 말은 좀 수정해야겠군요."

어깨를 으쓱하며 영호준이 말했다. 마치 다른 사람의 이야기라도 하고 있는 듯한 말투였다.

"쫓겨난 거지요. 당문과 제갈세가가 주축이 된 태평맹에 의해 무림맹을 탈취당하고, 쫓겨난 겁니다. 그러니 어쩌겠습니까? 당장 복수를 하고 싶지만 힘은 없고, 그렇다고 그대로 인정하고 고개를 숙이자니 자존심 이전에 생존에 관련한 문제가 됩니다. 게다가 어려움은 그것만이 아니지요."

영호준은 손가락을 쳐들며 말했다.

"내홍(內訌). 문파의 수장이 부상을 당한 상태에서 지도부는 극심한 내분을 겪게 될 것입니다. 의견도 가지각색으로 나눠지겠지요. 먼저 이 치욕스런 패배의 책임을 물어야 한다는 사람과 현 상황을 먼저 타개해야 한다는 사람, 피해를 입은 문파들끼리라도 협력을 해야 한다며 소리를 높이는 사람들도 나올 테고, 당장은 숨을 죽이고 힘을 길러야 한다는 사람들도 있을 테니 아주 중구난방이 되어버리고 말지 않겠습니까? 게다가 여기서 결정권을 행사해야 할 문파의 수장은 현재 심한 부상으로 드러누워 버린 상태고 말입니다."

혜천의 얼굴에 쓴웃음이 걸렸다. 영호준의 설명이, 마치 얼마 전 소림에서 일어난 일을 그대로 보고 말하는 듯한 느낌이 들었기 때문이다.

"어느 쪽이 소리를 높이건 결국 쉽게 결론을 지을 수 있는 문제가 아니지요. 그러니 몇날 며칠을 논의한다 해도 당연히 이런 결정을 내릴 수밖에 없을 것입니다."

영호준의 말에 나지막한 목소리로 혜천이 대답했다.

"관망(觀望)."

"그렇습니다."

짝.

영호준이 짧게 박수를 치며 말했다.

"장강(長江)을 차지한 영웅맹이 이제 어떤 행동을 취할 것인가? 강호 무림의 판도는 어떻게 돌아갈 것인가? 태평맹의 설립을 선언한 칠대세가는 과연 어떤 행보를 보일 것인가? 위기에 처한 문파로서는 어느 하나 중요하지 않은 문제가 아닐 수 없습니다."

영호준은 어깨를 으쓱했다.

"그러니 당분간 모든 대외 활동을 중지하고 구도(求道) 문파 본연의 자세로 돌아가 상황을 관망한다. 바로 이렇게 되겠지요. 명분도 얼마나 좋습니까? 구도 문파 본연의 자세라……. 다만 문제는 그 당분간이 얼마나 될 것인가 하는 것이지만 말입니다."

"장문인께서 회복하시고 문파의 의견이 하나로 모아질 때까지겠지요."

"그럴까요?"

씨익 웃으며 영호준이 말했다.

"그 당분간이 앞으로 꽤 오랫동안 이어질 것이라 생각하시진 않습니까?"

혜천은 느긋한 미소로 대답했다.

"오랜 세월 쌓아온 터가 남아 있으니, 이대로 끝나지는 않을 것입니다."

혜천의 지적은 정확했다. 이번 항주 혈사의 결과는 분명히 치명적이다. 장문인이 심각한 부상을 입었고, 다음 세대를 이어갈 제자들이 죽거나 크게 다쳤다.

무엇보다, 지금 당장은 비밀로 하고 있다지만, 사실상 문파의 자존심이 꺾여버린 셈이 아닌가? 아마도 이 피해를 회복하자면 적지 않은 시간이 필요할 것이다.

그러나 설령 그렇다 해도 결코 문파의 뿌리가 뽑혀나간 것은 아니다. 오랜 세월 쌓아온 저력이라는 것은 결코 무시할 만한 것이 아니기 때문이다.

"분명, 그리 오래 지속될 일은 아니지요."

혜천의 목소리에는 자부심이 서려 있었다. 어떤 어려운 상황에 놓여 있건 결코 그대로 끝나지 않을 것이라고 하는 자부심. 바로 그것이 혜천의 얼굴에서 빛나고 있었다.

"과연."

영호준은 고개를 끄덕이며 말했다.

"무림의 태산북두라는 소림의 제자다운 말씀입니다. 헌데……."

혜천을 똑바로 바라보는 영호준의 눈빛은 날카롭게 빛나고 있었다.

"그 오래지 않은 동안, 돌이킬 수 없는 일이 벌어지고 만다면 어찌시겠습니까?"

영호준의 말은 계속 이어졌다.

"마치 누군가 일부러 노린 것처럼, 하나같이 정도(正道)를 표방하는 불가, 도가 문파들만이 쏙 빠져 있는 무림의 지금 상황에서 말입니다."

혜천은 침묵했다. 그렇게 생각하는 이유가 뭐냐고 묻지도, 근거 없는 추측이라고 하지도 않았다. 누군가 지금의 상황을 의도적으로 만들어 내었다면 반드시 그 목적이 있을 터였다.

그리고 그 목적은, 적어도 정도(正道)를 표방하는 불가, 도가 문파들과는 결코 양립할 수 없는 것일 터였다. 그렇지 않고서야 이런 상황을 만들 이유가 없을 테니까.

"돌이킬 수 없는 일이란 것이 무엇입니까?"

"모릅니다."

영호준은 어깨를 으쓱하며 가볍게 대답했다. 혜천의 진중한 목소리가 오히려 부끄러울 정도로 말이다.

"하지만 한 가지는 확실하지요. 이대로 있으면, 우리는 그 결과만을 보게 될 뿐이라는 것 말입니다."

혜천을 쳐다보는 영호준의 시선은 느긋했지만 그 눈빛에 서린 빛은 결코 예사롭지 않았다. 그리고 그것은 혜천의 눈빛 또한 마찬가지였다.

잠시 두 사람이 그렇게 시선을 맞부딪혀 가는 동안, 진하성은 혼란스러운 생각을 어떻게 정리해야 할지 갈피를 잡지 못하고 있었다. 무엇보다 폐관수련을 하고 있다던 화산의 장문인이 실은 항주 혈사에서 크게 다친 것이라는 사실이 쉽게 받아들여지지 않았다.

덕분에 자신과 함께 화산파에 머물고 있던 대사형이 어떻게 외부의 소식을 그렇게 잘 알고 있는지에 대해서는 미처 생각이 미치지 못했다. 화산파 역시 소림과 마찬가지로 거의 봉문에 가까운 상태를 유지하고 있었음에도 불구하고 말이다.

"후우."

두 사람의 눈싸움에서 승리한 쪽은 영호준이었다. 혜천은 조용히 한숨을 내쉬고는 체념하듯 불호를 되뇌었다.

"장문인께서는 아직도 매우 위중한 상태이십니다. 그리고 소림의 모든 제자들에게는, 누구도 산문을 넘지 말라는 엄명이 내려졌습니다."

혜천은 진중한 음성으로 말을 이어갔다.

"항주 혈사로 소림이 입은 피해는 막대합니다. 이번 일을 계기로 소림이 그동안 무림의 일에 너무 지나치게 개입해 있었다는 자숙론(自肅論)이 팽배하지요. 저 역시 이전부터 그러한 생각을 가지고 있던 사람입니다. 이번 엄명이 아니더라도 무림의 일 때문에 제가 산문을 넘는 일은…… 아마 없었을 테지요."

"하지만 이젠 그럴 수 없게 되었지요."

영호준은 여전히 혜천의 눈을 똑바로 바라보고 있었다. 혜천의 얼굴에 고뇌의 빛이 서린다.

"저는 아직도 잘 모르겠습니다."

그는 말했다.

"저 역시 그동안은 소림이 무림의 일에서 발을 빼는 것이 가장 좋다고 생각해 왔습니다. 하지만 항주 혈사 이후, 제 생각은 흔들리기 시작했습니다. 이대로 소림이 바깥의 일을 외면하는 것이, 실은 그동안 무림의 이권에 개입한 것보다 더 비열한 짓은 아닐까 하는 생각을…… 떨쳐버릴 수가 없습니다."

"그분은 무어라 하셨습니까?"

영호준이 물었다. 누군지 언급도 없는, 막연한 그분이라는 호칭을 사용하며. 하지만 혜천은 누구를 의미하는지 잘 알고 있었다.

"선대 대조사께서는……."

선대 대조사(先代 大祖師). 소림에서 선대 대조사라는 호칭으로 불리는 사람은 단 한 사람, 바로 와불뿐이다. 신승 불영의 스승이자 운현에게 심상수련(心想修練)을 가르친 바로 그 와불을 말하는 것이다.

"제가 옳다고 생각하는 대로 행하라 하셨습니다."

영호준은 그럴 줄 알았다는 듯 고개를 끄덕였다. 와불이라면 당연히 그렇게 대답할 것이다. 판단은 언제나 본인이 해야 하는 것이라고 말이다.

그리고 와불의 말이 의미하는 것은 한 가지 더 있었다. 선대 대조사인 와불로부터 그러한 말을 들었다면, 혜천은 소림에서 치외법권이나 다름없는 권한을 가진 것과 마찬가지다. 아무리 장문인인 태허선사가 소림 제자들의 산문 출입을 금하였다 하더라도 혜천만은 예외다.

그렇게 때문에 매화검 영호준이 그를 찾아온 것이다. 그리고 바로 그와 똑같은 이유 덕분에 매화검 영호준이 화산을 나올 수 있었던 것이다.

"허면, 이제 어떻게 하시겠습니까?"

혜천은 영호준의 물음에 잠시 침묵을 지키다가 대답했다.

"시주께서 저를 찾아오신 것 또한 부처님의 뜻이 아닐까 합니다."

뒤이은 혜천의 말은 영호준의 얼굴에 미소를 떠올리기에 충분했다.

"저도 산문을 나서도록 하겠습니다."

"제가 앞으로 무엇을 할 생각인지는 묻지 않으십니까?"

영호준의 물음에 이번에는 혜천의 얼굴에 미소가 걸렸다.

"길이 다르면 헤어지는 것이 순리이지요. 허나 하고자 하는 바가 같다면, 길이 다르더라도 함께할 수 있지 않겠습니까?"

영호준이 하자는 대로 무작정 따르지만은 않겠다는 뜻이다. 그 말에 영호준의 미소가 오히려 더 짙어졌다.

"과연 그렇군요."

자신을 향해 던져지는 혜천의 도전적인 시선을 영호준은 만족스러운 얼굴로 받았다.

펄럭.

혜천은 자리에서 일어섰다.

"사문의 어른들께 말씀을 드리고 오겠습니다. 이곳에서 잠시만 더 기다려 주시지요."

"잠시 정도로 되겠습니까?"

영호준은 물었다. 제자들의 산문 출입을 금한 엄명을 뒤집는 일이다. 어쩌면 하루 이틀에 결정될 만한 일이 아닐지도 몰랐다. 그러나 혜천의 대답은 간단했다.

"제가 결정한 이상, 따로 허락이 필요한 일은 아니니까요."

아무렇지도 않다는 듯 담담한 얼굴로 혜천은 말했다. 그리고 발길을 돌리려다가 문득 생각난 듯 영호준을 돌아보며 물었다.

"마침 오셨으니, 선대 대조사님께 인사를 드리지 않으시겠습니까?"

그 말에 영호준의 얼굴이 잠시 굳더니 어색한 미소가 걸렸다.

"아니, 아직은……."

영호준은 말을 흐리더니 쓴웃음을 감추지 못하며 변명하듯 이렇게 말했다.

"실은 예전에 꽤나 지독한 일을 겪어서 말이지요."

충분히 납득한다는 눈빛으로, 혜천은 손님의 의향을 순순히 받아들였다. 그리고 조용히 발길을 돌려 사라져 갔다.

영호준은 예전의 악몽이 떠오른 듯 인상을 구기고 있었고,

두 사람의 대화를 전혀 이해하지 못한 진하성만이 멀어져 가는 혜천의 뒷모습과 대사형의 표정을 살피며 어쩔 줄 몰라 하고 있었다.

*   *   *

 운현은 자신의 숙소에서 탁자 위에 검 한 자루를 올려놓고 조용히 앉아 있었다.
 정성을 들여 세공한 검집의 문양과, 화려하지 않게 고아한 느낌으로 장식된 작은 옥(玉) 조각 장식은 이 검이 아무 대장간에서나 구할 수 있는 흔한 철검이 아니라는 것을 말해주고 있었다.

"필요하실 것 같아 가지고 왔습니다."
 이른 새벽, 운현의 숙소를 찾아온 부총관은 특유의 무뚝뚝한 표정으로 그렇게 말하며 이 검을 내밀었다.
 "대단한 것은 아닙니다. 제가 예전에 선물로 받았던 것이지요."
 부총관은 말했다.
 "늙은이의 방에 장식으로 걸려 있는 것보다는, 도련님께서 가지고 계시는 것이 더 나을 것입니다."
 난데없는 부총관의 말이었지만, 운현은 조용히 두 손을 내밀었다. 어제까지의 자신이었다면 아마 절대로 손을 내밀지 못했을 것이다.

그러나 지금은 자신이 무엇을 해야 하는지 알고 있었다. 내미는 운현의 두 손은 아직도 조금 떨리고 있었지만, 그래도 결코 주저하지 않고 부총관의 검을 소중히 받아 들었다.

검을 받아 들고 운현은 부총관을 쳐다보았다. 이른 새벽부터 자신을 찾아와 이 검을 내어주는 뜻을 묻고자 함이었다. 그러나 부총관은 운현이 채 입을 열기도 전에 이렇게 대답했다.

"도련님이 직시해야 할 것은, 적어도 상단의 장부책은 아닐 테니까요."

그 말을 끝으로 부총관은 휘적휘적 새벽길을 걸어 사라져 갔다. 그리고 부총관의 뒷모습이 사라질 때까지 운현은 아무 말도 하지 못했다.

손에 든 검이 유난히도 묵직하게 느껴지는 것은 검에 담긴 부총관의 마음이 그러하기 때문이리라.

그렇게 부총관에게서 검을 받아 든 운현은, 날이 환히 밝아 올 때까지 탁자에 앉아 눈싸움을 하듯 검을 바라보고 있었다. 그리고 천천히 손을 뻗어 검을 쥐었다.

스릉.

가볍게 힘을 주자 마치 거짓말처럼 부드럽게 검날이 미끄러져 나왔다. 본디 장식용으로만 제작된 검은 아니었던 듯, 모습을 드러낸 검날이 은은한 예기를 뿜어낸다.

비록 낙일(落日)이나 혹은 북해에서 받은 검 미명(未明)에 비할 바는 아니라 해도 장인(匠人)의 숨결이 느껴지는 검이다.

운현은 천천히 검날에 손끝을 가져다 대었다.

사락.

섬뜩한 느낌이 손끝을 타고 흐른다. 운현은 손을 들어올렸다. 예기가 뿜어져 나오는 검날에 손을 가져다 댄 결과가 어김없이 나타나 있었다.

'그래.'

운현은 자신의 손끝을 응시하며 되뇌듯 조용히 속삭였다.

'검에는…… 날이 있다.'

검에는 날이 있다. 그것은 어린아이라도 알고 있는 사실이다. 그러나 그 당연한 사실이 지금 운현에게는 전혀 다른 의미와 무게로 다가오고 있었다.

'그리고……'

스릉.

예기를 머금고 있던 검날이 다시 검집 안으로 모습을 감추었다.

달칵.

운현은 자리에서 일어났다. 그리고 숙소 밖으로 향했다. 그의 한쪽 손에는 여전히 검이 들린 채였다.

가세가 기울고 있다는 것을 보여주기라도 하듯, 운가상단은 이미 해가 떠오르고 있음에도 지나는 사람이 그다지 눈에 띄지 않았다.

운현은 텅 빈 마당을 가로질러 상단 창고 뒤편에 있는 작은 공터로 향했다. 공터라면 늘 운현이 빗질하던 마당이 있었지만, 대놓고 자랑할 생각이 아닌 다음에야 마당을 사용할 수는 없는 일이었다.

"후우."

공터에 도착한 운현은 천천히 숨을 골랐다. 겨우 여기까지 걷고 숨이 찼기 때문은 아니었다.

"도련님, 많이 좋아지셨군요."

부총관이 했던 말이 문득 떠올랐다. 그때는 그저 인사치레거니 생각했는데, 지금은 그렇지 않다는 것을 안다. 운현의 몸은 좋아졌다. 아니, 좋아지고 있었다. 그것도 아주 **빠르게**.

그것이 단지 청소하고, 빗질하고, 물동이를 나른 탓이었을까? 아니면 고민을 잊어버리려고 새로운 일에 몰두한 탓이었을까?

사실 운현은 거의 날마다 악몽에 시달려야만 했다. 그렇다면 하루가 다르게 안색이 파리해지며 종내는 피골이 상접하게 된다 해도 이상할 것이 없었다.

아니, 오히려 그것이 당연한 일이어야 했다. 그러나 사람들은 오히려 운현의 얼굴이 좋아지고 있다고 했다. 자신도 어느 정도는 그것을 느낄 수 있을 정도로 말이다.

이제는 그 이유를 분명히 알 수 있었다. 자신의 상태가 왜 이렇게 좋아지고 있는지. 그리고 영영 잃어버렸다고 생각한, 아니 생각하기도 싫었던 그 감각들이 어째서 돌아오고 있는지를 말이다.

스릉.

운현은 검을 빼어들었다. 은은한 예기를 머금은 칼날이 햇빛을 받아 본래의 모습을 뽐내듯 빛나고 있었다.

'심상수련(心想修練).'

악몽이라고 생각한 자신의 꿈은 언제나 백호 수련검을 펼쳐내던 모습으로 시작했었다. 꿈에서라도 그 검로 하나조차 결코 잊을 수 없는 운현의 검. 그리고 그것은 와불이 일러준 대로 곧 운현만의 내공심법 그 자체였다.

다시 말하자면 운현의 꿈이 곧 다른 형태의 심상수련(心想修練)이 되어 준 것이다. 비록 운현이 의식했든, 의식하지 않았든 간에 말이다.

'아니면……'

운현은 자신의 손에 들린 검을 내려다보았다. 의식하지 않은 심상수련은 회복하고자 하는 운현의 무의식이 불러온 결과일지도 모른다.

그러나 어쩌면 그것은 운현의 검(劍)이었는지도 모른다. 자신이 고개를 돌리고 외면하던 그 때에도, 오히려 운현을 감싸 안고 낫게 하고 있었던 것은 바로 운현의 마음속에 있던 검이었는지도 몰랐다. 웃으며 자신을 보내주었던 바로 그때의 독고랑처럼.

"후."

운현은 나지막한 한숨을 내쉬며 고개를 저었다. 스스로 생각해도 너무 감상적인 이야기다.

검이 살아 있는 인격이 아닌데 어찌 그런 일이 있을 수 있을까? 하지만 전혀 아니라고도 말할 수 없었다. 적어도 운현 자신으로서는.

휘릭.

잡념을 떨쳐버리듯 운현은 검을 들어올렸다. 칼날이 햇빛에 다시금 반짝이며 존재를 과시했다.

'검에는 날이 있다. 그리고.'

운현은 검을 직시했다.

'그것을 쥐고 있는 것은 바로 나다.'

검에는 날이 있다. 그러나 모든 검이 폭력을 행사하는 것은 아니다. 검날은 피를 흘리게도 하지만 생명을 지키기도 한다. 그것을 결정하는 것은 오로지 검을 쥔 자, 곧 운현 자신뿐이다.

'그러나 나는 이제껏 그것을 제대로 각오하지 않았다.'

그랬다. 그 일은 모두 자신의 책임이었다. 자신이 그 책임을 올바로 인식하고, 또한 각오하고 있지 않았기 때문에 결국 너무나도 소중한 것을 잃게 되지 않았는가?

"후우우."

운현은 다시 한 번 숨을 고르고 조용히 자세를 잡았다. 바로 백호 수련검 십이식의 자세였다. 이제와서 새삼 백호 수련검을 수련하는 것은 이미 심상수련을 익힌 운현에게는 의미가 없을지도 몰랐다.

그러나 굳이 이런 수고로움을 마다하지 않는 것은 새파랗게 날이 선 검을 다루는 것에 대한 자기 자신의 결의를 다지기 위한 것이기도 하다. 비록 쓸데없는 짓이라 해도 운현에게는 의미 없는 일이 아니었다.

우웅.

운현이 정신을 가다듬자 곧 마음속에 검 한 자루의 심상이 떠올랐다. 바로 운현의 검이었다. 그리고 그 순간, 손에 쥔 검에서도 나지막한 소리가 울려오기 시작했다.

그 소리에 마음속에 일어나는 한 가닥 그리움을 가라앉히고 운현은 천천히 검을 움직이기 시작했다.

바람처럼 부드럽게, 비단결처럼 섬세하게, 그러나 단 한 순간도 주저함 없이. 바로 백호 수련검 십이식의 새로운 시작이었다.

제3장
주강(珠江)의 밤

탁탁탁.

관복을 차려입은 한 명의 관리가 황궁을 가로질러 급히 걸음을 옮기고 있었다. 웬만해서는 급한 걸음을 삼가는 황궁의 관리들이지만 지금 그에게는 오로지 목적지에 빨리 도착해야 한다는 일념 외에는 없어 보였다.

"헉헉."

사실 관리들이 이처럼 달리듯 빨리 걷는 일은 거의 없다. 격식과 의례에 목숨을 거는 것이 본디 황궁 관리들의 생리이기도 하지만, 대부분의 이런 일들은 아랫사람을 시켜 처리하면 되는 일이기 때문이다. 그러나 지금 이 일은 아랫사람에게 시켜서 되는 일이 아니었다. 아니, 정확히 말하자면 절대로 아랫사람에게 양보하고 싶은 일이 아니었다.

탁탁.

날아오를 듯 화려하게 장식된 대전(大殿)으로 들어서자 문앞을 지키고 서 있는 금의위의 날카로운 눈초리가 번득인다. 그러나 이미 상대의 신분을 알고 있는 그들은 관리가 들어서는 것을 제지하지 않았다.

"후우, 후우."

관리는 대전에 들어서자 일단 가쁜 숨을 골랐다. 그리고 이리저리 시선을 돌리며 주위를 살폈다. 먼저 분위기를 살피는 것이다. 아무리 좋은 소식이라도 이상한 분위기 속에서는 그다지 좋게 들리지 않는 법이니까.

'됐다.'

분위기는 여전했다. 조용히, 그러나 지체 없이 움직이는 사람들의 모습과 날카로운 시선들. 비록 공식적인 것은 아니었으되 차기 황실 최고의 권력이 바로 이곳에 있음을 여실히 보여주는 모습이었다.

관리는 조용히 심호흡을 한 번 하고는 천천히 대전을 가로질러 나아갔다. 그가 목표로 하는 사람은 언제나처럼 대전 한가운데 앉아 있었다.

다음 권력의 실세라고는 여겨지지 않을 정도로 단정하고 얌전한 모습으로 앉아 있는 사람, 바로 동창 병필태감 박 공공이었다.

"무엇입니까?"

동창 소속이 분명한 금의위의 나지막한 목소리가 관리의 앞을 막아섰다. 관리는 품속에서 서찰을 꺼내어 그에게 내밀었다.

"도찰원 첨도어사입니다. 일전에 공공께서 하명하신 일에 대한 보고를 가져왔습니다."

서찰을 받아드는 금의위에게 첨도어사는 덧붙였다.

"공공께서 최우선 사항으로 보고하라 하신 일입니다."

첨도어사의 말에 금의위의 눈이 반짝인다. 그는 즉시 박공공에게 다가가 정중한 자세로 서찰을 담은 서반을 받들어 올렸다.

마침 무언가를 살펴보고 있던 박 공공은 서찰이 올라오자 무심히 그것을 집어 들었고, 도찰원 첨도어사는 긴장된 표정으로 침을 삼켰다.

아무리 동창의 병필태감이라 해도 황궁에서 이런 전각 하나를 통째로 차지하고 업무를 볼 정도의 위세는 가지고 있지 않다. 그러나 첨도어사의 눈앞에 있는 박 공공만은 예외다. 지금 그의 위세는 말 그대로 무소불위(無所不爲)에 가까웠다.

압도적으로 불리했던 차기 황권 승계를 둘러싼 분쟁을 극적인 승리로 장식하고, 다음번 하늘(天)의 절대적인 신뢰를 바탕으로 지금도 차근차근 차기 권력의 토대를 다져가고 있는 박 공공. 동창 병필태감이라는 직책까지도 지금의 그에게는 그저 형식적인 감투에 불과하다.

황궁에서, 아니 천하에서 누가 감히 그에게 대항할 수 있겠는가? 그것을 생각해 본다면 황상의 조칙으로 도찰원의 모든 권한이 그에게 주어진 일마저도 그다지 놀라운 일은 아니었다.

"후후."

작은 웃음소리와 함께 부드러운 미소가 박 공공의 얼굴에 피어오르자 도찰원 첨도어사는 속으로 안도의 한숨을 내쉬었다. 자신이 가져온 소식은 예상대로 박 공공의 마음을 만족시키기에 충분했던 것이다.

"이리로."

가벼운 손짓과 함께 박 공공의 말이 떨어지자 앞을 가로막고 있던 금의위가 즉시 비켜서고, 첨도어사는 혹여라도 늦을세라 빠른 걸음으로, 그러나 최대한 정중하게 박 공공에게 가까이 다가갔다.

"이 보고에 대해 어떤 조치를 취했지요?"

부드러운 목소리로 박 공공이 묻는다. 첨도어사는 고개가 땅에 닿을 듯 깊이 허리를 굽히며 대답했다.

"보고를 가지고 온 전령이 지금 공공의 명을 기다리고 있습니다."

박 공공은 만족한 미소를 피어 올렸다. 중요한 보고가 조금도 지체됨이 없이 자신에게 올라온 것과, 그 처리에 있어 자신의 뜻을 먼저 기다려야 한다는 것을 도찰원이 충분히 인식하고 있다는 사실에 대해 만족하는 것이다.

"이것을."

박 공공은 미리 준비했던 듯, 품에서 밀봉된 서찰 한 장을 꺼내 서반에 담아 첨도어사에게 내려 보냈고 첨도어사는 공손한 자세로 서찰을 받아들었다.

"지금 광동성을 순행중인 감찰어사에게 명하여 귀인(貴人)께 이 서찰을 전하도록 하세요."

박 공공이 말한 귀인이 누구인지는 자명했다. 바로 첨도어사 자신이 보고를 올린 그 사람을 말하는 것이다.

"명을 받들겠습니다."

"또한."

박 공공은 첨도어사의 대답이 끝나기가 무섭게 그를 내려다보며 이렇게 말했다.

"그분께서 허락하실 경우 이곳으로 모시되 황궁의 예격(例格)에 준하여 결코 예법에 어긋나는 일이 없도록 주의하라 이르세요."

첨도어사는 깊숙이 고개를 숙이며 박 공공의 명을 받들었다.

"아, 그리고 너무 소란스럽게 하지도 말라고 하세요."

박 공공은 문득 생각났다는 듯 덧붙였다.

"그러면 오히려 싫어하실 수도 있을 테니까요."

고개를 숙이고 있던 첨도어사는 놀라움으로 눈을 크게 떴다. 그러나 그 놀라움을 내색하지 않고 정중한 목소리로 대답한다.

"한 치도 어긋남이 없도록 시행하겠나이다. 공공."

박 공공은 만족한 얼굴로 고개를 끄덕이고, 첨도어사는 뒷걸음질로 천천히 박 공공의 앞에서 물러나왔다. 대전을 나서며 첨도어사가 마지막으로 본 것은 잔잔한 미소를 띄운 채 자신이 올린 서찰을 내려다보고 있는 박 공공의 모습이었다.

"후우."

첨도어사는 대전을 물러나오자 안도의 한숨을 내쉬었다. 그러나 그것도 잠시, 그는 곧 도찰원을 향해 빠른 걸음을 옮겨야 했다. 박 공공의 명을 즉시 광동성 감찰어사에게 전해야 했기 때문이다.

탁탁탁.

거의 달리는 듯한 속도로 첨도어사는 도찰원을 향해 발길을 재촉했다. 이것은 결코 보통 일이 아니었다. 그 귀인의 정체가 무엇인지는 몰라도, 그는 박 공공이 기분을 거스르는 것을 걱정할 정도의 사람인 것이다. 다른 누구도 아닌 바로 천하의 박 공공이 말이다.

첨도어사는 최대한 빠르게 걸음을 옮겼다. 어느새 그의 이마에 땀이 송글송글 맺히고 있었지만, 그는 땀을 닦을 생각조차 하지 못하고 있었다.

　　　　　　*　　*　　*

 따뜻한 햇살이 내리쬐는 오후, 광주 하청상단의 막내딸 하영령은 창가에 기대어 앉아 멍한 눈길로 창 밖 화단을 바라보고 있었다.
 "후우."
 가벼운 한숨소리가 그녀의 입술에서 새어 나왔지만 생각에 빠진 하영령은 그것을 의식하지도 못했다. 그 한숨소리에 고개를 돌린 것은 뒷전에 멀뚱히 앉아 있던 하영령의 하녀였다.
 "후후훗."
 하녀는 하영령의 모습을 바라보다 살그머니 웃음소리를 흘렸다. 그 웃음소리가 하영령의 신경을 건드린다.
 "왜 웃어?"
 하영령은 뾰쪽한 음성으로 하녀를 쏘아보며 말했다. 그러나 하녀는 하영령의 노려보는 시선에도 꿈쩍하지 않았다. 오히려 그녀의 웃음소리는 더욱 짙어져 갔다.
 "아이, 참. 아가씨도 진짜……. 후후후훗."
 입을 가리며 웃어대는 하녀의 모습에, 그렇지 않아도 불편하던 하영령의 심기가 더욱 꼬여간다.
 "이게 정말……. 왜 웃냐니까!"

살기마저 어린 그녀의 목소리에 하녀의 웃음소리가 잦아들었다. 그러나 여전히 하녀의 눈은 한껏 웃고 있는 상태였다. 하녀는 어깨를 으쓱하며 대답했다.

"역시 아가씨도 어쩔 수 없네요."

마치 모든 것을 알고 있다는 듯한 하녀의 태도에 하영령의 눈썹이 일그러졌다.

"뭐가? 대체 뭔 소리야?"

"다 그런거라구요. 아가씨."

하녀는 고개를 끄덕이며 모든 것을 다 이해한다는 듯한 표정으로 말했다.

"제가 한두 번 본 줄 아세요? 내전의 삼순이도 그랬고, 영숙이나 말년이도 그랬지요. 일하다 말고 멍하니 딴 생각에 빠져있다가는 난데없이 한숨을 푹푹 쉬고 말이에요. 원래 사랑에 빠지면 다 그런거라니까요. 그래서 병이라는 말도 있잖아요. 차암, 생각해 보면 상사병이란 게 정말 지독한……."

"뭐얏!"

거침없이 흘러나오던 하녀의 말은 하영령의 비명 같은 고함소리에 그만 쑥 들어가 버렸다. 하영령이 자리에서 벌떡 일어서고 그 기세에 의자가 소리를 내며 뒤로 넘어갔다.

콰당.

"누가 사랑이야! 누가 상사병이냐곳!"

넘어진 의자는 신경도 쓰지 않은 채 하영령은 하녀에게 소리쳤다. 갑작스런 그녀의 기세에 하녀는 목이 쏙 들어간 채로 우물거리듯 대답한다.

"그, 그야 물론 아가씨죠."

"내가 무슨 사랑을 한다는 거얏! 그 인간을 내가 왜!"

"하지만……."

평소 같으면 하영령의 큰 목소리에 이미 찍소리도 못했을 하녀였다. 하지만 이번엔 조금 달랐다.

"벌써 소문이 짜한데요? 아가씨가 사랑하는 님을 위해 칼 앞에 뛰어들 정도라고 말이에요."

"뛰, 뛰어든 거 아니야!"

하영령은 얼굴이 붉어졌다. 사랑하는 남자를 위해 칼 앞에 뛰어들었다니, 이건 고리타분한 옛날이야기에나 나오는 바보 같은 여인네의 모습이 아닌가? 그게 다름 아닌 자신의 모습이라 생각하니 얼굴이 절로 화끈거렸다.

"어, 어쩌다 보니 그런 거야. 말리려고 보니까 카, 칼이 있었던 것뿐이라고!"

그랬다. 앞뒤 살필 겨를 없이 뛰어들고 보니 이미 칼날이 눈앞에서 번득이고 있었다. 그것뿐이었다. 처음부터 그 사람을 위해 목숨을 건다든지 하는 그런 생각 같은 건, 하늘에 맹세코 털끝만큼도 없었다.

"에이."

하녀는 짐짓 웃음을 지으며 은근한 눈빛으로 하영령에게 말했다.

"그럼, 칼이 있는 걸 미리 봤으면 안 뛰어들었겠네요?"

"그…… 그래. 그, 그랬을 거야."

정말 그랬을까? 하영령은 하녀의 물음에 자신 있게 확답을 하지 못했다. 사실 그런 상황에서 앞뒤를 잴 겨를은 없었으니 그녀로서도 확신할 수 없는 일이다.

때문에 하영령의 목소리는 이미 처음과 같은 독기를 잃어버리고 있었고, 하녀의 은근한 웃음은 더욱 짙어져만 갔다.

"아, 그랬군요. 그런데 사람들은 그것도 모르고 수근거리고 난리라니까요? 가련한 우리 아가씨가 그 무서운 칼날 앞에 초개(草芥)같이 몸을 던질 정도로 님을 사모하고 있다고 말이에요."

"사, 사모라닛!"

그렇지 않아도 화끈거리고 있던 하영령의 얼굴이 순식간에 빨갛게 달아올랐다. 하영령은 필사적으로 말했다.

"말도 안 돼! 그런 헛소문이 어디 있어? 아니, 대체 이제 두 번……. 그래, 딱 두 번 본 사람을 사랑하느니 마느니 하는 게 말이 되는 소리냐곳!"

"어머, 그래요?"

하녀는 손으로 입을 가렸다. 입가에 피어오르는 웃음을 감추기 위해서다.

"그럼, 그 딱 두 번 본 사람을 아득바득 미워하는 건 말이 되구요?"

"그, 그거야 생판 모르는 사람하고 결혼을 하라니 뭐니 하니까 얄미워서……."

당연히 좋게 보일리가 없다. 자신에게 호감을 사려는 노력도 없고, 다른 남자 같으면 웃으며 지나가 줄 만한 무례에 대해서도 입어레니 뭐니 하며 설교하는 듯한 투로 말을 하니, 그가 집안에서 일방적으로 정한 혼처가 아니었다 해도 좋은 감정이 생길 리가 만무했다.

그래서 그 얄미운 콧대를 한 번 꼭 눌러주고 싶었다. 다만 그뿐이었다. 그가 특별히 해를 당한다거나 나쁜 일을 당하기를 바랐던 것은 아니었다.

"아가씨도 처음부터 그분에게 은근히 마음이 있었던 건 아니구요?"

"그, 그럴 리가 없잖아!"

하영령이 펄쩍 뛰며 부인해 보지만 하녀의 웃음은 사라지지 않았다.

"에이, 일부러 관심을 끌어보려고 그런 거 같던데……. 제가 보니까 심하게 다칠까봐 걱정하는 티가 팍팍 나더만요. 왜, 그 있잖아요? 코흘리개 남자애들이 좋아하는 여자애 놀리고 도망가는 것처럼 말이에요."

"뭐? 코흘리개?"

하영령의 눈매가 치솟았다.

"야! 너 내가 그런 유치한 애들처럼 보여!"

발끈하는 하영령의 기세에 하녀는 움찔했다. 사실 이번엔 말이 심하긴 했다. 다 자란 아가씨를 코흘리개 아이들과 동급으로 취급했으니 말이다.

"하, 하지만 원래 사랑이란 건 유치한 거라구요."

하녀는 기어들어가는 듯한 목소리로도 끝까지 저항을 늦추지 않았다.

"얼마나 오래 봤느냐로 결정되는 것도 아니구요. 왜 첫눈에 반한다는 말도 있잖아요."

"그거야 자기 착각에 빠진 멍청이들 얘기지! 난 공부는 싫어해도 생각이 없는 여자는 아니거든? 그것도 몰랏!"

확실히 기세를 회복한 하영령이 자신감 있는 어조로 말했다. 그녀의 목소리에는 평소의 똑 부러지는 말투가 그대로 살아나 있었다.

"하, 하지만 전 상대가 누구라고는 처음부터 얘기한 적도 없는데 아가씨가……."

마지막으로 반격을 시도하는 하녀의 목소리에 하영령은 움찔했다. 그랬다. 상대가 누구라고는 한 번도 말한 적이 없다.

그런데도 '사랑'이라는 하녀의 말 한마디에 자신은 당연히 그 사람이라고 생각하고 있었다. 처음부터 말이다.

"이게 진짜……. 헛소리할 시간 있거든 빨리 가서 내 옷이나 준비해놔!"

하영령은 고개를 바짝 들고 기세를 몰아 하녀를 다그쳤다.

하녀는 완전히 풀이 죽은 목소리로 말한다.

"오늘 나가시게요?"

"그럼 안 나가? 당연히 나가야짓!"

하녀는 하영령의 심기를 거스를세라 후다닥 튀어 나갔다. 그녀가 사라지자 하영령은 그제서야 작은 한숨을 내쉬었다.

"후우."

무심코 자리에 앉으려던 그녀는 그만 휘청하고 몸의 중심을 잃을 뻔했다. 그녀를 받쳐 줄 의자가 뒤로 넘어가 있었기 때문이다.

"아이씨, 진짜!"

간신히 창틀을 지탱하고 넘어지는 것을 면한 하영령은 짜증을 냈다. 자칫하면 꼴사나운 모습으로 나뒹굴 뻔하지 않았는가?

덜컹.

넘어진 의자를 거칠게 돌려 세워놓고 하영령은 의자에 털썩 몸을 기댔다. 그리고 길게 한숨을 내쉬었다.

"후우우."

바닥이 꺼질 듯 한숨을 쉬어도 가슴 한구석은 계속 답답하기만 하다.

"이제와서……. 어쩌라는 거야?".

작은 목소리로 속삭이듯 그녀는 중얼거렸다. 그녀는 창틀에 기댄 두 손 위로 고개를 묻었다.

"이제와서……."

그날 밤, 난화기루에서 마지막으로 자신을 바라보던 그의 시선이 떠올랐다. 마치 날카로운 칼날처럼 그녀의 가슴을 찌르던 그 시선이.

"후, 이럴 줄 알았으면……."

그의 시선이 이렇듯 아프게 느껴질 줄은 생각도 못했다.

'조금…… 잘해주는 건데.'

그러나 잘해주고 말고 할 겨를이 있었던가? 자신의 말대로 그를 만난 것은 겨우 두 번에 불과하니 말이다.

"에이씨!"

하영령은 짜증이 났다.

"내가 대체 왜 이러는 거야?"

자문해 보지만 답은 명확하다. 하영령은 그것을 잘 알고 있었다. 그리고 그 이유를 너무 잘 알고 있었기 때문에, 그녀의 가슴은 더욱 답답해질 수밖에 없었다.

"후우."

하영령은 다시 한 번 긴 한숨을 내쉬었다. 그녀의 시선이 닿는 곳, 창 밖 화단에는 무심한 붉은 꽃들만이 한가로이 흔들리고 있었다.

그리고 그날 저녁 외출 준비를 완벽하게 마친 하녀는, 기분이 좋지 않으니 나가지 않겠다는 하영령의 변덕에 그저 속으로만 투덜거림을 삼켜야 했다.

＊　　　＊　　　＊

사락.

"후우우."

 운현은 움직임을 멈추며 조용히 숨을 골랐다. 특별히 숨이 거칠어지거나 한 것은 아니다. 그저 습관처럼, 백호 수련검 십이식을 마칠 때면 늘 이렇게 숨을 가다듬곤 했다.

"흐음."

 운현은 검을 들어올렸다. 예기를 머금은 검날이 햇빛에 반짝이고 있었다. 운현은 만족스러운 미소를 지으며 검을 이리저리 몇 번 휘둘렀다.

 후웅, 우웅.

 가벼운 파공성이 들리고 빛나는 검날이 운현의 손 아래서 이리저리 번득였다. 그리고 운현의 이어지는 손짓 한 번에 검날은 즉시 검집 안으로 그 모습을 감추었다.

 달칵.

 작은 소리와 함께 검은 제자리를 찾아갔다. 운현은 검의 감촉을 음미하듯 그 모습 그대로 잠시 서 있었다. 백호 수련검 십이식을 끝낸 후의 고양감은 역시 예전만 못했어도, 그 감각은 하루가 다르게 좋아지고 있었다.

 며칠 사이에 일어난 일이라고는 보기 힘들 정도였다. 그리고 그 이유에는 역시 본격적으로 시작한 운현의 심상수련(心

想修練)이 있었다.

'처음엔 정말 놀랐지.'

운현은 슬며시 미소를 머금었다. 심상수련을 다시 시작한 첫날, 운현은 두 가지로 인해 놀라야 했다. 첫 번째는 심상수련에 집중하기가 너무나 힘들었다는 것이다.

어느 정도 예상은 했었다. 그러나 마치 힘든 돌을 끌고 산을 오르는 것처럼 심상수련은 운현의 정신을 급속도로 피곤하게 했다. 예전에는 수련을 마치고 나면 오히려 한층 몸이 가벼워지곤 했는데, 그때는 심상수련을 끝내고 나니 온몸이 땀으로 푹 젖어버렸다.

두 번째로 놀란 것은 바로 그 문제의 땀이었다. 그전에도 악몽으로 깨어날 때면 늘 침구를 지저분하게 하곤 했던 것의 정체를 운현은 그제서야 알 수 있었다.

자신의 땀이 지독한 악취를 풍겨내고 있었던 것이다. 그것도 예전의 냄새와는 비교도 되지 않을 정도로 말이다. 운현은 입고 있던 옷을 아예 버릴 생각까지 진지하게 했을 정도다.

다행인 것은, 그렇게 땀을 흘려내고 나면 한층 몸이 좋아진다는 것을 느낄 수 있다는 것이다.

만일 그렇지 않았다면 의원에게 찾아가기라도 했을 것이다. 몸에서 이런 악취가 나는 땀이 흐르는데 병이 아니라고 생각할 사람이 누가 있겠는가?

다행히 보름 남짓 지나고 나니 땀 냄새도 한결 줄어들기 시작했다. 심상수련에 집중하는 것도 이제는 익숙해졌고, 그만큼 몸도 많이 좋아졌다.

그저 회복된 정도가 아니라, 예전보다 오히려 더 나아진 것이 아닐까 하는 생각이 들 정도였다. 백호 수련검 십이식을 마치고 나서도 땀이 흐르기는커녕, 오히려 가벼운 운동을 한 것 같은 상쾌한 느낌이 들 정도로 말이다.

"좋아."

운현은 혼잣말처럼 그렇게 중얼거리고는 의복을 단정히 했다. 그리고 천천히 걸음을 옮겨 공터를 빠져나왔다. 그렇게 창고의 모퉁이를 돌아 마당 쪽으로 나가는데, 문득 저 앞에서 자신을 기다리고 있는 한 사람의 모습을 발견했다.

"희연 누이?"

약간 뾰루퉁한 표정에 못마땅한 얼굴로 자신을 쳐다보고 있는 아가씨는 바로 운현의 사촌누이이자 이곳 운가상단의 단주 운일평의 딸, 운희연이었다.

운현은 그녀가 이런 곳에서 기다리는 사람이 자신일 리가 없다고 생각했다.

하지만 그녀의 시선은 운현을 향해 있었고, 그래서 운현은 희연을 향한 발걸음을 재촉할 수밖에 없었다.

"아, 희연 누이."

운현은 약간은 어색한 웃음을 지으며 그녀에게 인사를 건넸다. 그러나 분위기를 부드럽게 하기 위한 운현의 노력에도 불구하고 희연은 한층 더 못마땅한 얼굴이 되고 있었다. 운현의 인사는 받을 생각도 없이.

"어, 음……. 무슨 일이야?"

왜 그녀가 이렇게 심사가 틀어져 있는지 종잡을 수 없는 운현은 짐짓 친근한 목소리로 말을 건넸다. 하지만 어딘가 굳어 있는 운현의 목소리는 지금의 어색한 분위기를 그대로 나타내 주고 있었다.

"부총관님께 어떻게 한 거예요?"

"부총관님?"

드디어 운희연이 입을 열었다. 그러나 난데없는 그녀의 말에 운현은 고개를 갸웃할 수밖에 없었다.

"글쎄? 뭐, 별로 어떻게 한 건 없는 것 같은데……."

"어디 있냐고 물었더니, 지금 이 시간엔 방해하면 안 된다면서 부총관님께서 아예 알려주지도 않잖아요? 다른 하인에게도 함구령을 내려놔서 결국 지금까지 기다릴 수밖에 없었다구요."

"아……."

그제야 운현은 왜 그녀가 화가 났는지 알았다. 운현의 행방을 물었더니, 부총관이 대답을 해주지 않은 것이다. 무작정 기다려야 했던 것도 그랬겠지만, 한 식구처럼 생각했던 부총관이 자신보다 운현을 더 챙기는 것에 그만 운희연의 기분이 틀어진 것이다. 그리고 그 틀어진 기분은 그대로 운현에게 향했고 말이다.

"그 무뚝뚝한 분이 어째서 이렇게까지 신경을 써주는 거예요?"

부총관을 떠올리자 운현의 입가에 부드러운 미소가 떠올랐다. 모르는 사이 부총관이 꽤나 운현을 신경 써 주고 있었던 것이다.

새삼 부총관의 마음이 느껴지며 저절로 따뜻한 미소가 어린다. 운현은 자기도 모르게 부드러운 목소리로 대답했다.

"원래 자상하신 분이니까 그렇겠지. 보기엔 좀 차가워 보이셔도 말이야."

"그건 그렇지만······."

운희연은 여전히 납득하지 못하겠다는 표정으로 살짝 입술을 깨물며 대답했다. 남들은 잘 모르는 부총관의 성격까지, 그것도 멋들어진 미소를 지으며 말하는 운현의 모습이 왠지 얄미워 보이기도 했지만, 딱히 틀린 말은 아니어서 더 이상 무어라 반박하지는 못했다.

"그런데, 왜? 무슨 일이지?"

"아."

운현이 묻자 희연은 그제야 생각났다는 듯, 다시 토라진 표정이 되었다.

"흥, 손님이에요."

찬바람이 쌩하니 부는 듯한 어조로 운희연이 말했다. 그 기세에 운현은 잘못한 것도 없으면서 자신도 모르게 움찔했다.

"아까 연락이 왔으니까, 이제 곧 왕림하시겠지요. 빨리 몸

단장 하고 준비하는 게 좋을 걸요?"

빈정거림이 노골적으로 드러나는 말이었다. 그러나 영문을 모르는 운현은 어정쩡한 표정으로 희연을 바라볼 뿐이다. 운희연은 짜증이 난다는 듯 툭 던지는 투로 말했다.

"온다고 했다구요. 그 인생역전 아가씨가 말이에요."

"아!"

그제야 운현은 희연이 말하는 바를 알아차렸다. 그리고 그녀가 왜 이렇게 쌀쌀맞은 표정이 되었는지도. 운현의 얼굴에 안도의 미소가 어리지만 희연에게는 그 미소도 그리 좋아 보이지는 않았다.

"흥, 좋겠네요?"

운현을 향해 비웃는 표정을 한 번 날려준 후, 운희연은 휙 돌아서 가버렸다. 그러면서도 입술을 삐죽이는 것은 잊지 않았다.

'쳇. 뭐가 좋다고 저렇게 웃는 거야?'

요 며칠 사이 운현의 모습은 많이 변했다. 그것은 그저 겉보기뿐만 아니라 풍기는 분위기가 그러했다.

방금 전 운현이 보여준 부드러운 미소는 예전 같으면 상상도 하기 힘든 것이었으니까. 하지만 그 원인이 바로 '인생역전 아가씨' 때문이라고 생각하는 운희연으로서는 운현의 미소마저도 심사를 뒤틀리게 하는 것이었다.

"칫."

운희연이 짜증스러운 발길을 옮기는 사이, 뒤에 남겨져 있던 운현의 얼굴에도 복잡한 표정이 떠오르고 있었다.

'그 아가씨가 온다고?'

희연이 말한 인생역전 아가씨가 누구인지는 분명했다. 바로 하청상단의 막내딸, 하영령을 말하는 것이다.

"후우."

자신도 모르게 새어 나오는 작은 한숨. 모든 것이 잘 되어가는 것만은 아니다.

마음의 짐을 털어버렸어도 풀어야 할 현실의 문제는 쉽사리 사라지지 않는다. 하지만 적어도 바뀐 것이 한 가지는 있었다. 그것은 문제를 대하는 운현 자신의 태도가 달라졌다는 것이다.

"어차피 피할 수는 없는 일일 테니……."

혼잣말처럼 중얼거리며 고개를 든 운현의 표정은 한결 밝아져 있었다. 운현은 다시 걸음을 옮기기 시작했다.

그의 한쪽 손에는 부총관이 준, 희연이 이상하게 생각하면서도 미처 물어보는 것을 잊었던 검 한 자루가 여전히 꼭 쥐어져 있었다.

* * *

"어서 오십시오. 영령 아가씨."

사무적이고 무뚝뚝한 표정의 운가상단 부총관은 정중한 인사로 손님을 맞았다. 하영령은 가볍게 고개를 숙이며 그 인사에 대답했다.

"환대해 주셔서 감사합니다. 부총관님."

융통성 없어 보이는 성격을 그대로 드러내는 듯한 부총관의 딱딱한 표정은 언제나와 다름없었지만, 하영령은 그의 눈매가 부드러워지는 것을 알 수 있었다.

"몸은...... 괜찮으세요?"

조심스러운 물음. 하영령이 왜 이런 말을 하는지는 부총관도 모르지 않았다. 하지만 부총관은 표정 하나 변하지 않은 채 여상한 음성으로 간단하게 대답했다.

"괜찮습니다."

부총관은 엉뚱한 피해자였다. 따지고 보면 그것이 하영령의 잘못은 아니지만, 그래도 그녀가 원인을 제공했다는 것은 분명하다.

"죄송해요."

하영령은 사과했다. 그녀의 사과에 부총관의 입가에 슬며시 미소가 걸린다.

부총관은 하영령이 아주 꼬마일 때부터 그녀를 보아왔다. 그 꼬마가 어느새 이렇게 커서 숙녀 같은 모습을 보이는 것을 생각하니 자신도 모르게 미소가 어리는 것이다.

"괜찮습니다."

확연히 부드러운 목소리로 부총관은 대답했다.

"이리로 오시지요. 기다리고 계십니다."

누가 그녀를 기다리는지는 물어보지 않아도 알 수 있다. 자신이 만나러 온 사람이 바로 그 사람이니까. 새삼 얼굴을 굳힌 하영령은 부총관의 안내를 따라 운가상단으로 들어섰다.

달칵.
문이 열리자 익숙한 사람의 모습이 보였다. 이미 그녀가 오는 기척을 알고 있었는지, 그는 자리에서 일어나 있었다.
"어서 오십시오."
정중한 모습으로 예를 표하는 그의 모습에 하영령의 가슴이 덜컹 내려앉는다.
그녀의 기준으로는 그리 잘생긴 외모도 아니고, 그렇다고 날아갈 듯 멋지게 차려입은 것도 아닌데 그저 얼굴을 보는 것만으로도 가슴이 덜컥하니 스스로도 이유를 알 수 없다.
'대체 내가 왜 이런담? 짜증나, 진짜.'
속으로는 그렇게 중얼거리면서도 하영령은 예의바른 목소리로 대답했다.
"이렇게 갑자기 찾아뵙게 되어 죄송합니다."
엄한 가문에서 예의바르게 자란 요조숙녀 같은 모습으로 하영령은 안으로 들어섰다. 그녀가 안으로 들어서자 운현이 자리를 권한다.
"앉으시지요."
가볍게 고개를 숙여 감사의 뜻을 표한 뒤, 하영령은 안내해

준 부총관에게 고개를 돌렸다.

"안내해 주셔서 감사합니다. 부총관님."

부총관은 고개를 숙여 보이고는 밖으로 나갔다. 그리고 하영령은 운현이 권한 자리에 앉는다. 그 모습을 운현은 유심히 바라보고 있었다. 하영령 역시 그의 시선이 자신을 보고 있다는 것을 느낄 수 있었다.

"왜요?"

하영령은 운현을 쳐다보며 대뜸 물었다.

"뭘 그렇게 쳐다봐요?"

톡톡 튀는 듯한 목소리. 여전히 운현이 아는 하영령의 성격 그대로다.

"아닙니다."

멋쩍은 웃음을 지으며 운현이 자리에 앉는다. 하영령은 뾰루퉁한 눈빛으로 운현을 노려보았다.

"나도 어른한테까지 막 대할 정도로 생각이 없지는 않아요."

운현은 미소를 지었다.

"그렇군요."

"흥."

하영령은 짐짓 기분 나쁘다는 표정을 지었다. 그리고 잠시 동안 두 사람 사이에 대화가 끊어졌다.

한동안 어색한 침묵이 흐르고, 운현이 하영령을 바라보고 있는 것과 달리 하영령은 고개를 옆으로 돌린 채 운현의 시선을 피하고 있었다. 유난히 큰 소리를 내며 뛰고 있는 자신의 심장소리가 운현에게까지 들리는 것은 아닐까 걱정하면서.

"크흠."

운현이 헛기침을 했다. 아무래도 무언가 말을 꺼낼 모양이었다.

"영령 아가씨께서 왜 오셨는지는 잘 알고 있습니다."

침착한 모습으로 운현은 말했다. 더없이 진지한 눈빛이었지만, 하영령은 오히려 그것이 싫었다.

'기껏 여기까지 왔는데……'

그녀에게는 너무 무거운 분위기다. 하영령은 결코 이런 자리를 원하지 않았다.

"실은……."

"아아, 정말."

운현의 말은 짜증이 섞인 듯한 하영령의 목소리에 중간에서 끊어졌다. 의아한 표정으로 쳐다보는 운현에게 하영령은 말했다.

"분위기가 너무 무거워요."

덜컥.

하영령은 자리에서 일어섰다.

"나가죠? 우리."

아무렇지도 않은 듯, 하영령은 그렇게 말했다. 운현은 놀란 표정이 되었지만 하영령은 그의 대답을 기다리지도 않고 이미 몸을 돌리고 있었다. 운현은 자리에서 일어설 수밖에 없었다.

"그러지요."

여전히 부드러운 음성으로 운현은 대답했다. 그리고 탁자 옆에 세워 놓았던 검을 챙기는 것도 잊지 않았다.

운가상단의 정문 앞에는 하영령이 타고 온 마차가 서 있었다. 하영령은 특별한 설명도 없이 그대로 마차에 올라탔고, 운현도 그 뒤를 따라 마차에 올랐다. 마차가 어디론가 움직여 가기 시작했지만 하영령은 창 밖만 쳐다보면서 아무런 말도 하지 않았다.

마차 안에서도 하영령은 고의로 운현의 시선을 피하는 듯, 고개를 돌리지 않았다. 덕분에 마차가 어딘가에 멈춰 설 때까지 운현은 그렇게 말없이 하영령을 쳐다볼 수밖에 없었다.

지금은 이야기를 하고 싶지 않다는 기색을 그녀가 노골적으로 나타내고 있었기 때문이었다. 그리고 마차가 멈춰 섰을 때, 두 사람은 석양이 아름답게 깔리기 시작하는 주강(珠江) 선착장 한 곳에 내려서게 되었다.

운현과 하영령 두 사람이 탄 배는 주강 유람에 흔히 쓰이는, 열 명 남짓 탈 만한 크기의 배였다.

휘장으로 지붕처럼 차양을 치고 가운데는 음식을 차릴 공간이 마련되어 있어, 밤에는 불을 밝히고 주강의 야경을 감상하며 자그마한 연회를 여는 데 쓰이는 전형적인 소형 유람선이다.
 차양으로 사용하는 고급 천이나 배에 조각된 정교한 장식들은 이 배가 꽤나 공들여서 꾸며진 것이라는 것을 말해주고 있었다.
 운현과 하영령이 배에 오르자 늙수그레한 사공은 익숙한 솜씨로 주강의 물결 위에 배를 실었다.
 찰싹 찰싹.
 석양으로 물든 주강의 강물이 유람선에 부딪히며 작은 물소리를 냈다. 그저 천천히 흘러가듯, 배는 주강을 따라 조용히 나아가고 있었다.
 "후우."
 바람에 날리는 긴 머리를 한 손으로 넘기며 하영령은 깊은 숨을 내쉬었다. 그녀는 뱃전에 기대어 앉아 주강의 풍경을 바라보고 있었다. 운현은 같은 뱃전에, 유람선의 진행 방향에 등을 돌리고 그녀를 마주보며 자리하고 있었다.
 "바람이 기분 좋네요."
 운가상단을 나선 후 그녀가 처음으로 한 말이다. 여전히 하영령을 쳐다보고 있던 운현은 조용히 응대했다.
 "자주 오는 편입니까?"
 "기분이 답답할 때면 와요. 이렇게 강에 배를 띄우고 있으면, 모든 게 천천히 흘러가는 것 같아서 기분이 편해지잖아요?"
 그녀가 고개를 돌리며 운현을 쳐다보았다.

"그렇군요."

운현이 고개를 끄덕이며 동의를 표했다. 하영령은 싱긋 웃으며 말했다.

"물론 괜찮은 남자를 만났을 때도 와요. 밤이 되면 분위기가 끝내주거든요."

자신도 모르게 운현의 입가에 쓴웃음이 걸렸다.

"응?"

하영령은 운현을 째려보며 말했다.

"지금 비웃은 거예요?"

"아! 이건……."

운현은 반사적으로 무언가 변명을 하려다 멈췄다. 이런 상황에서 변명해 봤자 더 일이 난처하게 될 뿐이라는 것을 깨달은 것이다.

"죄송합니다."

운현은 고개를 숙였다. 그리고 뒤이어 쏟아질 그녀의 비난을 기다리고 있었다. 하지만 들려온 하영령의 목소리는 운현의 예상과는 아주 달랐다.

"뭐, 비웃어도 어쩔 수 없죠."

운현은 고개를 들었다. 하영령은 뱃전에 기대어 앉아 강을 바라보고 있었다. 그녀는 자조하듯, 가벼운 미소를 띠우고 있었다.

"그렇게 살아온 걸요."

어딘가 허탈한 듯 들리는 그녀의 목소리에 운현은 새삼 하영령을 다시 바라보았다. 강가를 바라보는 그녀의 시선은 어딘가 먼 곳을 향하는 듯하다.

"죄송합니다. 그럴 생각은 없었습니다."

운현은 다시 한 번 정중하게 사과를 했다. 하영령은 고개를 돌려 운현을 바라보았다. 그녀의 눈에 의아한 표정이 가득하다.

"오늘은 꽤 관대하네요?"

"네?"

"틀림없이 어려운 문자라도 쓰면서 한마디 들을 줄 알았는데요? 그러니까 뭐, 그렇게 살지 말라…… 그런 의미로 말이에요."

"아, 그건……."

하영령이 무엇을 말하는지 운현은 알아차렸다. 처음 만났을 때, 그녀의 무례함을 꼬집으며 한마디 한 것을 그녀는 아직도 담아두고 있는 것이다.

"됐어요. 뭐, 굳이 따지자는 건 아니니까."

그녀는 가볍게 말했다. 그녀의 목소리가 어딘가 쓸쓸한 듯 들려서, 운현은 새삼 하영령을 쳐다보았다. 하지만 하영령은 이미 고개를 돌리고 흘러가는 주강의 풍경에 시선을 두고 있었다.

"뭘 하고 있었어요?"

고개도 돌리지 않은 하영령의 말에 운현은 반문했다.

"네?"

그제야 운현을 쳐다보며 하영령이 말했다.

"여기 오기 전에 뭐하고 있었냐구요. 북경에서 학사를 지냈다던데……."

난화기루에서 일어난 일을 이미 모두 본 하영령이다. 운현이 그저 평범한 학사였다고는 생각하지 않으리라.

"그것만은 아니죠?"

운현은 대답 대신 조용히 시선을 내려 자신의 검을 바라보았다. 그의 옆에 놓여 있는 검. 굳이 이런 곳까지 들고올 만한 것은 아니었는지 모르지만, 운현은 검과 떨어져 있고 싶지 않았다.

"많은 사람을 만났습니다."

운현은 조용히 대답했다.

"그리고 많은 일들을 겪었지요."

"결국 대답하기 싫다는 거예요?"

하영령은 쉽게 넘어가지 않는다. 어이없다는 표정과 뾰루퉁한 표정이 섞인 얼굴로 하영령이 말하자 운현은 웃음을 지어 보였다.

"무림맹에서 서기 일을 했었습니다."

"무림맹?"

하영령은 눈을 동그랗게 떴다. 아무리 자신이 무림과 관계가 없는 사람이라 해도 무림맹이라는 이름까지 모르지는 않는다. 게다가 얼마 전 항주 혈사라는 큰일이 있지 않았는가?

"그리고 제 탓으로 소중한 사람을 잃었습니다."

운현의 얼굴에 그늘이 졌다.

"여자……예요?"

조심스러운 목소리였지만 하영령은 궁금한 것을 참지 않는다. 그녀의 질문에 운현은 고개를 저었다.

"아닙니다. 하지만……."

운현은 목이 메어오는 것을 느꼈다. 생각만으로도 가슴이 먹먹해지는 것만 같다.

"친구였습니다. 소중한……."

검을 바라보는 운현의 얼굴에는 말로 할 수 없는 감정들이 섞여 있었다. 눈물을 참으려는 듯, 그렇게 검을 내려다보던 운현의 귓가에 하영령의 작은 목소리가 들려왔다.

"미안해요."

"아닙니다."

괜찮다는 말을 하려 고개를 들던 운현은 깜짝 놀랐다. 자신을 쳐다보는 하영령의 눈가에 눈물이 맺혀 있었다.

하영령은 바로 고개를 돌렸지만 슬며시 눈가를 찍어내는 그녀의 손은 운현이 잘못 본 것이 아니라는 것을 말해주고 있었다.

"아아, 밤이 돼서 그런지 바람이 쌀쌀하네."

괜한 바람 탓을 하며 하영령은 화사한 겉옷을 어깨에 걸쳤다. 그러고 보니 어느새 석양도 많이 저물고, 강가에 하나둘씩 등불이 켜진다. 화려한 광주의 이름답게 거리는 유난히 일찍 등불을 밝히고 있었다.

끼익 끼익.

사공이 노를 젓는 소리가 들려오기 시작했다. 이대로 바다까지 떠내려갈 수는 없는 일이니 배를 움직여야 하리라.

주위가 본격적으로 어두워지기 시작하자 노를 젓던 늙은 사공이 잠시 틈을 내 등불을 켜려 했다. 하지만 하영령이 손짓하여 배 앞쪽에 작은 등불 하나만 밝히도록 했다. 차양 이곳저곳에 걸린 큰 등 여러 개가 불이 꺼진 채로 바람에 흔들거린다.

"어두운 게 좋아요."

하영령은 조용하게 말했다.

"부드럽게 감싸주는 것 같은 느낌이 들거든요. 오랜 친구처럼……"

어둡다고는 해도 가까이 있는 서로의 모습이 보이지 않을 정도는 아니었다. 광주의 밤을 밝히는 화려한 등불들은 주강에 긴 불빛을 드리우고, 이곳저곳을 떠다니는 크고 작은 유람선들도 환하게 불을 밝히고 있었다.

"나……"

말이 없던 하영령이 조용히 입을 열었다.

"싫어하죠?"

운현은 대답했다.

"싫어하지 않습니다."

하영령이 고개를 돌렸다.

"난화기루에서 당신을 다치게 한 건 바로 나예요. 모르지는 않겠죠?"

"제 앞을 막아선 사람도 바로 당신이었지요."

운현의 대답에 하영령은 쓴웃음을 지었다. 자신이 벌인 일을 스스로 책임진 셈이니 그 일을 추궁할 생각이 없다는 뜻이다.

"버릇없고 제멋대로라고 생각하지 않아요?"

"생각이 없는 사람은 아니라고 스스로 말하지 않았습니까?"

"맞아요."

하영령은 말했다.

"당신은 잘 모르겠지만, 이런 시대에 여자로 산다는 건 정말 짜증나는 일이에요. 어떤 사람은 여자라는 것을 영리하게 잘 이용하는 사람도 있지만, 나는 그런 건 싫거든요. 그래서 내가 하고 싶은 대로 할 뿐이에요. 다행히 나에게는 하청상단이라는 좋은 배경이 있으니까요. 그런데 대뜸 집안에서 혼인이라는 패를 꺼내든 거예요. 그것도 전혀 모르는 샌님 같은 사람하고 억지로 말이지요. 그러니 내가 화가 안 나겠어요? 내가 절대 양보할 수 없는 것 중에 하나가 바로 혼인이었는데 말이에요. 세상에, 본 적도 없는 사람하고 평생을 살라니."

막힌 둑이 터진 것처럼 거침없이 말을 잇던 하영령은 문득 인상을 찌푸렸다.

"뭐예요? 그 표정."

멍한 표정을 짓고 있던 운현은 문득 정신을 차렸다.
"아, 아닙니다."
"흥. 못 믿겠다는 뜻이에요?"
"그건 아닙니다만, 좀 의외이긴 하군요. 이런 시대에 여자로 산다는 것이라니……."

그것은 솔직한 운현의 심정이었다. 갑작스레, 그것도 운현이 알고 있던 하영령에게서 튀어나오기엔 너무 거창한 말이 아닌가? 자신이 그녀를 잘 모른다는 당연한 사실이 새삼 실감나는 운현이었다.

"그 말, 칭찬으로 받아들여주죠."

하영령은 코웃음을 치며 한 손으로 머리카락을 넘겼다.

"어쨌든 당신에게는……."

잠시 말이 멎었다. 처음에는 미안하다며 사과를 하려 했지만, 왠지 그 말은 하고 싶지 않았다. 하영령은 고개를 돌리더니 입을 꾹 다문 채 흘러가는 불빛들을 바라보았다.

무언가 복잡한 생각들을 정리하는 것처럼, 그렇게 한동안 말이 없던 하영령이 무언가 결심한 듯 입술을 깨물고는 운현을 향해 고개를 돌렸다.

"당신은……."

그러나 그녀의 결심은 쉽게 흔들렸다. 자신을 똑바로 쳐다보는 운현의 시선과, 아까부터 쉽사리 진정되지 않는 가슴의 고동이 그녀를 흔들고 있었다.

'후우, 이래서야……'

그렇게 사그라지던 그녀의 눈빛은, 문득 운현의 검에 시선이 가 닿는 순간 다시 생기를 얻었다. 그녀의 시선을 알아차린 운현이 설명하려 했다.

"아, 이것은……."

그러나 운현이 채 무어라 말을 하기도 전에, 이미 하영령의 손이 검에 가 닿고 있었다.

챙.

하영령은 거침없이 검을 빼 들었다. 주강을 밝히는 불빛이 검날에 반사되어 가늘게 반짝인다.

"흐음."

검을 빼 든 하영령은 마치 물건을 감정하듯 검을 자세히 들여다보았다. 운현은 검을 향해 뻗었던 손을 내릴 수밖에 없었다.

"좋은 검이네요."

하영령은 검을 살펴보며 말했다.

"정확히 얼마라고는 말하지 못해도, 흔히 볼 수 없는 검인 것만은 틀림없군요."

그녀의 말에 운현은 미소를 지었다. 이러니저러니 해도 상단의 가문에서 태어나 자라온 하영령다운 말이라고 생각했기 때문이다. 그리고 다음 순간, 검을 든 하영령의 손이 가볍게 움직였다.

스윽.

운현은 긴장했다. 하영령의 손에 들려 있던 검이 어느새 자신의 어깨 위에 얹혀 있었기 때문이다. 날카로운 검날을 자신의 목을 향해 반짝이면서.

"위험……."

위험하다는 말을 하려던 운현은 문득 자신을 향한 하영령의 미소를 발견했다. 하영령은 운현을 바라보며 웃고 있었다. 이제껏 보지 못했던 편안한 미소였다.

"좋아요."

하영령은 가벼운 목소리로 말했다.

"역시 이게 훨씬 좋네요."

"아가씨가 검을 쥐고 있는 것 말인가요?"

운현의 말에 하영령은 고개를 저었다.

"아니, 내가 주도권을 쥐고 있는 게 더 좋다는 말이에요. 나는 원래 검 같은 거 하고는 별로 안 친하거든요."

"그럼 이 검을 치우고 얘기하셔도 마찬가지일 것 같습니다만……. 조금 위험하기도 하고 말이지요."

운현의 조심스러운 권유에도 하영령은 고개를 저었다.

"안 돼요. 이렇게라도 하지 않으면 밤새도록 이야기만 빙빙 돌리다가 끝날 것 같거든요. 그리고……."

하영령은 방긋 웃으며 말했다.

"이게 효과가 아주 확실하네요."

그녀의 말대로였다. 운현은 긴장하고 있었고, 하영령은 느굿해하고 있었다.

 아무리 그녀에게 다른 의도가 없다 해도 날카로운 검날이 목을 노리고 있으니 어찌 운현이 긴장하지 않을 수 있으랴. 게다가 그녀 스스로 검하고는 별로 친하지 않다고 말했으니 말이다.

 "이제 하나씩 차근차근 얘기해 보죠."

 운현을 향해 검을 뻗은 채로 하영령은 말했다.

 "당신, 나에게 잘못했죠?"

 하영령의 말에 운현은 잠시 생각했다. 그녀의 말이 무엇을 의미하는지는 금방 알 수 있었다.

 "네. 잘못했습니다."

 "자세히 말해 봐요."

 하영령이 재촉한다.

 "난데없이 혼인을 강요당한 아가씨의 처지에서 생각해 보면, 비록 처음 만난 자리라 해도 그 정도 무례는 작은 실수입니다. 제가 오히려 속이 좁았지요."

 "바로 그래요."

 하영령은 만족한 미소를 머금었다. 그리고 말했다.

 "미안해요."

 하나도 미안한 것 같지 않은 밝은 음성으로 하영령은 말했다.

 "난화기루에서의 일은 내 잘못이었어요. 그래서 꼭 말하고 싶었어요. 미안해요."

"알겠습니다."

 비록 검을 목에 겨누고 하는 셈이지만, 운현은 순순히 그녀의 사과를 받아들였다. 그녀가 진심을 말하고 있다는 것을 알았기 때문이다.

"그리고."

 하영령은 운현을 똑바로 바라보았다. 그녀의 커다란 눈동자가 주강의 불빛을 받아 반짝였다.

"나, 당신이 좋아요."

 주강 위로 불빛이 흘렀다. 하영령의 아름다운 얼굴과 그녀의 눈빛에, 그리고 그녀가 들고 있는 날카로운 검날에도 불빛이 흐르고 있었다.

 운현은 조용히 그 불빛을 바라보았다. 강바람이 그녀의 머리를 부드럽게 흔들고, 뱃전에 부딪히는 물소리가 끊임없이 이어지고 있었다.

"죄송합니다."

 운현의 대답은 조용하지만 확실했다.

"좋아하는 사람이…… 있나요?"

 하영령의 목소리는 가볍게 떨리고 있었다.

"네, 있습니다."

"그게…… 누구죠?"

 운현은 대답하지 않았다. 그리고 바로 하영령의 목소리가 들려왔다.

"아니, 이건 내가 물어볼 필요가 없는 거겠죠."

하영령은 다시 물었다.

"왜…… 그 사람을 좋아하는 거예요?"

"이유는 모르겠습니다."

운현은 대답했다.

"하지만 그 사람을 생각하면……."

운현은 시선을 돌렸다. 점점이 등불이 빛나는 주강의 풍경이 눈에 들어왔다.

"제 마음이 아파옵니다."

끼익 끼익.

찰싹.

노 젓는 소리 사이로 물살이 부서지는 소리가 들려왔다.

"그렇군요."

하영령은 조용히 되뇌듯 말했다.

"그래요. 그런 거군요."

그녀도 시선을 돌렸다. 그렇게 말할 수밖에 없었다. 흘러가는 주강의 밤풍경을 시야에 담으며 그녀는 조용히 앉아 있었다.

"그럼."

먼저 입을 연 것은 하영령이었다. 그녀는 운현을 돌아보며 말했다.

"이제 나머지 일을 처리해야 되겠군요."

운현은 고개를 끄덕였다.

"어차피 당신은 처음부터 나와 혼인할 생각은 없다고 했어요. 지금도…… 그렇지요. 그런데 아직까지 우리 상단에 거절의 뜻을 보내지 않은 것은, 바로 운가상단이 처한 상황 때문이지요?"

방금 전의 그 흔들림이 거짓이었던 것처럼, 하영령은 거침없이 말을 이어갔다. 하지만 그녀도 중간에 잠깐 목소리가 떨리는 것만은 어쩔 수 없었다.

"그렇습니다."

"이대로 그냥 있다가는 나와 혼인해야 할 텐데요?"

"아가씨가 그렇게 놓아두지 않을 것이라 생각했습니다."

"안됐군요. 나는 날 좋아하지도 않는 사람을 위해 수고를 감수할 생각은 손톱만큼도 없거든요."

하영령은 아주 조금 혀를 낼름 내밀어 보이며 말했다.

"그럼 어떻게 해야 합니까?"

"흐음. 어떻게 해야 할까?"

한 손가락으로 자신의 입술을 살짝 누르며 하영령은 짐짓 모르겠다는 표정으로 말했다.

덕분에 한 손으로 들고 있는 검이 조금 흔들려 운현은 살짝 긴장을 더해야 했다. 노를 젓고 있던 노인의 목소리가 들린 것은 바로 그때였다.

"조심하십시오—."

끼이익.

노인의 목소리와 함께 배가 상당히 크게 흔들렸다. 운현은 한 손으로 뱃전을 잡고 다른 한 손을 어깨로 올려 흔들리는 검날을 손가락으로 가볍게 쥐었다. 하영령 역시 배와 함께 몸이 크게 흔들렸다.

"꺄!"

다행히 그녀가 검을 놓치지는 않았지만 자세는 크게 흐트러졌다. 그 덕분에 그녀의 치마가 살짝 올라가며 가느다란 발목과 하얀 종아리가 그대로 드러났다.

어슴푸레한 불빛 아래 그 모습은 더할 나위 없이 고혹적이었고 운현은 그 모습을 그대로 눈앞에서 바라보는 꼴이 되었다.

"크흠."

얼굴이 슬쩍 붉어지며 운현은 얼른 시선을 돌렸다. 멋쩍은 마음에 헛기침까지 나왔다.

그렇게 마음을 진정시킨 운현이 슬그머니 시선을 돌리자 자신을 똑바로 쳐다보고 있는 하영령의 시선과 맞부딪쳤다. 하영령은 가느다란 미소를 띠우며 운현을 보고 있었다.

"내 다리, 예쁘죠?"

"크, 크흠."

운현은 헛기침으로 대답을 대신했다. 하영령은 다시 한 번 웃고 난 후, 뒤를 돌아보며 소리쳤다.

"선노(船老)! 오늘은 안 해도 돼요!"

선노(船老)라 불린 노인은 아무런 대답이 없었다. 다만 규칙적으로 노 젓는 소리만이 대답 대신 들려올 뿐이었다.

"선노가 조금 착각한 것 같네요. 남자를 여기에 데려온 게 하도 오랜만이라 그랬나 봐요."

가벼운 목소리로 말하던 그녀는 문득 운현의 표정을 보고는 한쪽 입술을 틀어 올렸다.

"그 표정은 뭐예요? 당신이 생각하는 것 같은 그런 일은 전혀 없으니 안심해요."

"위험한 일입니다."

운현은 진지한 눈빛으로 말했다.

"뭐가요?"

"사람을 너무 믿으면 안 됩니다. 특히 상대가 젊은 남자라면, 우발적이라 해도 무슨 일을 저지를지 모르는 일이니까요."

"당신도 남자면서 그렇게 얘기하네요?"

"저도 남자니까요."

"호호호."

하영령은 웃음소리를 흘렸다. 여전히 그녀의 한 손은 운현의 목을 향한 검을 쥔 채였다.

"뒤에 선노가 버티고 선 게 안 보이나 봐요? 선노는 보기완 달리 장정 서넛은 한 손에 던져버릴 정도로 아직 정정하답니다. 지금도 이 배를 한 손으로 움직이고 있잖아요."

운현은 그제야 선노라는 사람을 다시 쳐다보았다. 그는 어둠 속에 조용히 침묵한 채 이따금씩 노를 젓고 있었지만 하영령의 말처럼 조금도 피로한 기색이 없었다. 평생을 강에서 단련한 사람이라면 아마도 그러하리라.

"참 내, 남자들이란."

하영령은 혀를 차며 비웃듯이 말했다.

"다른 여자 일에 무슨 참견이 그리 많담? 자기가 책임질 것도 아니면서."

그녀의 말이 틀린 것이 없었기에, 운현은 슬쩍 얼굴을 붉힐 수밖에 없었다. 바로 조금 전과는 아주 다른 이유에서.

"자, 그럼. 감상은?"

"네?"

"방금 봤잖아요. 그럼 적어도 감상이라도 이야기해 줘야죠?"

"크흠."

운현은 쑥쓰러운 듯 헛기침을 했다. 하지만 하영령은 그냥 넘어갈 태세가 아니다.

"예, 예쁩니다."

"정말로?"

"네."

"호호호."

하영령은 다시 웃음소리를 높였다.

"당신이 처음이에요. 호호호홋."

정말로 우스운 듯, 하영령은 한 손으로 배를 잡고 웃고 있었다. 운현은 붉어진 얼굴로 따지듯 물었다.

"뭐, 뭐가 말입니까?"

"얘기하란다고 정말 감상을 얘기한 사람 말이에요. 오호호홋. 아우, 정말 웃겨."

운현의 얼굴이 벌게지고 있었지만 하영령은 웃음을 멈추지 못했다.

"은근슬쩍 기대든가 아니면 느끼한 말을 던지는 건 봤지만 정말로 그렇게 진지하게 대답하다니……. 아우. 깔깔깔깔."

웃어대던 하영령은 손으로 두 눈가를 찍었다. 하도 웃어서 눈물이 날 정도였나 보다. 물론 그동안 운현은 아무 말도 못하고 꿀 먹은 벙어리로 있어야 했다.

그렇게 한참을 웃어대던 그녀는 여전히 웃음이 가득한 얼굴로 운현을 바라보았다. 그리고 천천히 운현에게로 얼굴을 가까이 했다.

"나, 예뻐요?"

가까이서 본 그녀의 눈동자는 물기를 머금은 채 반짝이고 있었다. 얼굴 하나 가득 운현을 향해 웃고 있는 그 모습을 향해 운현은 조용히 대답했다.

"네. 예쁩니다."

"좋아요."

하영령은 만족한 미소를 지었다. 그리고 말했다.

"운가상단의 일은 내가 처리하도록 할게요. 대신 대가를 받아야겠어요."

"대가?"

"설마 빈손으로 거래를 성사시킬 셈은 아니겠지요?"

"그럼, 무엇을……."

"글쎄요."

하영령은 선노를 힐끗 쳐다보더니 운현을 향해 비밀이라는 듯 손가락을 하나 세워 입술에 가져다 대었다. 그리고는 운현의 어깨에 걸치고 있던 검을 살짝 내리며 무언가 귓속말이라도 하려는 듯 몸을 구부려 운현에게 얼굴을 더욱 가까이 했다.

운현 역시 무의식적으로 얼굴을 가까이 가져다 대었고, 지나치게 가까이 다가오는 하영령의 표정이 어딘가 이상하다고 느끼는 순간, 이미 그의 입술에는 차가운 느낌이 맞닿아 오고 있었다.

"헛!"

운현은 문득 정신을 차린 듯 깜짝 놀라며 뒤로 몸을 뺐다. 목에 칼이 놓여 있다는 것마저 잊을 정도였다. 그러나 반대로 하영령의 입가에는 득의의 미소가 번져가고 있었다.

"좋아요. 이것으로 대가는 확실히 받았어요."

하영령은 혀를 살짝 내밀어 자신의 입술을 핥았다. 그 모습은 더없이 고혹적이었지만 운현의 입장에서는 그보다 더 당황스러울 수가 없었다.

"이, 이게 대체……."

"어머, 왜요? 설마 처음이었어요?"

운현의 얼굴이 대번에 붉어지고 하영령은 자신의 말이 옳았음을 확신했다.

"아니, 그 나이에 이번이 처음이란 말이에요? 호호호."

그녀의 느긋한 웃음소리에는 승자의 거만함이 가득 차 있었다. 그리고 당황해하고 있는 운현에게 그녀는 마지막 결정타를 날리듯 여유로운 표정으로 이렇게 말했다.

"이거 어쩌죠? 난 처음이 아닌데."

달캉.

검이 떨어지는 소리가 들렸다. 이제 하영령에게는 검이 필요 없었다.

당혹한 운현의 표정이, 이제 누가 우위를 점하고 있는가를 확실히 보여주고 있었기 때문이다.

"호호호."

하영령의 득의한 웃음소리가, 불빛이 빛나는 밤의 주강 위를 여유롭게 흐르고 있었다.

제4장
금의환향(錦衣還鄉)

　광동성 안찰사는 방대한 광동성의 지방 감찰 업무를 총괄하는 자리다. 안찰사사(按察使司)는, 각기 행정과 군정 업무를 총괄하는 포정사사(布政使司), 도지휘사사(都指揮使司)와 함께 두말할 나위 없는 최고의 지방 권력 기관이다.

　제아무리 막대한 재력과 영향력을 가졌다 한들, 광동성에 있는 사람이라면 누구라도 그 앞에서는 허리를 굽히고 고개를 조아려야 했다.

　그러나 광동성에서는 그 누구도 두려워하지 않는 안찰사라도 바짝 긴장할 수밖에 없는 것이 있었으니 바로 황실에서 내려오는 명령이었다.

각 지방의 일에 대해서는 지방관 각자의 판단에 따른 최대한의 자치를 보장하면서도, 황실의 명령에 거역하는 것에 대해서만은, 그것이 비록 티끌만한 것이라 해도 절대 가차 없는 것이 바로 역대 황실의 전통이었고 지엄한 율법이었다.

또한 안찰사는 지방 권력의 최고 자리임과 동시에 언제라도 중앙 권력으로 복귀하고자 하는 자들의 자리였다. 그러므로 그들이 황실의 동정과 움직임에 귀를 세우는 것은 당연한 일이었다.

그들은 황실의 움직임과 중앙 권력의 상황에 누구보다도 민감하게 반응했고, 실제로 그 반응에 따라 그들의 운명이 바뀌었다. 그러니 오늘, 심상치 않은 중앙의 명령서 한 장에 광동성 안찰사가 긴장과 초조를 감추지 못하고 있는 것은 어찌 보면 당연하다 할 수 있었다.

"이게 대체 무슨 뜻인가?"

광동성 안찰사 장영환은 한쪽 눈썹을 찌푸리며 말했다. 화려한 비단옷을 차려입은 그의 손에는 오늘 아침 초지급으로 전달된 두루마리가 하나 쥐어져 있었다.

황금색 용 문양이 선명한 붉은색 비단 두루마리가 의미하는 것은 바로 지엄한 황실의 뜻을 담은 조정의 명령이라는 뜻이다.

"그, 글쎄요. 일단 적혀 있기로는 지방 순행 감찰어사의 별도 업무에 적극 협조하여 추호도 부족함이 없도록 하라는 것입니다만……."

"누가 그걸 모르나? 대체 그 별도 업무라는 것이 무엇인가 말이야!"

안찰사의 호통에 보좌관은 흐르는 땀을 닦으며 대답했다.

"일단은 포정사사와 도지휘사사에도 같은 명령이 전달된 것을 확인했습니다만, 현재로서는 딱히 무어라 말씀드리기가……."

"그러니 더 문제가 아닌가!"

쾅!

안찰사는 책상을 내리쳤다. 빤히 아는 대답을 반복할 수밖에 없는 보좌관의 심정을 모르는 바는 아니었지만, 지금 자신의 심정도 그만큼이나 답답하고 초조했기 때문이다.

"포정사사와 도지휘사사에도 같은 명령서가 전달되었다니, 이런 심상치 않은 일에 하나도 아는 것이 없다는 게 대체 말이나 되는가 말일세!"

안찰사는 굵은 눈썹을 꿈틀거리며 말했다.

"지금 광동성을 담당하는 감찰어사가 누구라 하던가?"

"이, 일단은 그것이 당장 알 수는 없사옵고 북경으로 기별을 보내 은밀히 알아보는 수밖에는……."

순행 감찰어사의 신분은 기본적으로 기밀에 속한다. 그러나 이리저리 얽힌 중앙관료들의 이해관계를 따라가다 보면 그 기밀사항을 접하는 것도 어렵지 않은 일이다. 물론 그것에는 도찰원(都察院)의 위상이 그동안 많이 약화된 탓도 있으리라.

하지만 안찰사는 눈살을 찌푸렸고 보좌관 역시 목을 쏙 집어넣었다.

북경에 기별을 보내 답을 받자면 여러 날이 훌쩍 지나갈 것이 뻔하니, 지금은 전혀 도움이 되지 않는 말이었기 때문이다.

"결국 감찰어사가 올 때까지 기다릴 수밖에는 없다는 뜻이 아닌가?"

"일단은 그렇습니다만……."

보좌관은 다시 이마의 땀을 닦았다. 아까부터 자신이 한 말이 그것이 아니었던가?

"에잉, 대체 하는 일이라곤……."

안찰사는 답답한 목소리를 내뱉고 보좌관은 어쩔 줄 몰라 한다. 사실 그가 아무런 잘못이 없다는 것은 안찰사 자신이 더 잘 알고 있었다. 명령을 내린 본인이 아니고서야 어찌 적혀 있지도 않은 내용을 알 수 있을 것인가?

'바로 그게 문제야.'

안찰사는 입술을 깨물며 두루마리를 노려보았다. 감찰어사가 언급되었다면 바로 도찰원(都察院)이 움직였다는 뜻이다. 그리고 도찰원이라면 지금 생각할 수 있는 사람은 단 한 명이다. 바로 박 공공.

"끄응."

안찰사는 자신도 모르게 신음을 흘렸다. 지금 박 공공은 미래의 권력 핵심으로 다가갈 수 있는 가장 확실한 줄이었다.

아니, 벌써 권력 핵심을 장악한 것이나 마찬가지인 인물이기도 했다. 관복을 입은 자라면 누구나 꿈꾸는 중앙 권력, 그것도 핵심으로의 진입을 확실히 보장할 수 있는 사람인 것이다.

안찰사 역시 그러한 욕심에서 자유롭지 못했다. 비록 그가 특별한 비리에 연루된 적도 없고, 관리로서 딱히 커다란 흠이 없는 사람이라 하더라도, 또한 그만큼 딱히 내세울 공적이나 치적 역시 없는 것도 사실이다. 본래 체제가 안정된 평안한 시절의 관리란 다 그러한 것이 아니던가?

'하지만……'

문제는 위험 요소를 간과할 수도 없다는 것이다. 권력이란 본디 위험한 외줄타기와 같아서, 앞뒤 상황도 모르고 덜컥 발을 디뎠다가는 그 뒷감당이 결코 만만치 않을 터이다.

지금 안찰사가 애매한 보좌를 닦달하는 것도 일에 대한 정확한 상황을 파악하지 못한 데서 오는 그 초조함 때문이었다.

'허나 또 언제 이런 기회가……'

광동성이 비록 물산이 풍부한 고장이라고는 하나 중앙 권력으로부터의 거리를 말하자면 거의 변방이나 다름없는 수준이다.

그런 이곳에서 중앙 권력의 핵심 실세인 박 공공과 끈이 닿을 기회가 생기는 것은 결코 그냥 놓쳐버릴 수 없는 일이다. 그것도 수도의 쟁쟁한 세력가들을 제치고 직접 말이다.

"끄음."

신음인지 한숨인지 알 수 없는 안찰사의 목소리가 흘러나온 직후, 밖에서 목소리가 들려왔다.

"대감, 감찰어사라 하는 이가 지금 와 있사옵니다."

덜컹.

안찰사는 자신도 모르게 자리에서 일어났다. 여느 때와 같이 보좌관이 고개를 돌리며 밖을 향해 대답한다.

"안으로 모시거……."

"아니다."

보좌관의 대답을 끊으며 안찰사는 말했다. 유명무실한 도찰원의 감찰어사야 평소라면 오든 가든 아무 상관도 않을 그였지만 지금은 상황이 매우 다르다.

"내가 나가겠다."

자리에서 일어난 안찰사는 걸음을 재촉했다. 그리고 그 뒤를 보좌관이 긴장된 표정으로 황급히 따르고 있었다.

"귀인을 모셔간단 말이오? 그것도 황실의 예격에 준하여?"

안찰사 장영환의 말에 감찰어사 조관은 순순히 대답했다.

"그렇습니다. 이 임무를 위하여 광동성에서의 제 순행도 오늘로서 끝마치게 되었습니다."

보통 감찰어사가 지방관에게 모습을 드러내는 경우는 바로 지방관을 탄핵하고자 할 때뿐이다. 감찰어사 조관이 자신의 순행이 끝났음을 밝히는 것은 자신의 일이 감찰어사의 통상업무에 해당하지 않음을 확인해주기 위함이기도 했다.

"지엄한 명을 준행하고자 함이니, 광동성 안찰사사의 흔쾌한 도움을 요청하는 바입니다."

감찰어사 조관은 예를 갖추며 말했다. 감찰어사라 해도 어디까지나 직급으로는 안찰사의 하위다. 때문에 조관은 안찰사를 대함에 있어 예의를 잊지 않았고 명령 대신 협조라는 형식을 취하고 있었다.

"허어, 황실의 예격이라……."

안찰사는 낭패한 표정을 숨기지 않았다. 황실의 예격이라 함은 황실의 공식 행차에 준한다는 뜻이다. 물론 황실에서 공식적으로 주관하는 일은 아닐 터이다.

그럼에도 불구하고 황실의 예격 운운한 것은 이 일이 도찰원이나 동창, 혹은 박 공공에게 얼마나 중대한 사안인가를 단적으로 보여주는 것이리라. 그러나 황실의 예격이라는 말이 의미하는 것은 단순한 의례적 수사(修辭), 그 이상이라는 것이 문제였다.

"정말 황실의 예격대로 한다면 동원되는 인원만도 수백, 아니 규모에 따라서는 수천을 헤아려야 할 큰일이 아니오? 게다가 안찰사사뿐만 아니라 포정사사와 도지휘사사까지 꼬박 몇 달을 매달려야 할 커다란 일인데 어찌 이렇게 갑자기……."

안찰사가 당혹한 표정을 짓자 조관은 그의 오해를 바로잡아

주어야 한다는 것을 깨달았다.

"아니, 아닙니다. 그러한 것이 아니라……."

조관은 잠시 주저했다. 황실의 예격에 준하여 결코 예의에 어긋남이 없도록 모시라고 했으면서도 절대 소란스럽게 하지는 말라고 했다.

언뜻 앞뒤가 맞지 않는 것 같은 이 명령이 의미하는 바는 단순했다. 그러나 그 단순한 의미를 설명하는 것은 쉽지 않았다. 결국 그는 내려온 명령을 그대로 되풀이하는 수밖에 없었다.

"예격에 준하되 결코 소란스럽게 하지는 말라 하셨습니다."

조관의 대답에 안찰사는 잠시 당황한 표정이 되었다. 그 역시 이 애매한 명령의 의미를 금방 파악하지 못한 탓이다. 그러나 조정의 녹을 한두 해 먹어본 것이 아니다. 안찰사는 곧 그 뜻을 깨닫고 슬쩍 눈살을 찌푸렸다.

"크흠. 그렇군. 그럼 어떻게 하는 게 좋겠소?"

안찰사의 물음에 조관은 미리 준비한 듯 대답했다.

"호위를 위한 일백의 군사와 기마 서른, 그리고 튼튼한 마차 다섯 대를 준비해 주십시오. 물론 북경까지의 노정에 사용할 자금도 필요합니다."

안찰사는 옆에 선 보좌관을 돌아보았다. 보좌관은 기다렸다는 듯이 대답했다.

"일백 군사와 기마 서른은 도지휘사사에 요청하면 어렵지 않을 것입니다. 마차는 저희에게 여유분이 있고, 자금은 포정사사에 요청하면 됩니다."

명쾌한 대답에 안찰사는 고개를 끄덕였다. 그리고 감찰어사 조관을 바라보았다.

"그것으로 되겠소?"

언뜻 앞뒤가 맞지 않아 보이는 명령이 뜻하는 바는 매우 간단했다. 그것은 곧 귀인을 모심에 있어 성의를 표시하되 '최대한'으로 하라는 뜻이다. 그리고 그 성의 표시가 절대 귀인의 심기를 거슬려서도 안 된다는 뜻이기도 했다.

문제는 그 최대한이라는 표현이 상당히 애매하다는 뜻이다. 게다가 그 여부를 판단하는 것도 자신들이 아닌 그 정체모를 '귀인'에게, 혹은 박 공공에게 있으니 더더욱 그러하다. 그러니 안찰사가 미심쩍은 표정으로 반문한 것도 당연한 일이었다.

"감사합니다."

감찰어사 조관은 대답 대신 고개를 끄덕여 보였다. 이 정도로 충분하다는 뜻이리라.

"흐음."

안찰사는 여전히 미심쩍은 표정을 지우지 않았지만 더 이상 무어라 하지는 않았다.

이 정도의 수행이라도 결코 작은 규모는 아니었지만 황실의 예격 운운하는 것에는 미칠 바가 못 된다. 하지만 상관없으리라. 어차피 책임은 직접 명령을 수행한 이 감찰어사가 질 것이니까.

"그리고, 저희 일행의 관복이 필요합니다."
"관복?"
안찰사의 반문에 조관이 씁쓸한 미소를 지으며 대답했다.
"이 모습으로 귀인을 뵐 수는 없으니까요."
그렇지 않아도 조관의 모습은 여느 고관 자제와 같은 나들이 옷차림이었다. 그의 신분패가 아니었으면 감찰어사라는 것을 확인할 수가 없었을 것이다.
"알았소. 그 정도야……."
안찰사는 보좌관에게 눈짓을 했고, 보좌관은 고개를 숙여 그의 뜻을 받들었다.
"그럼 그 귀인은 오늘 뫼시러 가는 것이오?"
"그러합니다."
"흠, 그럼 나는 이곳에서 빈객을 모실 준비를 해야겠군."
안찰사는 아주 당연한 일인 듯 자연스럽게 말했다. 하지만 그의 내심으로는 이것이 가장 중요한 것이라 생각하고 있었다.
최종적인 책임이야 감찰어사가 질 것이라 해도, 자신이 얼마나 성의를 보이는가는 전적으로 자신에게 돌아올 책임이기 때문이다. 그리고 그 성의 정도에 따라, 자신에 대한 박 공공의 평가도 결정될 터였다.
'그리고 포정사나 도지휘사가 채 가려 할 거란 말이지.'
그 귀인이 누구인지는 몰라도, 그는 박 공공이 황실의 예격에 준하여 모실 것을 명령한 사람이다. 그와 친분을 쌓는 것이야말로 이 일의 핵심이다.

 적어도 안찰사 개인에게는 말이다. 그리고 또한 그것을 모를 포정사나 도지휘사가 아니니, 어떻게는 이 일에 개입하려 들 것이다. 그러니 적어도 지금 주도권을 쥐어야 할 필요가 있었다. 하지만 안찰사의 이런 계산은 조관의 한 마디에 틀어져 버리고 말았다.

 "아닙니다."
 "아니라니?"

 안찰사는 있는 대로 얼굴을 찌푸리며 조관을 바라보았다. 속으로 벌써 누군가 손을 썼는가 가슴이 덜컥하는 것을 숨기며 말이다.

 "명이 지엄하니 지체할 시간이 없습니다."

 빈객을 접대할 시간이 없다는 뜻이었다. 아마도 그 귀인을 만나는 대로 바로 출발하려 들 것이다.

 "허, 그렇다 해도……."

 미처 무어라 더 이야기를 해 보기도 전에, 감찰어사 조관은 특유의 굳은 표정으로 정색을 하고 말했다.

 "감찰어사의 순행을 중지하고 시행하는 명입니다. 이 일의 심각함은 대감께서도 이미 아시겠지요?"

 안찰사는 말문이 막혔다. 오늘 아침 자신이 받은 명령 또한 초지급으로 전달된 것이 아니던가?

"으음."

침통한 신음을 흘리며 안찰사는 말했다.

"허면 나도 가겠소."

생각지 못한 안찰사의 요구에 조관은 잠시 갈등했다. 그의 속내가 능히 짐작이 가는 일이었기 때문이다. 하지만 딱히 거절할 명분도, 이유도 없었다.

"황실의 예격에 준하라 했으니, 지방관 된 자로서 마땅히 귀인을 모시는 자리에 참석해야 할 것이 아니겠소?"

안찰사의 말에 조관은 고개를 끄덕일 수밖에 없었다.

"그러하십시오. 하지만 수행원을 대동하시는 것은 최소한으로 하는 것이 좋을 듯합니다."

조관의 대답에 안찰사는 만족한 모습으로 고개를 끄덕였다. 서로가 원하는 결론이 내려지고, 조관은 자리에서 일어섰다. 그것은 안찰사나, 옆에 서 있던 보좌관도 마찬가지였다. 그들은 이제부터 무척 바빠지게 될 것이었다. 그리고 그 순간, 안찰사는 처음부터 가져야 했던 당연한 질문을 이제야 떠올리고 있었다.

'그런데, 그 귀인이 대체 누구지?'

물론 그다지 상관은 없었다. 이제부터 직접 자신이 그 귀인을 뵈러 갈 것이었으니까. 귀인의 정체에 대해서는, 그에게 최대한의 성의를 보인 이후에 생각해도 충분했다.

　　　　　＊　　　＊　　　＊

"이야, 그러고 보니 꽤나 오랜만이군요? 이 옷도."

언제나 쾌활한 담소하가 관복을 들어올리며 너스레를 떨 듯 말하자 진예림의 톡 쏘는 목소리가 당연하다는 듯 뒤를 이었다.

"정신 차려. 지금 우리가 소풍가는 줄 알아? 뭐가 그렇게 좋은 거야?"

담소하는 입술을 삐죽이며 진예림에게 대답했다.

"누님은 너무 심각해서 탈이라니까요? 그러다간 얼굴에 주름만 잔뜩 늘어요."

"뭐라고? 이게……."

"그만들 하게."

제일 연배가 높은 항장익이 웃는 표정으로 두 사람을 말렸다.

"이런 걸로 투닥거리는 걸 듣는다면 안찰사사의 사람들이 비웃을 거네."

"항 오라버니는 늘 저한테만 뭐라 하시는 거 같네요?"

진예림이 뽀루퉁한 표정이 되어 말하자 항장익은 어깨를 으쓱거렸다.

"그야 진매가 담제보다 누나니까 그런 거지."

"쳇, 말도 안 돼."

담소하가 기회를 놓칠세라 두 사람의 대화에 끼어들었다.

"흥, 원래 그런 거라구요. 혼나는 건 항상 나이 많은 쪽이거든요?"

"너는 좀 가만히 있지?"

노려보는 진예림의 기세에 담소하의 고개가 쑥 들어갔다. 하지만 입술을 삐죽이는 것은 잊지 않았다. 진예림은 고개를 돌리고 자신 앞에 놓인 관복을 들어올렸다.

"뭐야, 이건? 내 것도 있네? 참나."

진예림은 어이가 없다는 목소리로 말했다.

"아마 실수인 게지. 우리가 다섯이라 했으니 안찰사사에서 그저 숫자만 맞춘 것일 거야."

항장익이 설명해 주었지만 진예림의 표정은 풀어지지 않았다. 그리고 옆에서 담소하가 바로 끼어든다.

"아참, 그러고 보니 누님은 못 가겠군요? 아, 그럼 누님은 어떡하지? 그냥 여기서 기다리고 있어야 하나?"

"뭐?"

진예림의 눈꼬리가 올라갔다. 담소하나 항장익과 달리 진예림은 본래 무가(武家)의 여인이다. 어쩌다 감찰어사 조관과 연이 닿아 함께 일을 하고는 있지만 따지자면 정식 관직을 제수받을 수 없는 여인의 몸인 것이다. 물론 이런 관복을 입어본 적도 없다.

"나는 같이 갈 자격도 없다 그거야?"

"무, 무슨 말씀을요? 제가 언제……."

 담소하는 정색을 하고 고개를 저었다. 그가 비록 행동보다 말이 빠른 편이기는 하지만 진예림을 그렇게 생각한 적은 한 번도 없었기 때문이다.

"저, 저는 그냥……."

"됐어."

 진예림은 퉁명스러운 어조로 말했다. 그가 다른 뜻으로 한 말이 아니라는 것은 그녀가 더 잘 알고 있는데, 그저 여자라는 이유만으로 동료들처럼 당당하게 나설 수 없는 지금 같은 상황이 화가 났을 뿐이었으니까. 하지만 그렇다고 기분이 풀어진 것은 결코 아니었다.

"나도 같이 갈 거니깐."

"네?"

 놀란 얼굴로 담소하가 말했다.

"왜? 못 들었어? 나도 갈 거라니까? 이 웃기지도 않는 옷을 입고 나도 같이 갈 거라구."

 항장익이 조심스러운 말투로 물었다.

"정말인가, 진매? 다른 사람들이 보면……."

 그러나 진예림은 물러서지 않았다. 그저 쓸데없는 고집인 것이 분명해 보이는데도 말이다.

"뭐 어때서요? 적당히 남복(男服)을 하면 상관없잖아요. 어차피 내가 주인공인 것도 아닌데. 그렇지 않아요? 백 오라버니."

조용히 침묵을 지키고 있던 백운상에게 진예림이 동의를 구하듯 물었다.

백운상은 지금의 소란과는 전혀 상관없는 사람처럼 아무 말도 없이 서 있던 참이었다.

"네가 원한다면 그렇게 해라. 관직이건 의복이건, 어차피 다만 외면(外面)일 따름이다."

백운상이 진예림에게 순순히 동의하자 담소하는 물론 항장익도 조금 놀란 표정이 되었다. 그러나 더 이상 무어라 하지는 않았다. 어차피 그들도 동료인 진예림이 혼자 따돌려지는 것은 원하지 않았기 때문이다.

하지만 일이 이렇게 진행되어가자 정작 진예림 자신은 내심 귀찮은 일을 자초한 것이 아닌가 하는 걱정이 슬그머니 들기 시작했다.

게다가 남복을 위해서 온갖 수고로운 준비를 해야 할 것을 생각하니 자연스럽게 그 원인을 제공한 누군가를 향해 짜증이 치밀어 올랐다.

"그런데 그 멍청한 남자는 대체 정체가 뭐 길래 사람을 이 고생을 시키는 거야?"

"말을 조심하게. 진매."

항장익의 만류에도 진예림의 짜증은 사그라지지 않았다. 아니 오히려 더 거세졌다.

"아니, 그렇잖아요? 그 박 공공의 인척인지 뭔지는 모르겠지만 그런 사적인 일에 이렇게 권력을 남용해도 되는 거예요? 생각해 보니까 이거 열 받네? 확 가지 말까?"

진예림이 들어올렸던 관복을 반쯤 내려놓는데 백운상이 조용히 입을 열었다.

"사적인 일이라고만은 할 수 없겠지."

"네?"

진예림보다 먼저 반문한 사람은 바로 담소하였다. 그는 백운상을 보며 물었다.

"사적인 일이 아니라구요?"

궁금한 것은 진예림도 마찬가지였지만 백운상은 더 이상 아무런 설명이 없었다.

"아니, 대체 그게 무슨 말이에요? 뭔가 알고 있으면 얘기를 해줘야죠, 백 오라버니."

진예림이 물어보지만 백운상은 아무런 대답도 없다. 대신 입을 연 것은 옆에 서 있던 항장익이었다.

"이거, 자네들도 대강 알고 있을 거라고 생각했는데……."

진예림과 담소하의 시선이 자연스럽게 항장익을 향하고, 항장익은 머리를 긁으며 조심스럽게 말했다.

"알고 있겠지만 박 공공은 동창 소속일세. 만일 그가 누군가를 모시고자 했다면, 굳이 도찰원을 통하지 않고도 여러 가지 방법이 있어. 간단하게 이곳 포정사사에 명령서 하나만 내려 보내도 바로 특급으로 모셔갈 수 있지 않겠나?"

하긴 그렇다. 귀인을 모셔간다면서 왜 하필이면 도찰원이며 감찰어사를 움직이는 것인가? 진예림과 담소하가 고개를 끄덕이며 동의를 표하자 항장익이 말을 이었다.

"그런데 굳이 도찰원을 움직인다면, 그건 그 사람이 앞으로 도찰원과 관계된 일을 하게 될 가능성이 높다는 이야기야. 다시 말하자면…… 음, 그러니까 어쩌면 우리의 윗사람이 될지도 모른다는 뜻이지."

"네?"

담소하가 놀란 얼굴로 반문하고, 진예림은 인상을 구긴다.

"아, 이건 물론 그럴지도 모른다는 말이야. 내가 윗어른들의 생각을 다 알 수는 없는 법이니까."

항장익은 잠시 한 발을 물러서고는 다시 말했다.

"하지만, 그다지 많이 틀리지는 않을 걸세. 그러니 이 일과 관련하여 어사대인을 곤란하게 만드는 일은 가급적 삼가도록 하게. 대인께서도 심기가 편치 않으실 테니까."

진예림은 문득 '왜 어사대인이 심기가 편치 않으시냐?' 고 물으려다 입을 다물었다. 담소하가 진예림의 생각과 똑같은 말을 그대로 입 밖으로 내뱉었기 때문이다.

"아니, 왜 어사대인께서 심기가 불편하신데요? 오히려 잘된 일 같은데요. 앞으로 윗사람이 될지도 모르는 분이라면, 잘 보일 기회잖아요?"

쏟아지는 담소하의 질문에 진예림은 말 안 하기를 잘했다는 생각이 들었다. 똑같은 질문을, 그것도 이구동성으로 했다가는 아마 항장익이나 백운상에게 '담제와 수준이 똑같구나' 라는 인상을 주었을 것이 아닌가? 그렇지 않아도 자신을 철이 없다고 생각하는 두 사람에게 말이다.

'다행이야.'

진예림은 속으로 안도의 한숨을 내쉬었다. 그러면서도 역시 항장익의 대답에는 귀를 기울이고 있었다. 그녀도 궁금한 것은 마찬가지였기 때문이다.

"어사대인께서 출세만 바라시는 인물이었다면 물론 그랬겠지."

항장익은 씁쓸한 표정을 숨기지 않으며 대답했다. 진예림은 항장익의 말에 공감했다. 그녀가 아는 조관은 너무 당연하고 옳은 말만 하는, 그래서 답답하기까지 한 사람이었다.

요즘도 이런 사람이 관직에 머물고 있구나 하는 생각이 들 정도로 말이다. 그러니 아마 이 일을 기회라고 여기지 않을 것이 분명했다.

"어쨌든 어사대인께는, 이 일은 어느 쪽으로든 좋지 않은 일이 될 것임에 틀림없네."

"왜죠?"

연이은 담소하의 질문에도 항장익은 조금도 귀찮은 기색 없이 차분히 대답했다.

"생각해 보게. 만일 그 귀인이 그저 그런 인물이라면 자신에게 잘 보이려고 처신하지 않는 대인을 탐탁찮게 여길 것이 아닌가? 설령 올곧은 인물이라 해도 어사대인께 좋을 것은 하나도 없네. 아니, 오히려 출세할 기회나 노리는 사람으로 오해 받지 않으면 다행이겠지."

"그는 그럴 사람이 아니오."

백운상의 낮은 목소리가 끼어들었다. 난데없는 말이었지만, 누구에 대해 말하고 있는지는 분명했다.

"백 오라버니는 언제부터 그렇게 그 사람 편을 들게 된 거예요?"

은근히 심사가 꼬인 진예림의 말에, 백운상은 언제나처럼 낮은 목소리로 말했다.

"난화기루에서 그가 어떻게 행동하는지 보지 못했느냐?"

당연히 보았다. 그리고 그 이전에 그가 어떠한 모습이었는지도 보았다. 물론 난화기루에서 제법 당당하게 행동한 것은 사실이다. 그러나 진예림에게는 예전에 보았던 그의 첫인상이 여전히 남아 있었고 그 경험은 그에 대한 그녀의 평가를 여전히 박하게 만들고 있었다.

"흥, 기껏 치정 싸움일 뿐이었잖아요?"

백운상이 그를 높이 평가하고 있는 것에 대한 반발이 더해져서일까? 평소 백운상의 말이라면 순순히 받아들이던 진예림도 이번에는 쉽게 물러설 기색이 아니었다.

"검날 앞에서도 초연할 수 있는 사람은 그리 흔하지 않다."

"그거야 뭘 모르니까 그랬던 거겠죠."

그때 담소하가 문득 생각났다는 듯 두 사람의 대화에 끼어들었다.

"아, 그러고 보니 월수산에서…… 맞고 있지 않았던가요? 그 사람."

물론 담소하는 때마침 떠올랐던 사건을 말한 것뿐이다. 그러나 그것은 마치 백운상의 말을 정면으로 반박하는 것처럼 들렸고 진예림은 의기양양한 미소를 떠올렸다.

"어머, 그러고 보니 그러네요. 참 대단한 사람이군요. 초연하게 불량배들한테 몽둥이찜질을 당하는 사람이니 말이에요."

만일 백운상이 보통 사람이었다면 발끈할 만한 어조의 말이었다. 그러나 백운상은 보통 사람이 아니었기에 그저 애매한 웃음만으로 진예림의 도발을 가볍게 넘겨 버렸고, 진예림은 오히려 더 기분이 상해 버리고 말았다.

'뭐야? 나는 아무것도 모른다는 거야?'

백운상의 미소가 진예림에게는 그렇게 보였다. 물론 백운상으로서는 막내 동생 같은 진예림의 모습을 그저 애교로 보아 넘긴 것에 불과하지만 말이다.

어쨌든 백운상이 그렇게 나오니 진예림으로서도 더 이상 무어라 할 수가 없었다. 여기서 더 했다가는 정말 혼이 날 것 같기도 하고 말이다.

"쳇!"

진예림은 기분이 상했다. 생각해 보면 자신이 동료들과 다

툴 이유가 없다. 그런데 결국 자신만 이상한 사람이 되어 버린 것 같은 기분이다. 그리고 이 모든 것은, 따지고 보면 바로 그 사람 때문이 아닌가?

문득 그녀의 시선이 손에 들린 관복으로 향했다. 진예림은 관복을 내동댕이치듯 바닥에 던져 놓으며 말했다.

"난 안 가!"

늘 끼어들던 담소하도 이번만큼은 조용했다. 진예림의 분위기가 심상치 않음을 안 까닭이다. 오히려 가지 않겠다는 그녀의 말에 속으로 안도의 한숨을 내쉬기도 했다.

그것은 항장익도 마찬가지였고, 그렇게 조용한 침묵으로 그들은 진예림의 불참을 기정사실로 만들고 있었다.

*　　*　　*

"허어, 그러셨구려."

운가상단의 접객실. 은은한 차향이 흐르는 가운데 운가상단의 운일평은 고개를 끄덕이며 말했다.

"그렇습니다. 때문에 저희 하청상단으로서는 참으로 면목이 없게 되었습니다. 하 어르신께서도 운 어르신께 참으로 죄송하게 되었다며 난감해하셨습니다. 경우를 따지자면 어르신께서 직접 찾아와 자초지종을 말씀드리고 사죄하심이 마땅한 상황이오나……."

하청상단의 총관은 머리를 조아리며 말했다. 그러나 운일평은 고개를 저으며 대답했다.

"아니, 아니외다. 이런 일은 조용히 처리할수록 더 좋은 것이 아니겠소? 그리고 사죄라니 당치 않소. 좋은 인연을 맺어 보고자 한 일이었으니 어찌 잘못을 따질 수 있겠소?"

"운 어르신께서 그렇게 생각해 주시니 참으로 감사할 따름입니다."

총관은 다시 고개를 조아린다.

"저희가 먼저 꺼낸 혼담이었으나 피치 못할 사정으로 이렇게 거두게 되었으니, 다시 한 번 진심으로 사죄드리는 바입니다."

운일평은 아무 말 없이 조용히 고개를 끄덕여 보였다. 자신도 참으로 안타깝다는 표현이었으나 내심으로는 차라리 잘 되었다고 생각하고 있기도 했다.

이로써 조카에게 어려운 결정을 떠맡기지 않아도 되었으니 말이다. 물론 살짝 아쉬운 마음이 들지 않은 것도 아니었지만.

"그리고 이것과는 별개입니다만……."

하청상단의 총관은 조심스런 목소리로 운을 떼었다.

"하 어르신께서 근일에 운 어르신과 조용히 이야기를 나누고 싶어 하십니다."

"이야기라 함은……."

운일평이 묻자 총관은 조심스러운 미소를 지으며 대답했다.

"상인들이 할 이야기가 무엇이 있겠습니까? 요즘 광주 지역의 상단 상황과 협력 방안에 대해 이야기를 나누고 싶어 하시는 것이라 생각됩니다. 하 어르신께서는 평소에도 운 어르신의 견식을 신뢰하고 계시니까요."

쓴웃음이 운일평의 입가에 스쳐 지나갔다. 총관의, 아니 하청상단의 이런 제의가 무슨 뜻인지 모르는 바가 아니었기 때문이다. 아마도 하청상단은 이번 혼담의 결례를 나름대로의 방식으로 사과하고 보상하려는 것일 터이다. 물론 광주 상단의 방식대로 말이다.

'결국 조카의 신세를 지게 되는군.'

어떤 식으로든 조카의 혼담으로 도움을 받게 되었다고 생각하니 자신도 모르게 쓴웃음이 번져 나온다. 그러나 운일평은 곧 그 생각을 지워버렸다.

이렇게 해결된다면 더 이상 바랄 수 없을 정도로 가장 좋은 상황이 된 것이 아닌가? 조카에게 짐을 지우지도 않고, 상단도 나름대로 숨통을 틔울 수 있게 되었으니 말이다.

"알겠소. 편한 때에 연락을 주시면······."

운일평이 고개를 끄덕이며 총관에게 말을 건네는데, 갑자기 문 밖에서 다급한 목소리가 들려왔다.

"운 어르신."

누구도 방해하지 말라는 엄명을 내려놓은 터였기에, 운일평의 인상이 찡그러질 법도 했다. 그러나 들려온 목소리의 주인공은 다름 아닌 부총관이었다.

"무슨 일인가?"

평소의 부총관이라면 하지 않을 결례. 운일평은 내심 하청상단에서 온 총관이 불쾌하게 생각하지 않을까 하는 생각이 들었다. 하지만 더 신경이 쓰이는 것은 당혹한 느낌이 역력한 부총관의 목소리다.

덜컥.

문이 열리고 부총관의 모습이 나타났다. 여느 때라면 보기 힘든 표정의 부총관이 거기 서 있었다.

"지금 문 밖에……."

부총관은 심상찮은 안색으로 말을 끊었다. 적당한 단어를 찾는 듯하던 그는 다시 입을 열었다.

"관(官)에서 사람들이 와 있습니다."

'관(官)?'

운일평은 전혀 짐작 가는 바가 없었다. 하지만 관에서 왔다 하니 무언가 심상치 않은 것만은 틀림없었다.

"알았네. 우선 별실로 모시도록 하게. 그리고……."

"아닙니다."

부총관은 운일평의 말을 끊었다. 이 역시 전에 없던 일이었다.

"지금 나가보셔야 할 것 같습니다."

의아한 표정으로 운일평은 부총관을 바라보았다. 그러나 부총관의 눈빛은 지금 나가보아야 한다고 강력하게 종용하고 있었다.

"알겠네."

운일평은 고개를 끄덕였다.

"잠시 실례하겠소."

하청상단의 총관에게 양해를 구하고, 운일평은 자리에서 일어났다.

그리고 서두르는 기색이 역력한 부총관을 따라 접객실을 나섰다. 그리고 혼자 남은 하청상단의 총관은 고개를 갸웃거리며 궁금증을 감추지 못했다.

'뭐지?'

분명히 뭔가 심상치 않은 일이 일어난 것만은 틀림없었다. 평소에 얼음 같은 냉막한 표정으로 유명한 이곳 부총관이 저런 모습을 보일 정도라는 것은 보통 일이 아니라는 뜻이다.

"크흠."

하청상단의 총관은 짐짓 헛기침을 하며 자리에서 일어났다. 그리고는 아무도 없는 접객실을 슬그머니 나서며 혼잣말처럼 중얼거렸다.

"여기 측간이 어디 있더라?"

말은 그렇게 했지만 그의 발길은 방금 나간 운일평과 부총관의 뒤를 따르고 있었다. 운가상단에 무슨 변고가 생긴 것이라면, 그에게도 결코 무관한 일이 아니었기 때문이다.

정문으로 향하는 발길을 서두르는 동안 앞장 선 부총관은 아무 말도 하지 않았다.

 평소 말수가 적은 부총관이기도 했지만, 이런 경우 침묵을 지킨다는 것은 실상 더 말할 수 있는 것이 없다는 뜻이기도 하다.

 즉, 어떻든 운일평이 나서야 무슨 일인지 상황이라도 파악할 수 있다는 뜻이다. 그것을 잘 아는 운일평이기에, 그는 부총관에게 무슨 일이냐고 묻는 대신 바쁘게 발걸음을 재촉하고 있었다.

 "으음."

 활짝 열린 대문이 눈에 들어오자, 운일평은 자신도 모르게 신음을 흘렸다. 언뜻 보기에도 상당히 많은 사람들이 운가상단의 앞에 모여 있었다.

 다급한 마음에 운일평의 걸음이 더 빨라지고, 대문에 가까이 갈수록 모여 있는 사람들의 범상치 않은 모습이 눈에 들어오기 시작했다.

 '이건?'

 부총관이 '관(官)'에서 사람이 나왔다고 전한 것은 사실이었다. 그리고 왜 그렇게 막연하게 표현할 수밖에 없었는지도 이해가 갔다.

 평소라면 관아에서나 볼 법한, 정식 관복을 차려입은 사람들이 운가상단의 대문 앞에 가득 서 있었기 때문이다. 많은 사람들이 모여 있는 것치고는 지나치게 조용했지만, 운일평은 미처 그것에 신경 쓸 겨를이 없었다.

탁.

대문 앞을 막아서듯 나선 운일평은 먼저 두 손을 모으며 정중하게 예를 표했다.

"운가상단의 운일평이라 합니다."

딱히 누구에게라고 할 것도 없는 인사였다. 상대가 관에서 나온 것이 분명하니 일단 예를 표하고 본 것이다. 운일평은 숨을 고르며 천천히 고개를 들었다.

모여 있는 사람들의 시선이 자신에게 집중되는 것이 느껴졌다. 그리고 그와 함께, 자신의 앞에 서 있는 사람들의 모습이 눈에 들어오기 시작했다.

처음 눈에 뜨인 것은 관복을 차려입은 이십 명의 사람들이었다. 그것도 여느 관복이 아니라 아주 제대로 차려입은 정식 관복이었다.

그들 중에는 말을 타고 있는 사람도 있었고, 이미 말에서 내린 사람도 있었다. 그들 뒤편으로 꽤 그럴듯하게 치장한 여러 대의 마차도 보였다.

'이게 대체 무슨……'

이렇게 말과 사람이 모여든 것은 처음이다. 운일평은 점점 상황을 종잡을 수가 없었다. 그리고 마차 뒤편으로 시선을 옮기는 순간, 운일평은 그만 깜짝 놀라고 말았다.

'헉!'

 뒤편에 빽빽하게 버티고 선 것은 바로 군사들이었다. 언뜻 보아도 백여 명은 될 듯한 군사들이 창검을 들고 절도 있는 모습으로 질서정연하게 서 있었다.

 그들이 들고 있는 백여 개의 서슬 푸른 창날이 날카로운 선을 그리며 빛난다. 그 모습을 보는 순간, 운일평은 그만 숨이 콱 막혀오는 것을 느껴야 했다.

 저벅.

 운일평이 놀란 가슴을 애써 가라앉히는 동안, 말에 타고 있던 한 사내가 가볍게 땅으로 내려섰다.

 운일평은 그에게 고개를 돌렸다. 보기에도 심상치 않은 관복을 차려입은 그는 운일평을 향해 다가오더니 정중한 자세로 예를 표한다.

 "갑작스러운 방문으로 놀라게 해드려 죄송합니다."

 강한 눈빛을 가진 그는 운일평을 향해 정중한 목소리로 말했다.

 "지엄한 명을 받아 귀인을 모시러 왔습니다."

 운일평은 그의 말을 전혀 알아듣지 못했다. 지금 이 상황이나 그의 말 중 어느 것 하나도 이해할 수 없었기 때문이다.

 때문에 운일평이 자신도 모르게 이렇게 대답했다 해도 그것은 전혀 부끄러운 일이 아니리라.

 "혹시 잘못 찾아오신 것이……."

관복을 차려입은 사내는 운일평의 말에 빙긋 웃었다.
"운씨 성에 현자를 쓰시는 귀인께서 이곳에 머물고 계시지 아니합니까?"
그의 말은 운일평의 이해를 돕지 못했다. 아니, 오히려 운일평은 더더욱 혼란으로 빠져들고 있었다.

제5장
북경에서 온 초청

하인의 급한 연락을 받고 객청으로 들어서던 운현은 문득 발을 멈췄다. 마치 아무도 없는 것 같은 조용한 분위기였지만 의외로 객청엔 많은 사람들이 앉아 있었다.

그 중에는 숙부 운일평과 숙모, 사촌누이 운희연은 물론 부총관 같은 익숙한 얼굴들도 있었지만 대부분은 전혀 모르는 얼굴의 사람들이었다.

'아, 저들은……'

운현은 낯선 얼굴들 중에서 기억에 있는 사람들의 모습을 발견했다.

전혀 의외의 복장을 하고 있기는 했지만 그들은 분명 난화기루에서, 그리고 그 이전에 월수산에서 보았던 얼굴들이었다. 그 사이, 객청에 있던 사람들도 운현의 모습을 발견했다. 그리고 그 중의 몇 사람이 자리에서 벌떡 일어선다.

덜컹.

그와 함께 다른 사람들까지 연쇄적으로 자리에서 일어섰다. 덕분에 조용하던 객청은 잠시 소란스러워졌다가 다시 잠잠히 잦아들었다.

"크흠."

운현은 자신을 향한 사람들의 시선을 느끼며 짐짓 헛기침을 했다. 그리고 조심스럽게 안으로 들어선다. 자신이 움직이는 것과 함께 일어선 사람들의 시선이 같이 움직여 가는 것이 느껴졌다.

그렇게 조용히 객청 안으로 들어선 운현은 먼저 숙부와 숙모에게 예를 올렸다. 물론 그들은 자리에서 일어나지 않고 있었다.

"저를 찾으셨다 들었습니다."

인사와 함께, 운현은 슬그머니 어찌된 일이냐는 눈빛을 보내 보았지만, 숙부와 숙모의 표정 역시 영문을 모르겠다는 눈치가 역력했다.

아니, 오히려 그들의 시선은 어찌된 일이냐고 되묻고 있는 듯했다. 지금 운현을 따갑게 쳐다보고 있는 사촌누이 운희연의 시선처럼 말이다. 결국 운현은 스스로 물어볼 수밖에 없었다.

"이분들은……."

말은 숙부를 향하고 있었지만, 운현의 시선은 그들을 향했다. 그러자 중간 즈음에 서 있던 한 사람이 운현에게 예를 올리며 묻는다.

"운 대인이십니까?"

범상치 않은 인상에 강한 눈빛을 가진 젊은 사내였다. 운현은 마주 예를 표하며 대답했다.

"제가 운현이긴 합니다만……."

운현의 대답은 사람을 잘못 호칭한 게 아니냐는 의미였다. 사실 운 대인이라고 한다면 운현보다는 숙부 운일평에게 사용해야 마땅한 호칭이다.

그는 이 운가상단의 주인이 아니던가? 그러나 사내는 오히려 미소를 지은 후 정중한 태도로 예를 취하며 이렇게 말했다.

"다시 인사드리겠습니다. 저는 도찰원의 감찰어사, 조관이라 합니다."

'도찰원!'

운현은 내심 눈살을 찌푸렸다. 물론 도찰원이 무엇을 하는 곳인지는 운현도 알고 있었다.

하지만 이 막연한 거부감은 도찰원이라는 이름보다는 권력 기관이 주는 본능적인 거부감에 더 기인하고 있었다. 의형 일충현을 잃은 이유가 바로 황궁 내의 권력 암투 때문이었으며,

운현이 황궁을 떠난 가장 큰 이유 또한 그것이 아니었던가?

"저는 운현입니다."

운현은 그러한 거부감을 내색하지 않고 예의바르게 답례했다. 그리고 다시금 조관이라 하는 젊은 감찰어사를 바라보았다.

그가 이곳에 온 이유는 아마도 자신 때문일 것이다. 적어도 지금 이곳의 분위기는 그렇게 말하고 있었다. 그러나 감찰어사가 왜 운현을 찾아온 것일까?

"어떠하신 용무로……."

운현의 질문은 채 끝을 맺지 못했다. 숙부 운일평 가까이에 있던, 화려한 관복을 입은 한 중년의 사내가 대뜸 자신을 소개했기 때문이다.

"광동성의 포정사 왕시중이외다."

뚱뚱한 체구를 가진 중년의 사내가 화려한 관복 소매를 휘날리며 웃는 낯으로 인사한다. 그의 관복에 달린 화려한 옥들이 가볍게 소리를 냈다.

"아, 네. 저는 운현입니다."

포정사(布政司). 소개는 간단했지만 그 명칭이 주는 무게감은 결코 가볍지 않았다. 광동성 전체의 행정을 총괄하는 총책임자. 운현은 어째서 포정사나 되는 사람이 자신에게 먼저 인사를 건네는지 알 수 없었다.

어쨌든 건네는 인사를 무시할 정도로 무례한 행동을 할 수는 없었기에, 운현은 그에게 정중하게 답례를 했다.

"크흠."

옆에 있던, 무관 차림의 한 사내가 마음에 들지 않는다는 듯 헛기침을 했다.

유난히 나서려 드는 포정사의 행동이 마음에 들지 않는 듯하다. 하지만 어쩔 수 없다는 듯, 그도 운현에게 인사를 건넸다.

"도지휘사 이엄한이오."

'도지휘사?'

도지휘사(都指揮使)라면 광동성의 군사 총책임자다. 운현이 놀라는 사이 옆에 있던 또 다른 사내가 인사를 건넸다.

"안찰사 장영환이라 하오."

도지휘사에 이어 안찰사(按察使)까지 인사를 건네자 운현은 내심 당황스러워지기 시작했다. 이로써 명실공히 지방의 행정, 군정, 감찰의 총책임자들이 전부 모여 있는 셈이 아닌가?

문득 운현은 씁쓰레한 기분이 들었다. 항주에서는 그렇게 찾아도 없던 관원들이 이곳에 전부 모여 있다는 생각이 들었기 때문이다. 물론 항주와 광주는 전혀 다른 도시이긴 하지만 말이다.

"운현입니다."

운현은 안찰사와 도지휘사에게 일일이 답례를 하며 인사를 건넸다. 그렇게 인사가 끝나자 포정사 왕시중이 웃는 낯으로 운현에게 말했다.

"허허. 인사도 나누었으니 귀인께서는 이리로 오시지요."

그의 바로 옆에 한 자리가 비어 있었다. 위치로 보자면 객청에서 가장 상석이다. 그 반대편으로는 숙부인 운일평과 숙모, 그리고 사촌누이 운희연이 앉아 있었다.

'쳇, 선수를 뺏겼군.'

안찰사 장영환은 속으로 혀를 찼다. 운가상단의 문 앞에서 포정사 왕시중의 얼굴을 보는 순간 이렇게 될 것이라 예상은 했지만 포정사는 역시 빨랐다.

그리고 이런 일에 반드시 필요한 것, 즉 남의 이목을 두려워하지 않는 뻔뻔한 얼굴도 갖추고 있었다. 바로 자신에게 부족한 그것 말이다.

"아닙니다."

운현은 정중하게 제의를 거절했다.

"저는 이대로도 좋습니다."

"허어, 그래도 어찌⋯⋯. 이리로 오십시오."

포정사 왕시중은 운현에게 강권하듯 말했다. 그러나 운현은 요지부동이었다.

"고마우신 말씀이오나, 예가 아닌데 제가 어찌 그리할 수 있겠습니까?"

운현의 말에 잠시 의아해하던 포정사는 자리를 돌아보고서야 자신의 실수를 알아차렸다. 운현이 그 자리에 앉았다가는,

숙부인 운일평보다 더 윗사람이 되어 버리기 때문이다.

그의 얼굴에 당황해하는 표정이 번져가고, 그 모습을 보고 있던 도지휘사가 낮게 혀를 찬다.

"쯧."

평소에도 서로 은근한 견제로 그다지 사이가 좋지 못한 그들이다. 맡은 소임이 다르다 해도 황제의 명을 받아 백성을 위해 협력하는 것이 관인(官人)의 본분이지만, 실상은 서로에 대한 경계와 견제로 어느 지역에서나 사이가 좋지 못한 것이 바로 포정사와 안찰사, 도지휘사였다.

물론 대놓고 나서는 포정사의 행동이 마음에 들지 않았던 것이 가장 큰 이유이기도 했다.

'과히 보기 좋지 않군.'

옆에서 보고 있던 안찰사 장영환 역시 그렇게 생각했다. 저렇게 대놓고 비위를 맞추려는 태도는, 비록 본인에게는 친절이라고 생각될지 몰라도 쳐다보는 이들에게는 꼴불견이 따로 없었다. 게다가 그가 보통 관원도 아니고 이 지역 행정의 총책임자라는 포정사임에야.

'하긴 이해가 가지 않는 것도 아니지만……'

안찰사로서는 그의 행동이 충분히 수긍이 가는 일이었다. 광동성 같은, 중앙 권력에서는 멀고도 먼 이런 지방 구석에서 썩어가고 싶지 않은 바람이야 누군들 다르랴.

그리고 이번 일이 그 바람을 현실화시켜 줄 기회일지 모른다고 생각하면 넘치도록 납득이 가는 일이다.

바로 자신만 해도 아침에 그렇게 호들갑을 떨지 않았던가? 아마 포정사가 먼저 저렇게 나서지 않았다면, 자신이 저렇게 행동했을 런지도 모른다. 물론 지금이야 그럴 마음이 싹 가시고 말았지만 말이다. 특히 저렇게 포정사가 우스운 꼴이 된 지금에는 더더욱.

'어찌 보면 다행이군.'

안찰사는 속으로 안도의 한숨을 내쉬었다. 여러 가지 의미로.

"어떠한 용무이신지요?"

그 사이, 운현은 감찰어사 조관을 돌아보며 물었다. 아무래도 자신의 질문에 대답해 줄 사람은 그뿐이라는 판단을 했기 때문이다.

포정사가 나서는 통에 미처 말을 못하고 있던 조관은 운현의 물음에 기다렸다는 듯 대답했다.

"공공께서 이것을 전하라 하셨습니다."

'공공?'

운현은 내심 고개를 갸웃했다. 자신이 아는 사람 중에 공공이라는 호칭으로 불릴 만큼의 세도가는 없었기 때문이다.

조관은 품에서 무언가를 꺼냈다. 수실이 달린 화려한 비단으로 싸인 그것은, 그 모양으로 보아 아마도 서찰이거나 비슷한 종류의 것일 터였다.

객청에 있던 모든 사람들의 시선이 집중되는 가운데 조관은 자리에서 나와 정중한 태도로 운현에게 그것을 건네주었다. 운현 역시 예의바른 태도로 받아든다.

사락.

자신에게 쏟아지는 사람들의 시선을 의식하며 운현은 비단을 풀었다. 그 안에서 나온 것은 예상한 대로 얄팍한 한 장의 서찰이었다.

바스락.

운현은 서찰을 펴서 천천히 내용을 읽어 내려갔다. 의아해하던 운현의 표정이 점차 부드럽게 변해가더니, 마지막에 이를 즈음에는 부드러운 미소가 피어나고 있었다.

바삭.

운현은 고개를 들었다. 그리고 감찰어사 조관을 향해 물었다.

"박 환…… 박 공공께서 이 서찰을 전하라 하셨습니까?"

"그렇습니다."

조관은 대답했다.

"실례지만, 박 공공께서는 지금 조정에서 어떤 직임을 맡고 계시는지요?"

"동창 병필태감이시며, 도찰원의 모든 업무를 관장하고 계십니다."

망설임 없는 조관의 대답에 운현은 고개를 살짝 갸웃했다.

"동창에서 도찰원의 업무를 관장하였던가요?"

"그렇지 않습니다. 박 공공께서는 황상의 조칙에 따라 임시로 도찰원의 모든 권한을 위임받으셨습니다."

"그렇군요."

운현은 고개를 끄덕였다. 그리고 자신을 쳐다보는 사람들을 둘러보았다. 포정사에 안찰사, 그리고 도지휘사까지 그 이름도 쟁쟁한 고관들이 하나같이 자신을 바라보고 있었다.

난데없는 일에 당황해하고 있는 기색이 역력한 숙부 운일평과 숙모, 그리고 사촌누이 운희연과 부총관의 모습도 있었다.

바스락.

운현의 손에서 서찰이 작은 소리를 내었다. 운현은 나지막이 한숨을 내쉬었다.

"후우."

굳이 말하자면 자신과 박 환관의 관계는 그저 인간적인 정리(情理)에 불과하다.

물론 어려울 때에 서로 마음을 터놓고 친분을 나눈 것을 작은 일이라 할 수는 없겠지만, 이렇게까지 말도 안 되는 소란이 일어난 것은 모두 박 환관이 박 공공이 되었다는 사실 때문이다.

운현은 쓴웃음을 지었다. 권력이란 참으로 대단한 것이다. 귀하신 몸을 자처하는 포정사에 안찰사, 도지휘사가 이런 작은 상단에 왕림한 것은 물론이요, 숙부와 숙모, 사촌누이에 부총관까지 이렇게 당황하게 만들 정도로 말이다.

이런 폐를 끼친 것이 미안하기도 하고 일견 우습기도 한데다, 어찌 보면 또 씁쓸하기까지 하니 운현의 한숨 한 마디에는 참으로 많은 감상이 담겨 있었다.

"공공께서는 제게 귀인을 모시라 하셨습니다."

감찰어사 조관은 운현의 기색을 살피며 조용히 말했다. 분위기로 봐서는 운현이 흔쾌히 가겠다고 할 것 같지 않았기 때문이다.

운현은 침묵에 잠겼다. 박 환관, 아니 박 공공이 그저 얼굴이나 보자고 자신을 찾지는 않았을 것이다. 그러니 이 초청이 무엇을 의미하는지도 분명했다. 그리고 잠시 후, 운현은 대답했다.

"알겠습니다."

자신의 대답이 무엇을 뜻하는지 운현은 정확히 알고 있었다. 그 대답에 책임을 져야 할 것이라는 것도 분명히 알고 있었다.

그러나 그럼에도 불구하고, 운현은 일말의 주저함도 없이 고개를 끄덕이며 감찰어사 조관에게 이렇게 말했다.

"가도록 하지요."

감찰어사 조관은 즉시 두 손을 모으고 고개를 숙였다.

"감찰어사 조관. 명을 받들어 귀인을 모시겠습니다!"

엄숙한 그의 목소리에, 포정사의 웃음소리가 뒤를 이었다.

"하하하. 이거 축하드립니다."

포정사는 커다란 체구를 들썩이며 웃었다.

"광동성의 행정을 책임지는 관인으로서 아주 기쁜 일입니다."

얼굴을 찡그리고 있는 안찰사나 도지휘사의 표정에는 아랑곳 않고, 포정사는 유쾌한 표정으로 옆에 서 있던 자신의 보좌관에게 말했다.

"이리 가져오게."

미리 준비하고 있었던 듯, 포정사의 손짓 한 번에 보좌관은 즉시 꽤나 큼지막한 목함 하나를 들어올리더니 운현 앞으로 가져왔다.

좋은 나무에 여러 모양으로 세밀하게 장식을 한 고급스러운 목함이었다.

달칵.

운현의 앞에서 함이 열렸다. 작지 않은 크기의 목함 안에 차곡차곡 쌓인 금전들과 오색찬란한 보옥들이 그 빛나는 자태를 드러낸다.

"귀인께서 가시는 먼 여정이 부디 평안하시기를 바라는 저의 작은 성의입니다."

객청에 잠시 긴장이 흘렀다. 눈앞에 모습을 드러낸 재물은 그 의도가 무엇이건 사람들을 숨죽이게 만들었다. 운현 역시 잠시 그 오색찬란한 귀금속들을 쳐다보았다. 이 정도면 결코 그 금액이 적지 않을 것이었다.

"이것은……."

운현의 물음에 포정사는 웃는 낯으로 느긋하게 말했다.
"북경까지의 노정에 필요한 자금입니다. 이미 감찰어사를 통해 포정사사에 요청이 들어온 바도 있고 하여……. 허허허."
은근히 다른 의미를 담고 있는 포정사의 말에 운현은 감찰어사 조관을 돌아보았다.
조관은 아무런 표정도 없이 고개를 끄덕여 포정사의 말에 동의를 표한다. 물론 이 모습을 지켜보는 안찰사와 도지휘사의 얼굴은 살짝 일그러졌지만.
'쯧. 빌미를 제공했군.'
안찰사는 속으로 혀를 찼다. 그렇지 않아도 자금이 넘쳐나는 포정사사다. 부유한 상인들과는 가장 이해관계가 맞물리는 곳이 바로 행정을 담당하는 포정사사였고, 음으로 양으로 드나드는 자금은 막대한 수준이다.
그 포정사사에 북경까지의 노정에 필요한 자금을 요청했으니, 포정사로서는 얼씨구나 했을 것이다. 떳떳이 상납할 명분이 생긴 것이나 다름없으니 말이다.
운현은 다시 한 번 목함 안에서 빛나는 보옥들을 바라보았다. 몇 명이 가는지는 몰라도 이 정도의 재물이라면 북경까지가 아니라 평생을 여행한다 해도 넉넉할 듯싶었다.
"그렇군요."
말뜻을 알아들었다는 듯 운현은 고개를 끄덕였다. 포정사 역시 만족한 얼굴로 웃으며 말했다.

"그렇습니다. 하하하."

그러나 포정사의 웃음은 약간 이른 감이 있었다. 운현이 조관을 돌아보며 이렇게 말했기 때문이다.

"그럼 이것은 제가 아니라 감찰어사께서 받으셔야겠군요."

포정사의 얼굴이 살짝 굳는 것과 동시에 조관의 눈동자가 이채를 발한다.

"나라의 공금이라 하시니 어찌 제가 이것을 받을 수 있겠습니까? 당연히 책임 있는 관인이 맡아야 할 일일 터이니 감찰어사께서 관리하셔야 하지 않겠습니까?"

운현은 동의를 구하듯 조관에게 물었다.

"이 여정의 책임자가, 감찰어사이신 것이 맞지요?"

"그렇습니다."

감찰어사 조관은 지체 없이 대답했다. 그리고 즉시 목함을 받쳐들고 있는 포정사의 보좌관에게 다가갔다. 보좌관은 당혹한 얼굴로 포정사의 눈치를 살폈지만, 포정사는 굳은 얼굴로 아무 말도 하지 못했다. 그 사이 감찰어사 조관은 보좌관으로부터 목함을 빼앗듯 받아들고 있었다.

"포정사사의 흔쾌한 협조에 감사드립니다."

조관은 지극히 정중한 태도로 포정사에게 예를 표했다. 그리고 목함을 닫았다.

탁.

작은 소리와 함께 오색의 색채는 목함 안으로 사라져 버리고, 목함은 그의 뒤편에 서 있던 항장익에게로 넘겨졌다.

그리고 그 목함이 항장익의 뒤쪽으로 완전히 사라질 때까지 사람들의 시선은 목함을 따라 움직이고 있었다. 마치 방금 전까지 빛나던 오색의 색채를 아쉬워하는 듯이.

"보잘것없는 촌인(村人)에게……."

낭랑하게 울려 퍼지는 목소리에 사람들의 시선이 다시 운현에게로 돌아왔다. 운현은 정중한 자세로 말을 이었다.

"이토록 과분한 관심과 배려를 베풀어 주시니 감사합니다."

예의바른 태도로, 운현은 다시 한 번 객청에 있는 사람들에게 일일이 예를 표했다.

"왕시중 포정사님, 이엄한 도지휘사님, 그리고 장영환 안찰사님."

운현은 그들의 이름을 정확히 언급했다.

"이곳 상단까지 찾아와 주신 여러분들의 이런 고마우신 배려를 저는 절대 잊지 못할 것입니다."

"크흠."

도지휘사 이엄한은 짐짓 헛기침을 흘렸다.

"딱히 인사를 받자고 한 것은 아니오. 조정의 귀인이시라 하여 지방관 된 자로서 책무를 수행했을 따름이니 마음에 두지 않으셔도 좋소이다."

이엄한 도지휘사의 말에 운현은 가볍게 고개를 숙여 예를 표하는 것으로 대답을 대신했다. 안찰사 장영환도 운현에게 한 마디를 건넸다.

"평안한 여정이 되시기를 바라겠소."

역시 운현은 대답 대신 가볍게 고개를 숙여 보였다. 그렇게 운가상단을 뒤집어 놓았던 소란은 대강 정리되어가고 있었다.

*　　*　　*

따각 따각.

포정사사로 돌아가는 화려한 마차 안에서 포정사는 무언가 생각에 잠겨 있었다. 그 옆에 앉아 있는 보좌관은 포정사의 눈치를 살피며 조심스럽게 말했다.

"괜찮을까요?"

"응? 뭐가 말이냐?"

의아한 표정으로 고개를 돌린 포정사에게 보좌관은 말했다.

"방금 전의 일 말입니다. 결과가 그다지 좋지 않은 듯하니……"

포정사는 그제야 보좌관이 무엇을 말하는지 알아차렸다. 포정사는 혀를 찼다.

"쯧쯧. 이래서 네가 아직 출세를 못하는 것이다."

"네?"

포정사는 느긋한 미소를 지으며 보좌관에게 말했다.

"좋지 않을 것이 무엇이 있느냐? 언제든 지원을 아끼지 않겠다는 내 의도도 전달되었고, 내가 어느 정도의 재력을 동원할 수 있는지도 충분히 보여주었다. 게다가 내 이름까지 확실히 기억하고 있지 않느냐? 그런데 뭐가 좋지 않다는 말이더냐? 이보다 더 좋을 수가 없는데 말이다."

포정사의 말에 보좌관은 고개를 갸웃했다.

"허나 함을 받은 것은 그분이 아니라……."

"쯧."

그의 말은 포정사의 혀 차는 소리에 끊어져 버렸다.

"이런 멍청한……. 그럼 다른 사람이 보는 앞에서 그냥 넙죽 받을 줄 알았더냐? 겉으로는 그래도 다 뒤쪽으로 돌아서 들어가게 마련이야. 너는 잘 모르겠지만 그는 아주……."

포정사는 방금 전의 일을 다시 떠올리며 내심 혀를 내둘렀다.

"아주 정계에 익숙한 사람이다. 그것도 대단히 고단수야. 한두 해 경력 가지고는 그런 여유가 나올 수가 없어."

그의 감탄은 진심이었다. 귀인이니 뭐니 하길래 어쩌다 인연을 잘 만나 벼락출세하는 인물인가 생각했더니, 자신의 예상이 보기 좋게 빗나가 버렸다.

"자기는 손도 대지 않으면서도 목함 안을 유심히 바라보는 것을 너도 봤겠지? 그리고 일부러 감찰어사를 통해서 받게 하는 것 하며, 그 후에 하는 그 한 마디 한 마디 하며……."

감탄하는 듯 고개를 저으며 포정사는 말했다. 보통 사람들은 이름만 들어도 기가 죽는 포정사, 안찰사에 도지휘사까지 있는 자리에서 보여주는 그 여유로움이라니! 마치 동등한 지위의 사람들과 느긋하게 이야기를 나누는 것 같은 그런 분위기가 아니었던가?

"탄사가 나올 만큼 아주 노련했다. 마치 중앙 정계에서 십수 년은 갈고 닦은 것 같은 그런 실력이었어. 고위 관료를 아주 익숙하게 대해본 게 틀림없을 것이야."

"그, 그렇습니까? 저는 잘……."

"하긴 너는 잘 모르겠지."

딱하다는 듯 보좌관을 바라보며 포정사는 말했다.

"하지만 나는 안다. 내 눈을 속일 수는 없지. 어쨌든, 돌아가는 대로 그 귀인에 대해 철저히 조사를 하도록 해라. 그리고 운가상단에 대한 지원 방안도 마련하도록 하고."

"운가상단 말입니까?"

보좌관의 질문에 포정사는 눈살을 찌푸렸다.

"너 아직도 모르겠냐? 아까 그 귀인이 말했지 않느냐? 이런 상단까지 찾아와 주신 배려를 잊지 않겠다고. 어느 쪽으로 성의를 보일 건지를 알려준 거나 마찬가지 아니냐? 아직도 이해가 안 가냐?"

"그, 그렇습니까?"

보좌관은 땀을 닦으며 말했다.

"허나 제가 보기에는 그리 탐탁지 않아 하시는 듯 보였습니다만……. 혹여 괜한 일을 하는 것은 아닐지……."

그것은 보좌관으로서는 최후의 용기까지 쥐어짜낸 말이었다. 그러나 포정사에게는 씨알도 먹히지 않았다.

"이봐."

포정사는 보좌관의 눈을 똑바로 바라보며 말했다.

"이런 것은 말이지, 받는 사람이 싫다고 하더라도 밀어 넣어야 하는 거야. 정색을 하고 화를 내더라도 쥐어줘야 하는 거라고. 알겠나? 그게 성의고, 그게 처세라는 거야. 그게 사회라는 것이란 말이다. 이 답답한 사람아. 쯧쯧쯧."

"아, 네……."

보좌관은 쓴웃음을 지었다. 포정사의 처세관이 그렇다 하니 무어라 할 말은 없지만, 그렇다고 그 말에 흔쾌히 공감이 가는 것도 아니었기 때문이다.

"그리고 제일 중요한 것은, 결코 줬다고 뭘 바라는 눈치를 보여서도 안 된다는 것이지. 꼭 하수들이 푼돈 쥐어주고는 많은 걸 바란단 말이야. 그게 자기를 얼마나 값싸게 만드는지도 모르고 말이지. 쯧쯧. 이런 건 어디까지나 미래와 관계를 위한 투자야. 길게는 수십 년을 멀리 내다보는 투자 말이야. 결코 근처 동네 상점에서 돈 주고 뭘 사오는 게 아니라는 걸 알아야지."

포정사의 투덜거리는 목소리를 들으며 보좌관은 속으로 혀를 내둘렀다. 언뜻 천박해 보이는 처세관도 저 정도면 꽤나 그릇이 크지 않은가?

"그, 그렇군요."

역시 포정사 정도 되면 생각이 다르긴 다르다. 보좌관은 그렇게 납득하며 고개를 끄덕였다.

"아, 그리고 운가상단에 발주하는 것도 너무 티 나게 하지는 말고."

"네?"

보좌관은 어리둥절한 표정이 되었다. 포정사가 직접 운가상단을 방문했다는 것은 내일 아침이면 광주 전체에 모르는 상단이 없게 될 터이다.

티가 안 날 수가 없지 않은가? 보좌관의 마음을 읽었는지, 포정사가 혀를 차며 말했다.

"쯧쯧, 머리하고는……. 상단 규모를 봐가면서 발주 물량을 조절하란 말이다. 처음부터 너무 대량 발주를 하면 명분도 없고, 딱 보기에도 이상하지 않느냐? 한 삼 년 정도 기간을 잡고 꾸준히 물량을 늘려가란 말이야. 멀리 내다봐야 한다는 내 말, 못 들었나?"

"아, 네. 알겠습니다."

고개를 끄덕이던 보좌관은 급히 서책을 꺼내 포정사의 지시를 적어 넣기 시작했다. 포정사가 이렇게 말할 정도이니 결코 허투루 취급할 수 없을 터. 아마 조만간 그 결과를 물어보리라.

보좌관은 포정사사에서 당장 운가상단에 발주를 할 수 있는 안건이 무엇이 있을까 곰곰이 생각했다. 그리고 또 한편으로는 곧 돌아오는 이번 명절 때 포정사에게 무엇을 선물해야 좋을지에 대해서도, 꽤나 진지하게 고민하기 시작했다.

*   *   *

쿵쾅 쿵쾅.

별실에서 난초를 돌보고 있던 하청상단의 단주, 하용한은 문득 들리는 소란스러운 발소리에 고개를 돌렸다. 그의 예상대로 발소리의 주인공이 잠시 후 별실에 그 숨 가쁜 모습을 드러낸다.

"어, 어르신!"

다급한 목소리의 주인공은 운가상단에 보냈던 총관이었다. 하용한은 난초를 닦던 천을 정리하며 느긋한 목소리로 말했다.

"오, 일은 잘 마치고 왔는가?"

하용한이 느긋한 이유는 두 가지가 있었다. 하나는 총관이 평소에도 별것 아닌 일로 소란을 피우곤 했다는 것과, 운가상단에 다녀오는 일은 그다지 의외의 요소가 있을 수 없는 평범한 일에 속하기 때문이었다.

"만날 날짜는 언제로 정했나?"

일이 잘 마무리되었는지에 대해서는 하용한은 추호도 의심하지 않았다. 하긴 그럴 만도 했다. 혼담을 꺼낸 쪽이 못하게 되었다는데 무어라 하랴? 게다가 상대의 어려운 형편을 뻔히 알고 있으니 도움의 손길을 뿌리칠 이유도 없다. 명분마저 확실한 터이니 말이다.

"헉헉. 그, 그게 문제가 아닙니다. 지, 지금······. 헉, 헉."

가쁜 숨을 몰아쉬느라 총관은 제대로 말을 잇지도 못했다. 하용한은 슬쩍 눈살을 찌푸렸다.

"쯧, 이 사람. 괜찮으니 천천히 말하게. 내가 어디 가는 것도 아닌데······."

"포, 포정사가 왔습니다! 운가상단에 광주의, 헉헉, 고관들이 전부 모여서 귀인을 맞으러 왔는데 그게 바로, 아이고 숨차, 그게 바로 그 사람이랍니다!"

하용한의 눈살이 더욱 일그러졌다.

"천천히 말하게, 천천히. 무슨 소린지 모르겠잖은가? 그리고, 포정사사에서 사람을 보냈다고? 운가상단이 뭔가 실수라도 한 거 아닌가?"

상인에게 관원이란 그다지 좋은 의미가 되지 못한다. 특히 관에서 먼저 사람을 보냈다면 말이다.

"요즘 상황이 안 좋다더니 혹시 밀매나 뭐 그런 거에 손을 댄 건 아니겠지?"

혹 운가상단이 무슨 사업상의 실수라도 저지른 것이라면 하청상단은 바로 발을 빼야 한다. 내심 불안한 마음으로 묻는 하용한의 말에 총관이 답답하다는 듯 가슴을 쳤다.

"아이고 답답해. 포정사사에서 사람이 온 게 아니라, 포정사가 왔단 말입니다! 포정사가!"

"뭣?"

하용한의 눈이 휘둥그레졌다.

"아니, 포정사가 왔단 말인가? 운가상단에? 본인이 직접?"

"포정사뿐입니까? 안찰사에 도지휘사까지 왔습니다. 전부, 그것도 본인이, 정말로 직접 말입니다."

못 미더워하는 하용한이 답답했는지 총관은 강조에 강조를 거듭하며 다짐하듯 말했다.

"자네…… 혹시 뭔가 잘못 본 건……."

하용한의 말에 총관은 강하게 두 손을 내저으며 말했다.

"아닙니다! 제가 이 두 눈으로 직접 봤습니다! 못 미더우시면 지금이라도 운가상단에 사람을 보내 보십시오."

"아니, 대체 그들이 뭣 때문에 운가상단 같은 곳엘 간단 말인가? 그것도 포정사에 안찰사, 도지휘사까지라니."

이제야 총관이 말하고 싶었던 본론이 나왔다. 총관은 침을 튀기며 흥분한 어조로 말했다.

"그러니까 그게 바로 그 사람, 아니 그분 때문이란 말입니다. 그러니까 이게 어떻게 된 거냐 하면……."

하용한은 앞뒤 모를 총관의 말에 인상을 찌푸렸다. 그가 사태의 정황을 파악할 수 있게 된 것은, 그로부터 한참 동안이나 이어진 총관의 장황한 설명을 다 듣고 나서였다.

"끄응. 그러니까 알고 보니 그가 중앙 정계에 줄이 있었더란 말이지?"

"아아주 튼튼한 줄입죠."

총관은 유난히 강조하는 어투로 말했다. 그 줄의 위력이 어떤지 총관은 실감하고 있었다. 다른 사람도 아니고 포정사에 안찰사, 도지휘사까지 마음대로 부리는 그런 줄이 아니던가?

"그거, 아깝군."

"아이고, 아닙니다요."

입맛을 다시는 하용한에게 총관이 손을 내저으며 말했다.

"차라리 우리 쪽에서 먼저 혼담을 거둔 것이 잘된 일인지도 모릅니다. 보나마나 퇴짜를 맞았을 텐데, 그러면 그게 무슨 꼴입니까?"

"그렇긴 하지만……. 쩝, 아무래도 놓친 물고기가 너무 크단 말이야."

"물고기도 물고기 나름이지요. 잘못하다간 어선이 뒤집힙니다."

"끄응."

아쉬운 마음이 들기는 했어도 하용한 역시 총관의 말에 공감하고 있었다. 거지꼴이나 다름없는 모습으로 낙향한 사람이 하룻밤 사이에 고관들에게 귀인이라 불리며 특별 취급을 받고 있다.

본래 권력이야 하룻밤 사이에 천지가 뒤집히는 것도 흔한 일이라 하지만, 그게 자신의 일이 된다면 도저히 감당할 엄두가 나지 않는다. 성공의 열매가 아무리 달콤하다 해도 위험 부담이 너무 큰 일이 아닌가?

'하긴, 이미 물 건너간 일이기도 하고······.'

어쩌면 처음부터 되지 않을 일이었는지도 모른다. 하용한은 상인답게 깨끗이 미련을 털어버렸다. 그리고 앞으로의 대책에 대해 생각하기 시작했다.

"포정사가 끈을 대려고 했다고?"

"예. 아주 대놓고 노골적으로 손을 뻗치더군요. 물론 그걸 넙죽 받을 정도로 생각이 없지는 않아 보였습니다만······."

"중앙 정계에 줄이 있을 정도라면 당연히 그럴 테지. 하지만 포정사도 그 정도로 그만둘 사람은 아니란 말이야."

"집요한 데가 있지요."

총관이 공감한다는 듯 고개를 끄덕였다. 포정사가 어떤 사람인지는 익히 알고도 남았다. 광주 상인으로서 그와 알고 지낸 시간이 어디 한두 해던가?

"운가상단과 만날 날을 언제로 정했나?"

"아직 정하지는 아니하였고, 저희 쪽에서 날을 잡아 연락하기로 했습니다."

"그래? 그럼 빨리 날을 잡게. 그리고, 애초에 이쪽에서 발주하기로 했던 주문량을 두 배로, 아니 세 배로 늘리게."

하용한의 말에 총관은 고개를 갸웃하며 반문했다.

"그러면 거래 규모가 너무 커지는 것이……."

"클수록 좋네."

"하지만 운가상단 정도의 규모에 그 정도 주문이라면 너무 특혜로 보이지 않을까 하는……."

여전히 이해하지 못하는 총관에게 하용은 답답하다는 듯 혀를 차며 말했다.

"아직 모르겠나? 아마 운가상단은 곧 포정사사의 물자 조달을 맡게 될 걸세. 그것도 큰 규모로."

"그, 그렇겠죠?"

총관은 고개를 끄덕였다. 포정사의 성격을 보자면 거의 틀림없이 그럴 것이다. 이제껏 하던 방식대로 말이다.

"그러니 지금부터 밀접한 거래 관계를 터 놔야 우리에게 그 하청이 들어올 것 아닌가 말일세."

규모가 큰 거래의 물자 조달, 그것도 포정사사 정도의 상대라면 어떤 상단이라도 혼자서 소화하기는 불가능한 물량일 터이다. 당연히 하청이 있을 것이고, 광주의 모든 상단이 그것을 노려 운가상단에 달려들 것이 분명했다.

"무슨 말인지 알겠지? 우리가 운가상단에 특혜를 주는 게 아니라, 운가상단이 우리에게 특혜를 줘야 할 정도로 만들란 말일세."

"오오, 과연."

충분히 납득한 총관이 고개를 끄덕인다.

"자, 자. 이럴 게 아니라 빨리 날을 잡게. 아니, 당장 내일 만나자고 기별을 넣게. 포정사사에서 조달 건을 발주하고 나면 이미 늦어. 잘 보이려고 한다는 게 너무 티가 나니까 말이야."

"알겠습니다."

"어서 가게. 나도 지금 바로 집무실로 갈 테니 말일세."

총관은 고개를 숙여 예를 표하고는 바쁜 걸음으로 별실을 나갔다.

하용한 역시 상단의 현황을 다시 한 번 점검하기 위해 집무실로 바쁜 걸음을 옮겼다. 그의 한쪽 손에는 난초를 닦던 흰 천이 여전히 꼭 쥐어진 채였다.

     *   *   *

"아유, 아가씨. 짐을 좀 줄이셔야지요."

하녀의 투정에도 하영령은 아랑곳하지 않았다. 이러저리 널어놓은 옷들 사이를 돌아다니며, 오랜만에 만나는 친구인 양 이것저것 몸에 대보기도 하고 상태를 살펴보기도 하면서 느긋하게 시간을 보내고 있었다.

"흠. 이 옷도 아직 괜찮네. 이것도 싸도록 해."

"아이 참. 이것도요?"

하녀는 하영령이 던져주는 옷을 받아들며 투덜거렸다. 그녀 앞에는 차곡차곡 정리된 옷이 벌써 한가득이었기 때문이다.

"참 내, 아가씨는 어딜 가시기에 이렇게 갑자기 옷을 챙기고 그러세요?"

"유학이야, 유학."

"유학? 어디로 놀러가신다구요?"

하영령은 어이가 없다는 듯 하녀를 쳐다보았다.

"놀러가는 게 아니고, 고모님 댁에 간단 말이야. 조신한 아가씨가 되는 공부를 하러 말이야."

하녀는 놀란 눈으로 하영령을 쳐다보았다.

"아니, 고모님 댁이요? 거긴 남경(南京)이잖아요?"

"그래."

하영령은 옷을 고르는 손길을 늦추지 않으며 말했다.

"그러기로 했어. 이번 혼담을 없던 일로 하는 대신……. 아, 이 옷이 아직도 있었네?"

알록달록한 문양이 새겨진 옷을 꺼내들며 하영령은 반색을 했다.

"홋. 이런 웃긴 옷을 그때는 좋아라 하고 입고 다녔으니, 나도 참 어렸지."

하녀는 옷을 고르느라 여념이 없는 하영령을 보며 어쩔 수 없다는 듯 고개를 저었다.

"그나저나 아가씨도 대단하세요. 혼담을 그렇게 금방 없었던 일로 하시다니. 대체 어떻게 하 어르신의 마음을 돌리셨어요?"

"그야 간단하지."

하영령은 이리저리 옷을 살펴보며 대수롭지 않은 듯 하녀의 물음에 대답했다.

"딸이 눈물을 흘리면서 이야기하는데 마음 안 돌릴 아빠가 어디 있겠어?"

"우셨어요?"

하녀는 놀란 얼굴로 물었다. 평소 하영령의 모습을 보자면 도저히 상상이 안 가는 이야기였기 때문이다.

"응."

고개를 끄덕이며 하영령은 말했다.

"아빠가 오히려 화내더라. 그렇게 싫은데 왜 진작 얘기 안 했냐고. 그럼 좋아할 리가 있겠어? 참나, 그런 뻔한 일을……. 어쨌든 그 자리에서 바로 총관을 운가상단으로 보냈어. 혼담 거두라고 말이야. 후, 이건 비장의 수단이라 자주 써먹을 수도 없는 건데."

하영령은 어깨를 으쓱했다.

"이번엔 어쩔 수 없지, 뭐. 다음번에 또 쓰려면 한 삼사 년 지나야 될려나……."

그녀의 말을 들으며 하녀는 혀를 내둘렀다. 하영령이 울다니, 그것도 눈물을 뚝뚝 흘리며. 상상도 가지 않는 일이었다. 평소의 그녀라면 목에 칼이 들어와도 하지 않았을 것 같은 행동이 아닌가?

'그렇게 싫었나?'

하녀가 고개를 절레절레 흔드는 동안, 하영령은 옷을 대보며 이리저리 크기를 재 보았다.

"음. 나도 많이 컸네. 허리는…… 그대론가?"

그녀는 들고 있던 옷을 다른 한구석에 휙 던졌다. 그곳엔 벌써 한 무더기의 옷이 아무렇게나 쌓여 있었다.

"여하튼 그 대신이라기는 뭣하지만, 당분간 남경 고모님 댁에 가 있기로 한 거야. 사랑에 상처받은 연약한 영혼을 달래려면 여행이 최고가 아니겠어?"

하영령은 짐짓 애처로운 표정을 지으며 말했지만, 하녀의 반응은 무덤덤했다.

"그러니까, 근신이네요?"

맞장구쳐주지 않는 하녀를 한 번 흘겨보고 나서, 하영령은 말했다.

"요즘 광주에서 내 소문이 너무 안 좋은 것 같기도 하고……. 잠잠해질 동안 당분간 나가 있는 것도 괜찮겠지. 뭐, 이 기회에 고모님께 가서 신부 수업도 받고 말이야."

"어휴, 고모님 성격이 보통 깐깐하신 게 아니라던데……."

하영령은 어깨를 으쓱했다.

"조카를 잡아먹기야 하겠어? 그리고, 너도 있잖아."

"네에?"

하녀는 옷을 챙기다 말고 깜짝 놀란 눈으로 하영령을 바라보았다.

"나, 나도 가요?"

"그럼, 내가 가는데 네가 안 가려고?"

"우왓! 정말이요?"

"응."

하영령이 고개를 끄덕이자 하녀는 자리에서 벌떡 일어섰다. 그녀의 얼굴은 놀라운 기쁨으로 가득 차 있었다.

"아가씨! 고마워요!"

하녀는 한달음에 하영령에게 달려오더니 목을 꽉 끌어안았다. 이곳 광주가 번화한 도시라지만 예로부터 문화 도시로 알려진 남경에 비하지는 못한다.

게다가 남경은 절경으로 이름난 항주, 소주와도 가까운 지역이 아니었던가? 때문에 남경에 간다는 말은 젊은 하녀에게는 꿈만 같은 일이 아닐 수 없었다.

"얘는, 뭘 그걸 가지고……."

아무렇지도 않은 듯 말했지만, 하녀의 기뻐하는 모습에 하영령의 입가에는 저절로 미소가 걸렸.

"아이고, 내 정신 좀 봐. 이러고 있을 때가 아니지. 얼른 짐을 챙겨야죠. 얼른, 얼른."

유난히 부산을 떨며 하녀는 옷을 챙기기 시작했다. 하지만 그런 하녀의 모습을 쳐다보던 하영령은 오히려 마음 한구석이 허전해지는 것을 느껴야만 했다.

'정말 떠나는구나.'

태어나서 한 번도 광주를 떠나본 적이 없었다. 당분간이라고는 하지만 이렇게 떠난다 생각하니 여러 가지 상념이 마음속을 오갔다. 문득 아련한 마음 한켠으로 떠오르는 것은, 그날 밤 주강에서 보았던 그의 그 어수룩한 모습과 당황한 표정들이다.

하영령은 자신도 모르게 웃음을 머금었다. 마치 주마등처럼 지나가는 그날 밤의 추억들. 그녀는 손을 들어 입술을 살짝 매만졌다. 찰나처럼 스쳐 지나간 순간이었지만 아직도 그 감촉이 남아 있는 것만 같이 느껴진다.

'아.'

하영령은 자신의 얼굴이 붉어지고 있음을 깨달았다. 혹시라도 하녀에게 들킬까, 하영령은 얼른 고개를 돌렸다.

"아, 이것도 가지고 가야겠다."

짐짓 쾌활한 목소리로 하영령은 말했다. 하지만 이제 그와는 정말 끝났다는 생각이 들자 우울한 느낌을 감추지는 못했다.

'그런 사람, 아마 또 만날 수는 없겠지?'

갑자기 떠오르는 생각을 털어내듯 하영령은 고개를 저었다. 이런 생각, 적어도 자신에게는 어울리지 않았다. 자신은 다름 아닌 하영령이 아니던가?

"힘내자, 하영령! 아자, 아자!"

"네?"

갑작스러운 하영령의 말에 하녀가 놀란 눈으로 쳐다본다.

"아참, 너 말이야."

하영령은 마침 잘됐다는 듯 하녀에게 말했다.

"검 하나만 구해놔. 멋지고 늘씬한 걸로."

"네?"

난데없는 하영령의 말에 하녀는 눈살을 찌푸렸다.

"갑자기 검은 왜……. 무술 하시게요?"

"아니."

하영령은 싱긋 웃으며 답했다.

"남자 고르는 데 쓸 거야. 알고 보니 그게 아주 효과가 좋더라구."

주먹을 불끈 쥐어 보이며 하영령은 말했다. 하녀의 어이없어 하는 표정 같은 건, 그녀에겐 보이지도 않는 듯했다.

제6장
항주 여정

 운가상단을 떠들썩하게 했던 귀빈들이 돌아가고, 운현은 비로소 숙부 운일평을 비롯한 운가상단의 식구들과 이야기를 나눌 시간을 가질 수 있었다.
 그리 많은 설명이 필요하지는 않았다. 일이 어떻게 되어 가는지를 모두가 이미 보았기 때문이다.
 "그래, 다시 조정의 일을 하기로 한 것이냐?"
 운현은 조용히 고개를 끄덕였다. 박 환관이 자신을 부르는 이유는 분명했다.
 비록 서찰에 그렇게 쓰여 있지는 않았지만, 감찰어사를 보낼 정도라면 충분히 짐작이 가는 일이다. 그리고 자신이 초청에 응했다는 것은, 그 뜻을 따르겠다는 의미이기도 했다.
"그래, 그렇구나."
 운일평 역시 고개를 끄덕였다. 그 역시 관의 생리를 모르는 바가 아니었다.
 하늘로 오르는 것도, 나락으로 떨어지는 것도 하룻밤 사이에 일어나는 곳이 바로 권력의 세계가 아니던가?
"그동안 보살펴 주신 은혜, 진심으로…… 감사합니다."
"아니다. 우리가 무슨……."
 운일평의 말에 운현은 고개를 저었다. 그때, 이 넓은 천하에 갈 곳이라고는 오직 이곳밖에 없었다. 폐인 같던 자신을 받아준 곳도, 그리고 다시 일어날 수 있도록 기다려준 사람들도 오직 이곳밖에는 없었다.
 비록 그것이 작은 선의에 불과하다고 말할지도 모르겠지만 운현에게는 너무나 커다란 도움이었다.
 진심을 담아 운현은 숙부 운일평과 숙모, 그리고 부총관에게 인사를 올렸다.
 운일평은 조카의 모습을 대견한 듯 바라보며 고개를 끄덕였고, 숙모는 작은 헛기침으로 미안한 마음을 대신했다. 부총관 역시 운현의 인사에 마주 답례를 함으로써 도련님에 대한 예를 표했다.
"지금 떠나려느냐?"
 운현은 고개를 끄덕였다. 조금 전 감찰어사가 운현에게 자초지종을 설명해 준 까닭이다.

"그래야 할 듯합니다."

운일평은 문득 생각났다는 듯 운현에게 말했다.

"아, 그리고 하청상단에서 사람이 왔었다. 혼담은 없었던 일로 하자더구나."

운현은 그다지 놀라지 않았다. 하영령이 그렇게 만들 것임을 알고 있었기 때문이다. 오히려 놀란 기색을 보인 것은 다른 사람들이었다.

"하청상단에서 정식으로 사과를 표명했다. 그리고 아마 거래 관계도 개선될 것이라 생각되는구나."

운일평의 말이 무슨 뜻인지 모르는 사람은 없었다. 하청상단은 광주 상단의 방식대로 사과와 보상을 하려는 것이다. 물론 운가상단에는 다행한 일이 아닐 수 없었다.

"그러니 우리 걱정은 할 필요 없다. 너는 앞으로 네 일에만 신경 쓰도록 해라."

숙부의 마음 씀은 한결같았다. 자신이 폐인과 다름없을 때나, 아니면 이렇게 갑작스레 귀인 대접을 받을 때나 말이다. 아마도 그것이 피를 나눈 가족이라는 것일 터이다. 운현은 고개를 숙이며 대답했다.

"소식 전하겠습니다."

"그래라."

운일평은 고개를 끄덕였다. 그리고 자리에서 일어났다. 떠나는 운현을 배웅하기 위해서였다.

운현의 짐은 워낙 간단해서 챙길 것이 별로 없었다. 지금 입고 있는, 부총관이 사준 옷을 제외하면 들고 갈 것은 검 한 자루뿐이었다.
그렇게 숙소를 정리한 운현은 한 번 더 방 안을 돌아보았다. 비록 머문 기간은 그리 길다 할 수 없었지만, 의미는 결코 작지 않은 곳이었다.
모든 것을 잃었다고 생각했을 때 느꼈던, 가슴 한구석에 바람이 이는 것 같던 그때의 감정이 다시금 아련하게 밀려왔다. 그렇게 모든 것을 포기했던 자신이 바로 이곳에서 다시 일어설 수 있었다.
그것은 결코 자신의 힘이 아니었다. 운가상단의 식구들, 부총관, 그리고 웃으며 자신을 보내준 독고랑, 자신의 가슴속에 떠나지 않고 남아 있었던 한 자루의 검. 이 모든 것들이 자신을 일어설 수 있게 해주었다.
운현은 발길을 돌렸다. 이제 일어서서 나가야 할 때였다. 이제 이곳에 있던 예전의 자신에게 이별을 고해야 할 때였다. 운현은 방문을 닫았다.
탁.
그렇게 운현은 자신의 처소를, 아니 자신이 잠시 머물렀던 그곳을 떠났다.

＊　　　＊　　　＊

"이게, 무슨 일입니까?"

운가상단의 대문 앞에 선 운현은, 살짝 눈살을 찌푸리며 물었다.

"도지휘사사와 안찰사사에서 보낸 호위입니다."

감찰어사 조관은 정중한 태도로 운현에게 답했다.

"이런……."

운현은 잠시 갈등했다. 조관의 말이 무슨 뜻인지는 알 수 있었다. 하지만 불편했다.

운가상단의 대문 앞을 막아서듯 늘어선 다섯 대의 화려한 마차와 일백의 군사는, 아무리 감찰어사 조관의 처지를 생각해 양보한다 해도 쉽게 납득할 수 없는 것이었다.

"인원을 줄이는 것이 어떻습니까?"

감찰어사 조관은 잠시 생각하더니 대답했다.

"군사 삼십과 기마 열, 마차 세 대까지로는 줄일 수 있습니다."

운현은 조관을 돌아보며 말했다.

"어사님과 저만 가면 안 되겠습니까?"

조관은 운현을 쳐다보았다. 운현의 말이 농담인지 아닌지 생각하는 듯 보였다.

"말을 잘 다루십니까?"

운현은 아차 하는 표정이 되었다.
"죄송합니다. 익숙하지 않습니다."
어색한 표정으로 운현은 사과했다. 말을 못 타는 것은 아니지만 여기서 북경까지 말을 달릴 정도로 능숙한 것도 아니기 때문이다.
"귀인의 뜻은 잘 알겠습니다. 하지만 저로서는 만의 하나를 대비하지 않을 수 없습니다."
그의 말에 운현은 고개를 끄덕일 수밖에 없었다. 그것은 조관의 처지를 납득했다는 뜻이기도 했다.
"그렇게 하지요."
이로써 광주를 떠나는 일행의 규모는 삼십의 군사와 기마 열, 그리고 세 대의 마차로 결정되었다.
감찰어사 조관이 일행의 규모를 줄이는 동안, 배웅을 나왔던 숙부 운일평이 운현에게 다가오더니 무엇인가를 건네주었다.
"숙부님?"
그가 운현에게 쥐어준 것은 작은 전낭(錢囊)이었다. 운일평은 전낭을 도로 내미려는 운현의 손을 꽉 잡으며 말했다.
"네 숙모가 건네준 것이다. 잠자코 받아 두어라."
운현이 돌아보자 숙모는 짐짓 모르는 척 고개를 돌렸다. 그동안 운현을 박대한 것에 대한 그녀 나름의 사과 표시일 것이다. 사실 운현으로서는 딱히 박대를 받았다고 생각하지도 않지만 말이다.

"감사합니다."

운현은 숙모를 향해 고개를 숙이며 말했다.

"흠, 조심하거라."

여전히 고개를 돌린 채였지만, 숙모는 자그마한 목소리로 그렇게 말했다. 문득 숙모 옆에 서 있는 사촌누이 운희연의 모습이 운현의 시야에 들어왔다. 운현과 눈이 마주치자 얼른 시선을 돌리는 그녀의 모습에, 운현은 빙긋이 웃고서 가까이 다가갔다.

"희연 누이?"

약간은 당황한 표정을 하고 있던 운희연은 운현이 말을 걸자 입술을 살짝 내밀며 뾰루퉁한 표정을 지었다.

"흥, 갑자기 출세하니 좋겠네요?"

"응, 좋아."

운현은 순순히 고개를 끄덕이며 말했다. 예상외의 반응에 운희연의 눈이 동그래지는데, 운현의 목소리가 계속 흘러나왔다.

"더 이상 누이에게 걱정을 시키지 않아도 되니 말이야."

"거, 걱정 같은 건 하지 않았어요."

운희연은 입술을 깨물었다. 하고 싶은 말은 이게 아니었는데, 이상하게 꼬여만 간다.

"나, 나는……."

어렵사리 말을 꺼내려 했지만, 얼굴만 붉어질 뿐이다. 지금

이 아니면 기회가 없을 텐데, 두 손에 움켜진 옷자락만 애매히 구겨지고 있었다.
"……해요."
"응?"
운현이 반문하자 운희연의 얼굴이 빨갛게 되어버렸다.
"에잇!"
탁.
운희연의 고운 비단신이 운현의 발끝을 차버렸다.
"미안하다구요!"
그 말을 끝으로 운희연은 뛰어 들어가 버렸다. 운현은 머리를 긁으며 혼잣말로 중얼거렸다.
"미안한 행동치고는 좀 과격한 걸?"
하지만 그렇게 말하는 운현의 얼굴은 웃고 있었다.
"준비가 끝났습니다."
뒤에서 다가온 조관이 말했다. 운현이 돌아보자 감찰어사 조관과 그 뒤에 선 네 명의 모습이 보였다. 그 중에는 객청에서는 보이지 않았던 사람도 있었는데, 그녀 역시 운현이 익히 얼굴을 알고 있는 사람이었다.
"떠나기 전에 말씀드리고 싶은 것이 있습니다."
운현은 조관을 향해 말했다.
"먼저, 항주에 들러야 합니다."
조관의 눈살이 살짝 일그러진다. 그러나 운현의 표정이 워낙 진지한지라 잠시 생각을 정리하는 듯하더니 고개를 끄덕였다.

"잠시라면 괜찮습니다."

다행히 항주라면 그들이 가고자 하는 길목이다. 많은 시간이 필요하지 않은 일이라면 상관없을 듯싶었다.

"감사합니다."

운현은 고개를 숙여 조관의 배려에 사의를 표했다. 그리고 운현은 배웅을 나와 있는 숙부 운일평과 숙모, 그리고 부총관에게 일일이 작별의 인사를 건넸다.

숙부는 운현의 등을 두드려 주었고, 숙모는 아무 말이 없었다. 그리고 부총관은 운현을 바라보며 이렇게 말했다.

"도련님은, 상단에 들어가셨더라도 잘 해내셨을 겁니다."

운현은 미소 지었다.

"부총관님도 건강하세요."

보기 드문 부총관의 웃음을 뒤로하고 운현은 마차에 올랐다.

"가자!"

말에 오른 조관의 명령과 함께 행렬은 천천히 움직이기 시작했다. 삼십의 군사와 기마 열, 그리고 세 대의 마차로 이루어진 행렬이 천천히 사라져 가고 배웅을 나와 있던 운일평 부부도 집안으로 들어갔다.

마지막까지 문 앞에 남아 있는 사람은 부총관뿐이었는데 행렬이 거리 사이로 모습을 감출 때까지 대문 앞을 지켜 서기라도 할 듯 움직이지 않고 서 있었다.

"섭섭하십니까, 아가씨?"

혼잣말인 듯한 부총관의 목소리에 대답이 들려왔다.

"응."

목소리의 주인공은 운희연이었다. 그녀는 대문 뒤쪽에 기대 서 있었다.

"이제 좀 천천히 친해질까 싶었는데, 이렇게 금방 떠날 줄은 몰랐어."

문 밖으로는 시선도 돌리지 않은 채 그녀가 말했다.

"오라버니라고 한 번은 불러보고 싶었는데……. 쳇."

"정작 직접 부르기엔 어려운 말도 있습니다."

부총관은 말했다.

"하지만 글로는 더 쉬운 법이지요."

운희연은 피식 웃었다.

"아직도 옛날 그 얘기를 하는 거야?"

운희연이 아직 어렸을 때, 북경에 있는 학사라던 사촌 오라버니를 만나고 싶어서 서찰이라도 쓰겠다고 한 적이 있었다. 그때 도와준 사람이 바로 부총관이다. 결국 서찰은 보내지 못했지만 말이다. 부총관은 싱긋이 웃으며 말했다.

"한번 써 보시지 그러세요?"

운희연은 대답하지 않았다. 하지만 부총관은 확신했다. 얼마 지나지 않아 그녀가 건네주는 서찰 심부름을 하게 되리라는 것을.

"이제 문을 닫아야겠습니다."

아직은 햇살이 따뜻한 오후였지만 부총관은 문을 닫기로 했다. 적어도 오늘 운가상단에 더 이상의 손님은 무리일 테니까.

끼익.

내일 아침 다시 이 문이 열릴 때에는 오늘보다 더 좋은 소식들이 들어오게 되기를 바라는 마음과 함께 부총관은 운가상단의 문을 닫았다.

하청상단에서 온 심부름꾼이 문을 두드린 것은 그로부터 조금 지난 후의 일이었다.

* * *

다음날, 광주의 상단들은 전날 운가상단에서 일어난 놀라운 일들에 대한 소문으로 시끌벅적했다.

그 문사의 모습이 처음부터 범상치 않았다고 하는 사람들부터, 운가상단이 이제 크게 일어날 것이라는 말들까지 온갖 소문들이 무성했다. 발 빠른 상단들은 운가상단에 줄을 대기 시작했고, 경쟁 관계에 있는 상단들은 헛소문이라며 애써 의미를 축소하기도 했다.

며칠 지나지 않아 곧 사람들의 화제는 바뀌기 시작했지만, 하청상단과 긴밀한 협력관계를 구축하며 포정사사의 물자 조달까지 처리하게 되자 운가상단의 위상은 확연히 바뀌었다. 그리고 그 사실은, 적어도 광주에 진출한 모든 상단에게는 결코 무시할 수 없는 일이었다.

"후우, 정말이지……."
가벼운 한숨이 붉은 입술 사이로 새어 나왔다.
"당신은 언제나 날 놀라게 하네요."
약간은 웃음이 섞인 듯한 목소리로, 이서연은 작은 종이를 눈앞에서 팔락거리며 말했다.

그녀의 눈빛은 마치 졸리기라도 한 듯 반쯤 감겨 있었고, 한 손으로 턱을 괴고 탁자에 엎드릴 듯 기댄 그녀의 자세는 상당히 흐트러져 있었다. 긴 머리카락이 이리저리 목덜미에 흘러내렸지만 이서연은 신경 쓰지 않았다.

"포정사에 안찰사, 도지휘사까지라니……. 대체 뭘 한 거예요?"

당연히 대답은 없었다. 지금 이곳에는 이서연, 그녀 외에 아무도 없었기 때문이다. 있는 것은 이리저리 늘어뜨린 화려한 휘장들과 작은 탁자, 그리고 은은한 빛을 내는 등불뿐이었다.

달그락.

이서연은 가늘고 하얀 손가락으로 작은 옥잔(玉盞)을 들어올렸다. 정교하게 조각된 문양들이 그녀의 손가락 사이에서 빛나고, 찰랑이는 투명한 호박색 액체에서는 향기로운 내음이 흐른다. 그 향기를 음미할 사이도 없이 이서연은 옥잔 안에 담긴 것을 한번에 입 안으로 털어 넣었다.

"후후."

잔을 내려놓은 이서연은 나지막한 웃음을 흘려냈다. 은은한 불빛 아래 그녀의 입술이 붉게 빛났다.

"황궁 학사였다더니, 그저 책만 읽고 있던 것은 아니었나 봐요?"

마치 누군가를 앞에 두고 있는 듯한 말투였다. 하지만 그녀 앞에는 아무도 없었다. 그저 미주(美酒)가 담긴 술병과 옥잔뿐.

"하긴."

이서연은 고개를 떨어뜨리고 한 손으로 자신의 머리를 감싸며 말했다.

"당신이 학사였다는 것도 믿음이 안 가는 이야기니까. 그러고 보면 당신에 대한 건 전부 못 믿을 것들 투성이네요? 확실한 건 그저 당신이라는 사람이 존재한다는 것 하나뿐. 하지만 어쩌면 그 존재라는 것도 사실은 확정할 수 없는 환상 같은 것인지도 모르지요. 그저 있다고 생각할 뿐인지도 모르는……. 훗."

자조적인 짧은 웃음이 이서연의 입술에서 새어 나왔다.

"마치, 나처럼……."

잠시 동안 이서연은 그렇게 고개를 숙이고 탁자에 엎드려 있었다.

그러다 갑자기, 그녀는 고개를 들었다. 그리고 마치 앞에 있는 누군가에게 하듯 한 손을 들어 손가락질하며 말했다.
"당신, 너무 크게 되지는 않도록 해요."
이제는 거의 감긴 눈이 되어 버린 이서연은 고개를 휘청거리며 혀가 꼬인 듯한 목소리로 말했다.
"너무 커지면, 거둬들여야 할 때가 되어 버리고 마니까."
이서연은 눈을 감았다. 그리고 고개를 떨구고 탁자에 엎드리듯 몸을 기댔다. 얼마나 그렇게 있었을까?
어느 순간, 이서연은 문득 크게 몸을 일으켰다. 그리고 휘청거리는 동작으로 비어 버린 옥잔에 술을 따르고는 단숨에 들이켰다.
탁.
옥잔을 거칠게 탁자에 내려놓은 그녀는 다시 탁자에 엎드렸다. 윤기가 흐르는 긴 검은머리가 이리저리 흐트러지며 팔과 어깨에 흘러내린다.
"후우."
그렇게 얼마나 있었을까?
딸랑.
간신히 들릴 듯한 작은 종소리가 울렸다. 그래도 이서연의 태도에는 아무런 변화가 없었지만, 곧 가벼운 한숨과 함께 그녀는 몸을 일으켰다.
"하아."
두 손을 들어올려 머리를 한 번 쓸어 올린 그녀는 흐트러진 머리를 매만졌다. 그리고 옷매무새를 가다듬고, 그녀 옆에 드리워진 줄을 가볍게 잡아당긴다.

딸랑.

다시 한 번 작은 종소리가 울리고, 잠시 후 바깥에서 인기척이 났다.

"사무 총관님. 준비가 되었습니다."

달칵.

이서연은 자리에서 일어났다. 언제 취한 적이 있었느냐는 듯한 단정한 몸놀림이었다.

"가자."

또렷하게 빛나는 눈동자로 이서연은 말했다. 위엄과 냉기가 묻어나는, 평소의 그녀다운 목소리였다.

이제는 당당히 천하 삼대 상단에 이름을 올리는 호암상단의 사무 총관. 그것이 바로 그녀의 새로운 직함이었다.

자박 자박.

거침없는 당당한 발걸음으로 이서연은 작은 방을 떠났다. 그곳을 떠날 때까지, 그녀는 한 번도 뒤를 돌아보지 않았다.

*   *   *

네 마리의 말이 끄는 제법 커다란 마차가 세 대, 그리고 관의 행차라는 것을 알리는 커다란 깃발을 앞세우며 앞뒤에서 호위하는 열 명의 기마대. 이것이 현재 관도를 달리고 있는 운현 일행의 모습이었다.

세 대의 마차 중에 뒤의 두 대에는 유사시 호위를 위한 군사들과 여행에 필요한 물품들이 가득 했지만 맨 앞의 마차에는 오직 운현과 감찰어사 조관만이 타고 있었다.

운현은 생각에 잠겨 조용히 창 밖을 응시하고 있었고, 조관 역시 중요한 여정을 시작하며 긴장하고 있었기에 자연히 두 사람 사이에는 침묵과 조금은 어색한 분위기가 흐를 수밖에 없었다.

그렇게 행렬이 광주를 벗어나 본격적인 지방 관도를 달리기 시작하자, 생각에 잠겨 있던 운현도 슬슬 지루함을 느끼기 시작했다.

"저분들은……."

운현은 감찰어사 조관을 슬쩍 돌아보며 물었다. 조관은 즉시 반응했다.

"네, 말씀하십시오."

"감찰어사님의 일행이 아닙니까?"

조관은 슬쩍 마차 밖을 쳐다보고, 운현이 누구에 대해 묻는지를 알아차렸다.

"그렇습니다. 제 일행입니다. 우편에 있는 이들은 항장익과 담소하라 하며, 좌편에 있는 이들은 백운상과 진예림이라 합니다."

마차에 동승한 것은 조관뿐이었다. 나머지 일행은 당연한 듯 마차 좌우편에서 호위하듯 말을 달리고 있었다.

"그리고 진예림은, 이미 알고 계시겠지만 여성입니다."

"여성이라면……."

운현은 조심스럽게 물었다.

"무가(武家)의 사람입니다. 정식 관원은 아니나 제 일을 돕고 있습니다."

운현은 고개를 끄덕였다. 감찰어사나 혹은 지방관이 자신의 업무를 위해 현지에서 임시로 관원을 임명하는 경우는 드물지 않았다.

그리고 정식 관료가 아니기에 신분이나 성별을 크게 문제 삼지 않는다. 물론 정식 관료로 승급시키고자 하는 경우에는 전혀 문제가 달라지지만 말이다.

"그렇군요. 그래서……."

그녀를 처음 보았던 날을 떠올리며 운현은 혼잣말처럼 중얼거렸다. 그래서 그때, 오랜 마차 여행에도 불구하고 그녀의 자세가 전혀 흐트러지지 않았던 것이다.

"저분들도 마차에 오르라 하는 것이 어떻습니까? 저렇게 말을 달리는 것도 힘든 일일 테니……."

"괜찮습니다. 모두 훈련된 자들입니다."

조관은 사양했다. 그러나 말을 달리는 것은 과격한 운동이다. 훈련받은 사람이 아니고서는 말을 달리는 것도 힘들뿐더러, 훈련받은 자라 해도 오랜 시간 말을 달리는 것은 중노동에 가까운 힘든 일이라는 것을 운현은 알고 있었다.
"기마대가 있는데, 이렇게 따로 호위를 할 필요도 없지 않습니까?"
마차 행렬의 앞뒤는 무장한 기마대가 호위를 하고 있다. 관의 행차를 알리는 커다란 깃발 또한 보란 듯이 펄럭이고 있으니, 함부로 이 행렬을 건드릴 만한 자들은 그리 많지 않을 터였다.
"허나 만일의 경우……."
"그 만일의 경우, 저분들이 지쳐 있다면 더 큰일이겠지요?"
운현의 지적에 조관은 할 말을 잃었다. 잠시 후, 마차에 탄 사람은 모두 여섯 명으로 늘어나 있었다.

따각 따각.
네 마리의 말이 끄는 마차 안에는 정적이 흐르고 있었다. 여섯 명이나 되는 사람들이 타고 있었지만, 그들은 한결같이 자세를 똑바로 하고 긴장된 상태를 유지하고 있었다. 그렇게 하고 있지 않은 사람은 오직 운현뿐이었다.
'이거 참.'
정작 난처해진 것은 운현이다. 그렇지 않아도 딱딱한 마차 분위기가 더 어색해지고 만 것 같으니 말이다.
"크흠. 아가씨는……."

짐짓 헛기침을 하고 운현은 어렵사리 말을 꺼냈다. 사람들의 시선이 일제히 운현을 향한다.
"진예림이라 하셨던가요?"
 진예림은 조관을 한 번 쏘아보고는 고개를 가볍게 끄덕였다.
"그렇습니다."
"무가의 분이시라 들었는데, 혹 어느 무가인지 알 수 있겠습니까?"
 이번에는 진예림의 눈매가 살짝 찌푸려진다.
"이름을 밝힐 만한 곳은 되지 못합니다."
 정중한 거절이었다. 운현은 머쓱한 기분이 되었다.
"그렇습니까? 제가 무림의 일에 잠시 관여했던 적이 있는 터라 혹⋯⋯."
"그러니까, 단순한 흥미로 여쭤보신 것이라는 뜻이군요."
 진예림의 목소리는 분명히 날이 서 있었다. 의외의 반응에 운현이 놀란 눈이 된 것은 물론이거니와, 다른 일행의 놀라움은 그 정도를 훨씬 넘어 있었다. 특히 담소하의 눈빛은 당장이라도 진예림을 윽박지를 듯했다.
'누님! 미쳤어요?'
'넌 가만히 있어.'
 담소하와 눈빛으로 한 판을 벌인 후, 진예림의 목소리는 계속 이어졌다.

"개인의 사정은, 그저 흥미로 물어보실 만큼 값싼 것이 아닙니다."

차갑고 단호한 목소리였다. 어쩌면 보란 듯한 어조이기도 했다.

'흥.'

진예림은 운현을 똑바로 노려보고 있었다. 이것은 그녀의 단순한 치기가 아니었다. 운현이 자신들의 윗사람이 될지 모른다는 말을 들었을 때부터 생각한 것이었다.

자신이 인정할 수 없는 사람이 자신에게 명령을 내린다는 것을 그녀의 자존심은 결코 용납할 수 없었다.

그렇게 따지면 황상까지 그녀의 인정을 받아야 하느냐고 할 수도 있겠지만, 적어도 자신의 눈이 닿는 한에서는 그래야 했다. 아무리 어사대인께 폐를 끼칠지 모른다 해도 말이다.

'여차하면 내가 전부 책임을 지면 끝이야.'

진예림의 각오는 가볍지 않았다. 그렇게 다른 일행이 얼어붙은 듯 아무 말도 꺼내지 못하고 있는데 문득 운현의 목소리가 들려왔다.

"그렇군요."

운현은 작게 고개를 끄덕였다.

"죄송합니다. 제가 경솔했습니다."

자신의 잘못을 순순히 인정할 뿐만 아니라, 운현은 진예림을 향해 사과의 표시로 가볍게 고개를 숙이기까지 했다. 그 반응에 가장 놀란 것은 바로 진예림이었다.

운현이 이렇게 순순히 사과하리라곤 예상하지 못했던 것이다. 최소한 불편한 기색 정도는 보여줄 것이라고 그녀는 생각했었다.

"하지만 그저 흥미로 물어본 것만은 아닙니다."

진예림은 살짝 눈살을 찌푸렸다. 무언가 변명을 늘어놓는 것이라 생각했기 때문이다.

"소저께서는 저를 몇 번 도와주신 적이 있지요?"

운현은 미소를 지으며 진예림에게 말했다. 진예림은 아차 하는 심정이 되었다.

"때문에 소저께 호의를 느껴 여쭤본 것입니다. 허나 소저께서 불편하셨다 하니 사과드리도록 하겠습니다."

"크흠."

진예림은 짐짓 헛기침을 했다. 자신을 향해 쏟아지는 일행들의 질책의 눈빛이 거북했기 때문이다.

사실 운현의 입장에서 보자면 당연한 일이기도 하다. 생각해 보면 몇 번의 마주침이 아무것도 아니라고는 할 수 없지 않은가?

"사죄의 뜻이라고 하면 좀 뭣하지만, 대신 제게 궁금한 것이 있으시다면 대답해드리도록 하지요. 물론, 가능한 부분까지만."

운현의 말에 일행의 눈동자가 반짝 빛났다. 사실 그들로서는 자신이 이렇게 호위하게 된, 어쩌면 자신들의 윗사람이 될지도 모르는 운현에 대해 궁금한 것이 한두 가지가 아니다.

그것은 '개인의 사정은 흥미로 물어볼 것이 아니다' 라고 말한 진예림 역시 마찬가지였다. 하지만 그렇다고 넙죽 받아들이기엔 진예림의 자존심이 허락하지 않았다.

"그, 그럴 필요까지는……."

말을 잇다 말고 진예림은 눈살을 찌푸렸다. 담소하가 그녀의 옆구리를 쿡 찔렀기 때문이다.

'진짜 미쳤어요? 이런 천재일우의 기회를!'

'쳇.'

진예림은 결국 포기할 수밖에 없었다. 담소하 말고도 자신을 향해 쏟아지는 일행의 눈빛이 보통이 아니다. 하지만 그렇다고 바로 물어보기도 뭣해서, 진예림은 살짝 고개를 돌린 채 한동안 말이 없었다.

"저……."

결국 말문을 연 사람은 일행 중에 제일 어린 담소하였다. 그는 진예림의 눈치를 슬쩍 본 후 말했다.

"실례지만 제가 여쭤 봐도 될까요?"

운현은 고개를 끄덕였다. 담소하의 얼굴이 금방 환해졌다.

"귀인께서는…… 음, 그러니까…… 누구신지요?"

"여러분이 보시는 그대로의 사람입니다만."

웃음을 머금은 채 운현이 대답했다.

"아, 하지만……."

담소하의 얼굴이 난처해지는 것을 보며 운현은 말을 이었다.

"얼마 전까지는 무림맹 서기로 일했었고, 그 전에는 황궁 학사를 지냈습니다. 학사의 직분은 제가 그만두었고, 무림맹에서는 도망쳤지요. 음? 그러고 보니 둘 다 좋게 끝나지는 못했군요."

"무림맹!"

"학사?"

일행의 입에서 각자 다른 단어들이 탄식처럼 흘러나왔다.

"무림맹에 있었다구요? 당신이?"

반사적으로 튀어나온 진예림의 질문에 다시 한 번 일행의 질책 담긴 눈초리가 쏟아졌다.

진예림은 움찔했지만, 정작 운현은 그녀의 무례에 그다지 상관하지 않는 듯 보였다.

"서기였습니다. 조금은…… 특이한 서기이긴 했습니다만."

"황궁 학사셨다면…… 혹 한림원의?"

조심스러운 항장익의 물음에 운현은 고개를 저었다.

"아닙니다. 그저 작은 서각의 학사였습니다. 그나마도 제가 그만두었습니다만."

"그런데 그런 사람이 왜 월수산에서 맞고 있었죠?"

무심코 튀어나온 담소하의 목소리에 일행의 얼굴이 굳어버렸다. 말을 꺼낸 담소하의 얼굴은 물론이고, 감찰어사 조관의 얼굴마저 딱딱하게 굳어버린다. 이제껏 침묵을 지키던 감찰어사 조관이 급히 고개를 숙였다.

"귀인! 무례를······."

"뭐, 그럴 때도 있지요."

조관의 말을 막은 것은 운현의 목소리였다.

"살다 보면 억울한 일을 당할 때도 있고, 애매하게 피해를 볼 때도 있지 않습니까?"

운현은 웃는 얼굴로 덧붙였다.

"다 그런 거지요. 뭐, 제가 그리 오래 산 것은 아니지만 말입니다."

일행의 얼굴에 안도의 빛이 스쳐 지나갔다. 담소하의 무례를 문제 삼지 않겠다는 뜻을 운현이 분명히 한 것이다. 질책의 눈초리가 담소하에게 다시 한 번 쏟아지고, 이번에는 백운상의 목소리가 나직이 흘러나왔다.

"검을 아십니까?"

운현의 눈동자가 잠시 흔들렸다. 마치 회한에라도 잠긴 듯, 말이 없던 운현은 조용한 목소리로 대답했다.

"네."

짧은 대답이었지만 그것만으로도 백운상에게는 충분했다. 또다시 무심코 끼어든 담소하의 목소리만 아니었다면 말이다.

"네? 검을 아는데 왜 월수산에서······."

"담제!"

항장익이 급히 담소하의 말을 끊고, 진예림은 아예 손을 들어 담소하의 입을 가로막았다.

"죄, 죄송합니다."

조관과 항장익이 운현에게 머리를 조아리고, 운현은 어색한 웃음을 지었다.

"으이구, 너는 좀 가만히 있어!"

진예림이 담소하를 윽박지르고, 담소하는 어깨를 움츠리면서도 대꾸를 잊지 않는다.

"아니, 그게…… 궁금하잖아요."

조관이 운현에게 정색을 하고 해명했다.

"담소하는 총명하지만 아직 연소한지라 실수가 많습니다. 부디 무례를 용서하시기 바랍니다."

운현은 웃음으로 답했다. 어쨌든 담소하 덕분에 마차 안이 화기애애한 분위기가 된 것은 사실이었다. 물론, 운현은 끝까지 월수산의 일에 대해서는 대답해 주지 않았지만 말이다.

운현 일행의 마차는 그날 저녁 즈음 관도 변의 객점 앞에서 발을 멈추었다. 제법 커다란 객점이었지만 운현의 일행이 적지 않은 터라 순식간에 객점은 사람들로 북적거리게 되었다.

각자 식사를 끝내고 운현은 따로 준비한 객점의 방에 들었고, 감찰어사 조관의 일행은 내일 일정에 대해 간단한 검토를 마친 뒤 각자 방으로 들어갔다. 물론 보초를 세워두는 것도 잊지 않았다. 진예림은 방으로 들어가는 대신 객점 뒤뜰로 향했고, 그녀의 뒤를 담소하가 졸졸 따라왔다.

"왜 따라오는 거야?"

진예림의 말에 담소하는 의외로 담담하게 말했다.

"그냥 저도 바람이나 좀 쐬려구요."

"그래. 바람 많이 쐬고 정신이나 좀 차려라. 낮에는 말실수가 그게 뭐냐? 큰일 날 뻔했잖아."

"괜찮아요."

담소하는 싱긋 웃으며 말했다.

"상대가 그런 걸로 문제 삼을 사람 같아 보였으면, 아예 이야기도 안 꺼냈죠."

"얼씨구. 언제부터 그렇게 사람 보는 안목이 생겼다고 그래?"

진예림의 핀잔에 담소하는 어깨를 으쓱하며 대답했다.

"적어도 누님보다는 나을 걸요?"

"뭐?"

진예림의 눈꼬리가 올라간다. 그러나 담소하는 능청스러운 표정으로 말했다.

"누님도 나름대로 시험한답시고 그런 살벌한 분위기를 만든 거잖아요. 그러다 어사대인께 폐라도 끼치게 되면 어쩌려고 그랬어요?"

진예림은 대답하지 않았다. 담소하 역시 대답을 기대하지는 않은 듯, 계속 말을 이었다.

"그래서, 결과가 어땠어요? 합격이에요?"

"흥."

진예림은 코웃음을 쳤다.

"남자가 너무 약해! 그런 상황이면 내가 무례하다고 밀어 붙여서라도 일단 강하게 나가야지. 조금 뭐라고 했다고 금방 고개를 숙이고……. 뭐야? 그게."

쏘아내듯 빠르게 말하는 진예림에게 담소하는 오히려 혀를 찼다.

"쯧쯧. 그런 식으로는 안 돼요."

"뭐가 안 돼?"

"누님은 그걸 시험이라고 생각하겠지만 다른 사람한테는 그저 시비 거는 걸로밖에 보이지 않는다구요. 그게 뭐예요? 별 것도 아닌 걸로 톡톡 쏘아대기나 하고. 그래서 어떻게 그 사람을 알겠어요?"

"뭐, 뭐야?"

진예림의 얼굴이 붉어지며 인상이 구겨진다. 그러나 담소하의 말은 아직 끝나지 않았다.

"차라리 아예 대놓고 말하세요. 내가 당신을 인정할 만한 걸 보여 달라. 그렇게 말이에요. 아니면 아예 거리를 두고 철저하게 사무적으로만 대하든가요. 백운상 형님 보세요. 딱 한 마디 묻잖아요."

담소하는 짐짓 백운상의 말투를 흉내내며 말했다.
"검을 아느냐? 안다. 그럼 끝난 거죠."
"끝나긴 뭐가 끝나?"
"쯧쯧. 이래서 누님이 뭘 모른다고 한 거예요. 그럼 지금 당장 검이라도 맞대보자고 할 수 있을 것 같아요? 어디까지나 우린 감찰어사대의 일원일 뿐이고 그분은 황궁의 초청을 받은 귀인이라구요. 지금 할 수 있는 것은 여기까지가 끝이에요. 나머지는 시간이 해결해 주겠죠."

진예림은 대꾸할 말을 찾지 못했다. 담소하의 말이 전부 옳았기 때문이다.

"누님도 그렇게 꽁해 있지 말고 그냥 가볍게 생각하세요. 괜히 그동안 신경 써 준 게 억울해서 그러나 본데, 그쪽에서 신경 써달라고 부탁한 것도 아니잖아요? 어디까지나 누님의 일방적인 참견이었다구요."
"뭐얏! 참견?"
"어이쿠. 마지막 말은 실수예요, 실수. 아니, 취소."

담소하는 말이 끝나기가 무섭게 꽁무니를 뺐다. 바람이라도 쐬겠다는 말은 전부 핑계였던 듯, 그는 한달음에 객점 안으로 줄행랑을 쳤다.

"쳇."

혼자 남은 진예림은 혀를 찼다. 속이 부글부글 끓었지만, 담소하의 말이 맞을지도 모른다는 것은 자신도 이미 알고 있었다. 무엇보다 대꾸 하나 제대로 하지 못하지 않았는가?

'그나저나, 무림맹에 있었다고 했지?'

진예림은 입술을 깨물었다. 그녀도 무가의 사람이니 무림맹이라는 말에 반응하지 않을 수가 없었지만 그녀에겐 또 다른 이유가 있었다. 비록 서기라고는 했지만, 운현은 어쩌면 항주 혈사에 대해 무언가 알고 있는 것이 있을지도 몰랐다.

"무림맹……."

진예림은 나지막이 중얼거렸다. 차가운 밤공기를 타고 흘러나오는 그녀의 목소리에는 착잡한 심정이 짙게 배어 있었다.

제7장
상두 조가장의 경우

 상주(商州)는 섬서성에 위치한 제법 규모가 있는 지방 도시였다. 섬서성의 성도인 서안(西安)과 호북성의 성도인 무한(武漢)을 잇는 관도가 지나는 길목에 위치한 터라, 이곳을 드나드는 화물과 재화의 양이 작지 않았다.
 도시 중앙에 있는 거리는 상점과 사람들로 가득했고, 그럴 듯한 커다란 기루만도 세 개나 있었다. 그리고 당연히, 이곳의 경제력을 기반으로 뿌리를 내린 무가(武家)들도 존재했다. 그중에서도 조가장(趙家莊)은 지난 수십 년간 명실공히 상주의 터줏대감 노릇을 해 온 무가였다.
 조가장(趙家莊)이 내세우는 무술은 본래 조가창법이었다. 말로는 삼국시대 조자룡이 사용하던 바로 그 창법이라는데 당연히 그 진위를 확인할 방법은 없었다.

하지만 창은 가지고 다니기도 번거로운데다 관(官)의 눈초리도 그다지 곱지 않았던지라, 실제 조가장은 창보다는 조가검법이라는 가문의 이름을 딴 검법을 주로 사용했고 제자들도 모두 창 대신 검을 가지고 다녔다.

조가장이 상주의 터줏대감 노릇을 해온 것은 조가장의 창법이나 검법 때문은 아니었다. 그것은 오로지 조가장이 무림맹과 긴밀한 관계를 유지하고 있었기 때문이었다.

특히 화산파에 명절 때마다 꼬박꼬박 선물과 사람을 보낼 정도로 친분을 과시하는 조가장에게, 상주(商州)의 어느 무관도 감히 도전할 엄두를 내지 못했던 것이다. 그러나 항주 혈사 이후, 이곳 상주의 세력판도에도 당연히 변화가 일어나기 시작했다.

콰당!
조가장의 고색창연한 정문이 부서지는 듯한 소리를 내었다. 그리고 사람들의 떠들썩한 소리가 그 뒤를 이었다.
"빨리 안으로 옮겨!"
"의원을 불러라! 어서, 어서!"
때마침 나와 있던 조가장의 장주, 조웅이 커다란 눈썹을 찌푸리며 큰 소리로 말했다.

"이 무슨 소란이냐!"

사람들의 소리가 일시에 잦아들었다.

"장주님!"

방금 조가장으로 들어온 제자들 중 가장 연배가 높은 제자가 마치 통곡하듯 외치며 앞으로 나섰다. 그는 한쪽 팔에 큰 부상을 입고 있었다. 조가장 장주 조웅의 눈살이 찌푸려졌다.

"무슨 일이더냐?"

자신 앞에 무릎을 꿇은 그에게 조웅이 나지막한 목소리로 물었다.

다친 그의 모습에서 울려 나오는 불길한 예감이 조웅의 마음을 무겁게 하고 있었다. 제자는 무릎을 꿇은 채, 아직도 억울함이 가득한 목소리로 외치듯 말했다.

"소검회와 무도관이 갑자기 저희를 공격했습니다!"

웅성.

모여들었던 제자들이 웅성거리기 시작했다. 조가장 장주 조웅의 눈살이 더욱 찌푸려졌다. 불길한 예감이 틀리지 않았기 때문이다.

"다들 조용히 하라!"

조웅은 제자들을 조용히 만든 후, 다시 말했다.

"다친 사람들을 안으로 들이고 의원을 불러라. 정문의 경계를 철저히 하고 다른 제자들은 수련을 계속하도록 하라."

제자들은 그제야 정신을 차린 듯, 황급히 움직이기 시작했다. 다른 제자들이 달려들어 부상자를 옮기고, 몇몇 제자들은 정문으로 나섰다. 그리고 선배 제자들이 후배들을 독려하며 각자의 수련장으로 흩어져 간다.

조가장 장주 조웅은 짙은 눈썹을 찌푸린 채 그 모습을 쳐다보다가, 시선을 아래로 내리고 아직도 무릎을 꿇고 있는 제자에게 말했다.

"안으로 들어가자."

조웅은 휙 몸을 돌렸다. 그리고 묵묵히 걸음을 옮겼다. 그는 아무 말이 없었지만, 방금 제자가 한 말은 그의 마음을 더욱더 무겁게 만들고 있었다.

"자세한 상황을 말해 보거라."

조웅은 앞에 서 있는 제자를 향해 침착한 표정으로 말했다. 그의 짙은 눈썹과 부리부리한 눈매는 무인의 전형적인 모습을 보여주고 있었다. 제자는 그 앞에 서서 침통한 표정으로 대답했다.

"저희는 여느 때처럼 매화루에서 식사를 하고 있었습니다. 그러다 중간에 들어온 무도관 놈들과 자그마한 시비가 붙었는데, 놈들은 작정한 듯 아예 처음부터 칼을 빼들었습니다."

"으음."

조가장 장주 조웅은 눈썹을 찌푸렸다. 무도관은 호시탐탐 상주의 패권을 노리며 조가장과 경쟁해 온 무관이다. 이때까지 조가장과는 크고 작은 충돌도 많았다.

아마 이번 일도 으레 일어나던 그런 작은 시비였을 것이다. 그런데 그들이 작정하고 칼을 뽑아들었다는 것은 일이 심상치 않다는 것을 의미한다.

"저희는 그들과 맞서 싸웠습니다. 그런데 갑자기 소검회 놈들이…… 크흑."

"소검회라고!"

곁에서 듣고 있던 조웅의 아들, 조홍이 놀란 눈으로 외치듯 말했다.

"그게 틀림없느냐!"

"그렇습니다. 갑자기 매화루 이층에서 소검회 녀석들이 내려오더니 다짜고짜 저희들을……."

제자는 분하고 억울한 듯 말을 채 잇지 못했다. 그러나 조홍은 아직도 믿을 수 없다는 목소리로 말했다.

"아니, 그놈들이 어찌 갑자기……."

소검회는, 소위 사파에 속하는 불량배나 다름없는 집단이다. 본래 변두리 지역에서 보호세를 걷거나 주변 지역 상권에 개입하는 정도의 작은 단체였는데, 요 근래 갑자기 크게 세가 늘었다고 했다.

하지만 조가장과는 아무런 이해관계가 없었던 터인데, 이렇듯 갑자기 막무가내로 문제를 일으킬 줄은 생각하지 못했다.

"아버님."

조홍이 장주, 조웅을 보며 말했다. 조웅이 침묵하자 조홍은 제자를 내보냈다.

"나가 보거라. 너도 상처가 작지 않으니 의원에게 반드시 보이도록 해라."

"네."

제자는 고개를 떨구고는 밖으로 나갔다. 조홍은 침묵에 잠긴 조웅을 보며 조심스럽게 입을 열었다.

"아버님. 소검회가 무도관과 힘을 합친 것이 분명합니다. 그렇지 않고서야 어찌 이런 일이 있을 수 있겠습니까?"

소검회든 무도관이든 조가장보다는 그 세력이 크지 못했다. 지난 수십 년간 우위를 유지해 온 조가장의 힘은 결코 무시할 수 없는 것이기 때문이다. 그러나 무도관과 소검회가 힘을 합친다면 문제는 달라진다. 그리고 문제는 그것 하나만이 아니었다.

"게다가 무도관이 소검회까지 끌어들였다면 이미 다른 무관들이나 문파들도 마찬가지일 가능성이 높습니다. 그들이 우리 조가장을 곤경에 빠뜨리기 위해 힘을 합친 것이 한두 번이 아니지 않습니까?"

조홍의 지적은 옳았다. 소검회까지 무도관과 협력하기로 했다면, 이미 상주의 대부분의 문파와 무관들이 무도관과 협력하고 있을 가능성이 컸다.

"아버님."

조홍은 나지막한 목소리로 말했다.

"아무래도 화산에 다시 한 번 사람을 보내야 하지 않겠습니까?"

이런 문제가 일어나는 이유는 간단했다. 지난 항주 혈사 이후, 항주의 무림맹은 사라졌다. 그리고 조가장과 밀접한 관계를 유지해오던 화산은 갑자기 모든 외부 활동을 중단했다. 즉, 조가장이 끈 떨어진 연 신세가 되었다는 것을 상주의 모든 무관들이 알게 된 것이다.

조웅은 묵묵히 고개를 저었다. 옆에 앉아 있던 총관이 안타까운 표정으로 그의 심정을 대변했다.

"도련님. 제가 벌써 세 번이나 화산에 가 보았습니다만 대답은 똑같았습니다. 이런저런 핑계를 대고는 있지만, 화산은 당분간은 전혀 움직일 생각이 없는 것이 확실합니다."

"그 당분간이라는 사이에 우리 조가장이 사라질지도 모르는 일입니다."

조홍이 안타깝다는 표정으로 말했지만 총관은 고개를 저었다.

"저로서는 더 이상은……."

"소검회는 갑자기 어떻게 된 일인가?"

장주 조웅이 나지막한 목소리로 총관에게 물었다.

"호북성의 무한(武漢)이 영웅맹에게 넘어간 이후, 호북성에서 사파의 세력이 크게 늘었다고 합니다. 아마도 그 영향 때문인지 이곳 섬서성에서도 사파들이 활기를 띠고 있는 것 같습니다."

항주 혈사 이후, 영웅맹은 장강 일대의 이권을 독차지하다시피 했다. 그것은 장강에 위치한 도시, 무한(武漢)도 예외는 아니었다.

이전 같으면 무당파(武當派)가 가만히 있지 않았겠지만 항주의 치욕스러운 패배 이후 무당파는 꼼짝도 하지 않았다. 그리고 아무도 그 이유를 몰랐다. 그저 추측만 무성할 뿐.

어쨌거나 무한이 영웅맹에게 넘어간 일은 그 파급이 매우 컸다.

영웅맹이 무한에서 위세를 떨치고 다니자 호북성 전역에서 사파가 득세하기 시작한 것이다. 소검회의 세가 갑자기 늘어난 것 또한 그런 영향을 받은 탓이리라.

"그렇다고 이대로 있을 수도 없지 않습니까?"

조홍이 다시 한 번 아버지 조웅에게 말했다. 그러나 조웅은 대답을 하지 못했다.

수십 년 상주를 지켜온 조가장의 자존심은 이대로 물러설 수 없다고 말하고 있었다. 하지만 그것은 너무 많은 피를 흘려야 했고, 또한 승산조차 거의 없었다.

잠시 무거운 침묵이 흐르고, 총관이 주저하며 말을 꺼냈다.

"저, 태평맹에 사람을 보내 보면 어떻겠습니까?"

"태평맹?"

총관의 말에 조웅도, 조홍도 의외라는 표정을 지었다. 총관은 말을 이었다.

"듣기로는 얼마 전 성도인 서안(西安)에 태평맹이 들어왔다고 합니다. 아마도 작은 지부 연락소 같은 것이 설치된 것이 아닌가 합니다만……."

"서안에?"

조웅은 눈살을 찌푸렸다. 섬서성의 성도인 서안은 화산파의 앞마당이나 마찬가지다. 비록 화산이 현실적인 이익을 추구하지 않는 도가(道家) 문파라 해도, 서안에서 화산의 영향력을 벗어날 수는 없다.

만일 화산이 지금 같은 상황이 아니었다면 다른 문파에서 서안에 지부를 설치한다는 것은, 아무리 그것이 연락소 같은 작은 것이라 해도 감히 상상할 수 없는 일이었으리라.

"허나 태평맹은……."

"아무리 그래도 무림맹에 몸을 담았던 문파들이 아닙니까? 적어도 말이라도 넣어 볼 수는……."

태평맹이 무림맹과 아무런 연관이 없는 듯 행동하는 것은 사실이었다.

그러나 과거 무림맹의 주축이었던 그들이 아닌가? 지난 수십 년간 무림맹과 긴밀한 관계를 맺어 온 조가장이라면 총관의 말대로 언질이라도 넣어볼 수 있을 터였다.

"으음."

조웅은 쉽게 결정을 하지 못했다. 그러나 조홍의 판단은 빨랐다.

"그 수밖에는 없습니다. 아버님."

조홍은 조웅을 향해 말했다.

"게다가 지금 무림에서 태평맹 말고 누가 힘을 가지고 있단 말입니까? 그렇다고 영웅맹으로 갈 수도 없지 않습니까?"

"허나 태평맹이 움직이려 하겠느냐?"

"움직이지 않아도 됩니다. 그저 배경이 되어 주기만 해도 충분히 도움이 되지 않겠습니까?"

조웅은 잠시 고민했다. 상대가 태평맹이라는 것도 탐탁지 않았고, 여기저기 손을 벌려야 한다는 것도 탐탁지 않았다. 그러나 어차피 결론은 하나밖에 없었다.

"알았다."

총관을 향해 조웅은 말했다.

"총관이 수고해줘야겠네."

"알겠습니다."

총관은 고개를 숙이며 장주의 명을 받들었다.

상주 조가장의 총관은 바로 그날 오후 서안을 향해 길을 떠났다. 그리고 그날 저녁, 기다렸다는 듯 무도관에서 조가장에 전갈이 왔다.

그날 있었던 불미스러운 사고에 대한 조가장의 정식 사과와 손해 배상을 요구하는 문서였다. 만일 이에 응하지 않을 경우, 이후에 벌어지는 일에 대해서는 책임질 수 없다는 말도 적혀 있었다.

명백한 협박이었다. 조가장 장주 조웅은 무도관의 요구를 단호히 거절했다. 그리고 모든 제자들을 모으고 밤새도록 조가장의 불을 밝히도록 했다.

절대로 응할 수 없다는 뜻을 밝힌 것이다. 장주 조웅의 단호한 결단만큼, 조가장 제자들의 결의 역시 굳건했다. 그러나 장주 조웅의 마음 한구석이 무거워지는 것만큼은 어쩔 수 없었다.

*　　*　　*

"그게 정말인가?"

수백 리 길을 한달음에 달려온 총관이 가져온 소식에 조가장 장주 조웅은 눈을 크게 떴다. 그렇지 않아도 부리부리한 그의 눈매가 마치 튀어나올 것만 같다.

"그렇습니다."

얼굴 가득 웃음을 지으며 총관은 대답했다. 힘든 길도 마다하지 않고 달려온 보람이 느껴지는 순간이었다.

"태평맹이 저희의 요청을 수락했습니다. 장주님."

아직도 믿을 수 없다는 듯한 조웅과 달리, 아들 조홍은 어느새 차분한 목소리로 총관에게 묻고 있었다.

"그쪽에서 무엇을 요구하던가?"

"그게, 놀랍게도…… 거의 아무것도 요구하지 않았습니다."

"아무것도?"

조웅의 짙은 눈썹이 살짝 찌푸려진다.

"자세히 말해보게."

조홍의 재촉에 총관이 그제서야 품에서 서신을 꺼내들었다. 그리고 공손한 태도로 그것을 조웅에게 건넨다.

바스락.

조웅이 서신을 펴고 읽어 내려가는 동안, 총관이 설명을 시작했다.

"처음에는 그들도 저희를 돕는 데 난색을 표했습니다. 그러나 제가 이곳 상주의 상황을 자세히 알리고 그 중요성을 차분히 설명하자 차츰 납득을 하기 시작하더군요. 무엇보다 대대로 상주의 정도(正道)를 지켜온 것이 바로 조가장 아니겠습니까?"

서신에 쓰여 있는 바도 그와 비슷했다. 무림의 정도를 지켜온 조가장의 노고에 경의를 표하며 어려운 때에는 서로 돕는 것이 마땅하다는, 일견 구태의연한 수사(修辭)와도 같은 것들이 서신의 초반을 차지하고 있었다. 물론 무림맹에 대한 언급은 당연히 없었다.

"태평맹이 바라는 바는 조가장과의 긴밀한 연계를 맺는 것뿐이라고 합니다. 대놓고 말은 하지 않았지만, 그들도 영웅맹에 대해 견제하는 모습이 역력해 보였으니까요."

"음."

총관의 설명은 납득이 갔다. 호북성의 무한이 영웅맹의 세상이 되었다면, 상주는 영웅맹이 섬서성으로 진출하기 위한 첫 번째 관문이 될 터였다.

그러니 사파, 혹은 영웅맹에 더 가까운 문파가 이곳 상주의 주도권을 쥐게 되는 것은 태평맹으로서도 바라지 않는 바일 것이다.

"여기 이 협조 요청 사항이라는 것은 뭔가?"

서신을 읽어 내려가던 장주 조웅이 총관에게 물었다. 조웅이 읽던 곳에는 '태평맹 인원들이 상주에 거처를 마련하는 데 협조해 달라'는 요청 사항이 적혀 있었다.

"아, 네. 그것은 이곳에 태평맹의 무사 분들이 거주하기 위한 임시 거처를 마련하는 데 협조해 달라는 것입니다."

"그거야 우리 조가장에서 머무르면 될 터인데?"

"그것이…… 말로는 저희에게 폐를 끼치고 싶지 않다고 하지만, 아무래도 영웅맹이나 다른 문파의 눈치를 보는 듯했습니다."

"눈치를 본다?"

조홍이 살짝 눈썹을 찌푸리며 물었다. 총관은 고개를 끄덕이며 대답했다.

"네. 태평맹이 저희 조가장에 머무른다면 대놓고 협력 관계를 알리는 것이 될 것이고, 그럴 경우 다른 문파들이 적극적으로 영웅맹을 개입시키려 할지도 모른다는 것입니다."

"흐음."

조웅은 생각에 잠겼다. 생각해 보면 납득이 가는 일이기도 하다. 그러나 태평맹 소속 무사들이 따로 머문다고 해서 조가장과의 협력관계가 알려지지 않을 것인가? 다르게 생각하면 태평맹이 독자적으로 움직이는 것이 오히려 영웅맹을 더 자극하지는 않을까?

'아니, 그 이전에······.'

문득 조웅은 태평맹이 너무 영웅맹을 신경 쓰는 것은 아닌가 하는 생각이 들었다. 호북성 무한이 비록 영웅맹의 것이 되었다고 해도 그것은 무한이 장강에 위치한 도시인 탓이다.

게다가 이곳은 섬서성이다. 아무리 영웅맹이라 해도 당장 장강을 크게 벗어나 이곳 섬서성까지 온다고 생각하기는 힘들지 않을까? 무엇보다 이 서신에는 그런 언급이 전혀 없지 않은가?

"게다가 태평맹으로서는 이번 분란에 대해 어디까지나 중재자 역할을 하는 것뿐이라는 명분이 필요할 테니까요. 중재자라고 와서 저희 조가장에 머무를 수는 없지 않겠습니까?"

"딴은 그렇기도 하군."

조웅은 고개를 끄덕였다. 태평맹의 서신에도 자신들이 공정한 중재자로서 이번 일의 해결에 도움이 되고자 한다는 말이 적혀 있었기 때문이다. 어디까지나 명분에 불과할 테지만, 그래도 결코 무시할 수 없는 것이 명분이 아니던가? 조웅은 총관의 말에 납득했다.

"구체적으로 어떻게 하겠다고 하던가?"

의문 하나가 일단락되자 조홍이 가장 궁금했던 것을 물었다. 총관은 미소를 지으며 대답했다.

"놀라지 마십시오. 자그마치 이십여 명에 달하는 인원을 보내겠다고 하였습니다."

"이십 명!"

조홍이 놀란 표정으로 말했다. 이런 경우에는 대개 수명에서 십여 명 안쪽의 인원을 보내는 것이 일반적이다.

많은 인원이 움직이는 것은 보기에도 좋지 않고, 또 그럴 필요까지도 없었다. 일단 태평맹의 개입 의지를 분명히 보여주는 것만으로도 반은 해결된 것이나 마찬가지이기 때문이다.

물론 조가장의 입장에서야 많은 인원을 보내준다니 반가운 일이다. 사람이 많을수록 일이 빨리 해결될 가능성이 높고, 그만큼 실력을 과시하는 데는 더 효과적이니까.

"설마, 하급 무사들을 보내는 것은 아니겠지?"

눈살을 찌푸린 조홍의 말에 총관은 두 손을 내저었다.

"그렇지 않습니다. 저도 그 부분을 확인해 보았지만 모두 태평맹의 정예라고 했습니다. 그 중에는 당문의 고수 분도 포함된다고 분명히 말했지요. 게다가 일의 진행에 따라 더 보낼 수도 있다고 그렇게 말했습니다."

"흐음."

바스락.

조웅은 서신을 다시 훑어보았다. 하지만 어디에도 그런 구체적인 사항은 적혀 있지 않았다. 하지만 저쪽에서 많이 보낸다고 하니 굳이 사양할 필요는 없으리라. 그 사이, 조홍이 다시 총관에게 물었다.

"그런데, 지금 서안에 그 정도의 인원이 있기는 한 건가? 듣기로는 서안에 있는 것은 태평맹의 연락소 정도라고……."

"그게……."

총관의 표정이 이상하게 변했다. 잠시 주저하던 총관은 조심스럽게 입을 열었다.

"연락소 정도가 아니었습니다. 어지간한 장원 못지않은 아주 커다란 규모의 태평맹 지부가 서안에 자리 잡고 있더군요. 웬만한 문파라 해도 따라올 수 없을 정도였습니다."

"서안에 말인가?"

장주 조웅에게도 총관의 말은 의외였다. 화산의 앞마당이나 다름없는 서안에 태평맹의 연락소가 들어섰다 해도 격세지감을 느낄 정도인데, 아예 커다란 지부가 자리를 잡았다니 놀랄 만한 일이 아닐 수 없었다.

"아니, 그러면 화산은……."

조홍의 말에 총관은 천천히 고개를 저었다.

"모르겠습니다. 적어도 지금 서안에서 화산의 이름을 내세우는 사람은 아무도 없었습니다. 물론 참배객들은 예전처럼 북적이고 있는 듯했습니다만……."

총관은 말을 흐렸다.

"화산이 묵인한 것은 아닐까요? 어차피 태평맹이라 해도 예전 무림맹의 일원이었으니 말입니다."

조홍이 나름대로 추측하는 말에도 조웅은 대답하지 않았다. 무림이라는 곳은 그렇게 녹록한 곳이 아니다. 아무리 예전에 동맹관계였다 해도, 자신의 앞마당이나 다름없는 곳에 다른 문파가 들어오는 것을 어찌 묵인하랴?

화산에 무슨 변고가 생겨도 아주 단단히 생긴 것이 틀림없었다. 그리고 그것은, 이제껏 화산과 긴밀한 관계를 유지하고 있었던 조가장 역시 중대한 결단을 내려야 한다는 것을 의미했다.

"후우."

묵직한 한숨을 내쉰 조웅은 낮은 목소리로 말했다.

"태평맹에 답신을 보내게."

총관이 조웅을 주목한다. 그리고 아들 조홍도 진중한 태도로 장주의 말에 귀를 기울인다.

"태평맹의 도움에 고마움을 표하고, 필요한 모든 사항에 적극적인 협조를 아끼지 않겠다고 전하게. 그리고 이를 통해 조가장과 태평맹의 관계에 큰 진전이 있기를 바란다고, 그렇게 전하도록 하게."

 조웅의 말은 조가장이 화산에서 태평맹으로 줄을 바꿔 잡는다는 것을 의미하고 있었다. 어찌 보면 화산을 버린 것이라 할 수도 있는 의미. 바로 그것이 조가장 장주 조웅의 마음을 무겁게 만들고 있었다.

 "알겠습니다. 장주님."

 총관은 깊숙이 허리를 숙여 장주에게 예를 표했다. 아들 조홍도, 총관도 더 이상은 아무 말이 없었다.

 장주의 이 결정이 의미하는 바가 무엇인지 분명히 알고 있었기 때문이다. 그러나 마음 한편으로 안도감이 드는 것도 사실이었다.

 '이제 되었다.'

 태평맹이 움직이게 되었다. 이로써 상주 조가장의 위기는 새로운 도약의 전기가 될 것이 분명했다. 화산에 대한 아릿한 감상도 잠깐, 그들의 얼굴에는 분명한 안도감이 서서히 번져 가고 있었다.

 "그리고 따로 충분한 재정을 준비하도록 하게. 말로는 협조라고 해도, 우리가 모든 비용을 부담해야 할 것이 분명하니까. 태평맹에 예물로 보낼 만한 것도 신경 써서 알아보도록 하고."

 일단 결정한 이상, 실수나 흠이 있어서는 안 된다. 장주 조웅의 말에 총관이 다시 한 번 고개를 숙여 명을 받들었다. 그렇게 상주 조가장의 일은 일단락되는 듯 보였다. 적어도 그들에게는 말이다.

* * *

"장주님."

상주(商州) 조가장의 장주 조웅은 집무실 밖에서 들려오는 목소리에 고개를 들었다. 옆에 앉아 있던 아들, 조홍이 고개를 돌리며 말했다.

"들어오게."

문이 열리고 지난 십수 년간 이곳 조가장을 지켜온 총관의 모습이 나타났다.

장주를 향해 정중히 고개를 숙여 예를 표한 후, 총관은 화려한 비단으로 쌓인 서찰 하나를 공손히 건넨다.

"드디어 태평맹으로부터 공식적인 답신이 왔습니다."

"오, 그래?"

조웅은 반색을 했다. 기다려 마지않던 태평맹의 회신이었기에, 그는 총관이 건네주는 서찰을 받아 지체 없이 읽어 내려가기 시작했다.

바스락.

서찰을 읽어가던 조웅의 표정이 변한 것은 금방이었다. 그의 짙은 눈썹이 금세 일그러지기 시작했다.

"아버님, 무슨 일입니까?"

장주의 표정에서 심상찮은 기색을 느낀 조홍이 묻는다.

"으음."

조웅은 눈살을 찌푸린 채 계속 서찰을 읽어 내려갔다. 아니, 처음부터 다시 읽는 중이었다. 혹시 자신이 잘못 읽은 것이 아닌가 하는 표정으로. 그러나 서찰에 적힌 글자는 변하지 않았고, 결국 조웅은 서찰을 내려놓는 수밖에 없었다.

"아버님?"

아들 조홍의 물음에 조웅은 찌푸린 눈살을 펴지 않은 채 대답했다.

"모임을 갖고자 하니 참석해 달라는군."

"네?"

조웅은 아들 조홍에게 서신을 건넸다. 조홍은 급히 서신을 받아 읽어 내려갔다. 그리고 그의 표정도 조웅의 표정과 마찬가지가 되었다. 길지 않은 서신을 다시 처음부터 읽는 것도 똑같았다.

유려한 문체에 화려한 수사(修辭). 그러나 내용은 지극히 빈약했다. 모임을 갖고자 하니 참석해 달라는 정중한 초대였다. 그 외엔 시간과 장소가 적혀 있을 뿐, 무엇을 위한 모임인지, 어떤 사람들이 참석하는 것인지에 대해서는 아무런 말도 적혀 있지 않았다.

다만 보란 듯이 적힌 태평맹이라는 세 글자와 위압적으로

찍힌 붉은 직인이 마지막을 장식하고 있을 뿐이었다.
 조홍은 서찰을 이리저리 살펴보았다. 모양이나 내용이 모두 격식을 갖춘 정식 서찰이었다.
 "날짜가…… 바로 내일이군요."
 조홍이 눈살을 잔뜩 찌푸린 채 말했다.
 "그리고 장소는 이곳 상주(商州)가 아닙니까?"
 조웅은 고개를 끄덕였다.
 "자네도 읽어보게."
 조홍이 건네준 서신을 받아든 총관이 급히 내용을 살펴본다. 그리고 역시 마찬가지로 눈살을 찌푸렸다.
 "이게 무슨 의미라고 생각하나?"
 조홍의 물음에 총관은 대답하지 못했다. 갑작스런 서신의 내용에 영문을 모르기는 마찬가지였기 때문이다.
 "저는 그저 이번 일에 대한 것이라고만 생각했습니다만……."
 당연히 그럴 것이라 생각했다. 태평맹에서 보내 왔다기에, 약속했던 태평맹의 무사들이 언제 출발한다던가, 혹은 무엇이 필요하니 협조해 달라던가 하는 그런 서신 말이다.
 "혹 잘못 온 것은 아닌가?"
 조웅의 말에 총관은 고개를 갸웃거렸다.
 "그럴 리는 없을 것입니다. 태평맹에서 직접 사람을 보낸 일이니, 이런 실수를 할 이유가 없습니다. 거기다 이 서찰은…… 간단한 서신이라기보다는 공식적인 정식 배첩에 가깝습니다.

맹의 이름을 걸고 하는 일이라는 뜻이니, 서툰 실수를 할 리가 없지요."

"뭔가 심상치 않습니다. 아버님."

총관에게서 다시 건네받은 서신을 뚫어져라 보고 있던 조홍이 굳은 표정으로 말했다.

"심상치 않다니?"

조웅의 물음에 조홍은 대답했다.

"굳이 말하자면, 이런 서신이 오기는 와야 합니다. 태평맹의 무사들이 이곳에 도착하고, 다른 문파들이 어느 정도 상황을 파악하게 된 다음, 바로 마지막으로 모든 일을 마무리할 때에 말입니다."

"무슨 소리냐?"

조웅이 눈살을 찌푸리며 물었지만 조홍은 심각한 표정으로 총관에게 물었다.

"총관. 상주의 다른 무관들, 그러니까 무도관이나 소검회에도 이런 서신이 갔는지 알아볼 수 있겠나?"

총관은 잠시 생각하다가 고개를 저었다.

"지금 당장은 무리입니다. 무도관이나 소검회는 아무래도 좀······."

"왜 그러느냐?"

심상치 않은 아들의 행동에 장주 조웅이 묻는다.

"아무래도 이상합니다. 혹시······."

"혹시?"

조홍은 잠시 머뭇거리다가 입을 열었다.

"태평맹이 저희를 배제하고 일을 진행하는 것이 아닌가 싶습니다."

조웅의 눈살이 한껏 일그러졌다.

"우리를 배제해?"

"이 서신이 착오가 아니라면 아마도…… 아니, 확실히 그렇습니다."

"설마, 무도관이 따로 손을 썼다는 말이냐?"

"모르겠습니다."

조홍은 굳은 표정으로 고개를 저었다. 옆에서 총관이 고개를 갸웃하며 말했다.

"혹, 그저 일에 관해 몇 가지 논의를 하기 위해 자리를 마련한 것인지도 모르지 않습니까?"

총관의 말에 조홍은 다시 고개를 젓는다.

"그럴 것이라면 난데없이 이런 서신을 보낼 필요가 없지요."

조홍의 지적에 총관은 할 말이 없었다. 자신이 생각해도 이런 서신은 너무 난데없었으니까.

"총관, 이 서신에 적힌 장소가 어디인가?"

다시 서신을 살펴보던 조홍이 문득 총관에게 묻는다. 총관은 조홍이 가리키는 서신의 한 부분을 찬찬히 쳐다보더니 고개를 갸웃거렸다.

"글쎄요? 이곳은 기루도 없고, 특별한 음식점이 있는 장소도 아닙니다. 제가 알기로는 그저 한적한 주택가입니다만……."

"그만 됐다."

조웅의 묵직한 음성이 울려나왔다.

"아버님."

"어차피 내일이면 알게 될 일이다. 그리고 무슨 일이 있다고 한들 이제 와서 어떻게 하겠느냐? 네 말대로 태평맹이 우리를 배제하겠다면 이제 와서 다시 손을 쓸 수도 없는 일이다. 그리고 태평맹이 무도관의 편을 들 것이라 보기도 어려운 일이니, 정확한 것은 내일 직접 부딪쳐 보도록 하자."

장주 조웅의 결정에도 불구하고, 조홍은 여전히 태평맹의 의도에 대해 미심쩍은 구석이 많았다. 그러나 장주의 결정이고, 또한 틀리지 않은 말이다. 조홍은 고개를 숙였다.

"알겠습니다. 다만, 내일 모임에는 믿을 만한 제자들을 동행시키도록 하겠습니다."

"그래. 그리고 너도 같이 가도록 하자."

"네, 아버지."

굳은 결의로 눈을 빛내며, 조홍은 그렇게 대답했다.

*   *   *

다음날, 상주 조가장의 장주 조웅은 아들 조홍과 몇몇 제자들을 대동하고 길을 나섰다. 여느 때 같으면 마차를 이용했겠지만 아들 조홍의 주장에 따라 말을 탔다.

만일의 경우를 대비해서였다. 그리고 조가장 일행이 서찰에 적힌 장소에 가까이 갔을 때, 그들은 놀라운 것을 보았다. 그것은 제법 커다란 저택의 입구에 높이 달린 '태평맹'이라는 화려한 현판이었다.

"아버님, 이게……"

조홍은 자신의 눈을 믿지 못하겠다는 듯, 조웅을 바라보며 말했다.

"으음."

조웅 역시 짙은 눈썹을 일그러뜨린 채 '태평맹'이라 적힌 금빛 현판을 뚫어질 듯 노려보고 있었다. 언제 이렇게 단장했는지 몰라도 저택 곳곳이 화려한 색색의 천들로 요란하게 장식이 되어 있었다.

좀 더 가까이 다가가자 활짝 열린 현관 안에서는 흥겨운 음악소리가 들려오고 시끌벅적한 사람들의 소리도 흘러나온다. 마치 잔치라도 벌이는 듯한 분위기였다.

"대체 언제 이런……"

연회를 준비하는 정도야 하룻밤이면 할 수 있다. 적당한 집을 골라 매입하는 것도, 태평맹이라면 그리 어려운 일은 아닐 것이다. 문제는 이런 일들을, 외부에 전혀 소문나는 일도 없이 쥐도 새도 모르게 진행시켰다는 점이다. 평소부터 이곳 상주에 대해 잘 알고 있지 않다면 불가능한 일이기 때문이다.

조가장 일행들이 어안이 벙벙한 표정으로 갈피를 잡지 못하고 있을 때, 현관을 지키던 누군가가 그들을 발견하고 빠른 걸음으로 다가왔다.

"조가장의 분들이시군요. 어서 오십시오."

말끔히 차려입은 중년의 사내는 멋들어진 미소를 지으며 말했다.

"이미 다른 분들께서는 안으로 드셨습니다."

"다른 분들?"

조홍이 날카로운 시선으로 묻자, 그는 느긋한 미소를 잃지 않은 채 부드러운 어조로 대답한다.

"네. 상주의 관원 분들과 상계의 분들, 그리고 여러 무관의 어른들께서 이미 안에 들어가 계십니다. 장주께서도 어서 드시지요."

'관(官), 상(商), 그리고 무(武)?'

조가장 장주 조웅과 조홍은 더욱 영문을 모르게 되었다. 최악의 경우 태평맹과 무도관이 손을 잡았을지도 모른다고 생각했는데, 지금 중년인의 대답은 안에 상주의 관원들과 상인들, 그리고 다른 무관의 사람들까지 모두 모여 있다고 말하고 있지 않은가? 조웅과 조홍은 뭔가 일이 심상치 않음을 알아차렸다.

"일단 들어가자."

조웅이 말했다. 중년인은 기다렸다는 듯 고개를 숙이며 일행을 안으로 안내했다.

조가장 일행이 중년인의 뒤를 따라 안으로 들어서자, 흥겨운 음악소리와 사람들의 떠드는 목소리가 한층 크게 들려온다.

"조가장의 분들께서 드십니다!"

현관 안은 마치 연회장처럼 자리가 펼쳐져 있었다. 한쪽 구석에서는 악사들이 음악을 연주하고, 좌우로 차려진 좌석마다 음식들이 가득하다.

"어서 오시오."

연회장 가장 상석에서 누군가 일어섰다. 화려한 옷을 차려입은 초로의 노인이 조가장 일행을 향해 예를 표하며 느긋한 미소로 말했다.

"여러분을 태평맹의 이름으로 환영하오."

조웅은 굳은 얼굴로 그의 예를 받았다.

"이리로 오시오."

이 연회의 주최자가 분명한 그는 장주 조웅을 초대했다. 조웅은 천천히 발을 옮기며 자리에 앉아 있는 이들의 면면을 살피기 시작했다.

그리고 곧, 그는 얼굴을 찌푸렸다. 무도관 관주 장천호의 얼굴을 그들 중에서 발견한 까닭이다.

"흥."

장천호 역시 조웅을 발견했는지 코웃음을 날린다. 그의 얼굴에는 경멸의 표정이 가득했다.

"이리로."

초로의 노인이 초대한 조웅의 자리는 바로 무도관 관주 장천호의 옆자리였다. 그리고 장천호보다는 상석이다. 즉, 주최자의 자리에 보다 가까웠다는 뜻이다.

"태평맹의 당일기라 하오. 상주 조가장의 이름을 평소 흠모하였더니, 이렇게 장주를 모시게 되었구려. 와 주셔서 참으로 감사하오."

자신을 당일기라 소개한 그는 부드러운 미소를 지으며 겸손한 태도로 말했다. 그러나 그 이름을 듣는 조웅의 표정은 그렇게 부드럽지 못했다.

'당문!'

당문의 사람이 전면에 나섰다. 그것은 곧 태평맹이 본격적으로 이 일을 추진하고 있다는 뜻이다. 그런데 그 목적이 조가장을 돕는 것이 아닐 수도 있으니, 바로 그것이 조웅의 마음을 무겁게 하고 있었다.

"조가장의 조웅이라 하오. 명성이 자자한 당문의 분을 뵙게 되어 영광이오."

당일기는 그저 웃기만 할 뿐, 조웅의 말에 아무런 대답도 하지 않았다. 조웅은 자리에 앉았다. 그리고 다시 한 번 당일기의 모습을 흘깃 쳐다보았다. 그는 막 옆자리의 누군가와 이야기를 나누고 있었는데, 상대는 조웅에게도 이미 얼굴이 익숙한 관가의 사람이었다.

'당문이라…….'

자고로 당문의 사람들은 암기와 독에 능하고 어떤 술수를 부릴지 모른다는 인식이 강했다. 때문에 조웅 같은 무인 기질을 지닌 사람에게는 어딘지 꺼림칙하게 느껴지는 것도 사실이었다.

그래서인지 몰라도 당일기의 온화해 보이기만 하는 미소도 왠지 예사롭지 않게 느껴진다. 게다가 상대의 진의를 알 수 없으니 더욱 그랬다.

"으음."

생각에 잠겨 있던 조웅은 무심코 앞에 놓인 잔에 손을 가져갔다. 그러자 바로 옆에서 누군가의 목소리가 들렸다.

"흥. 이 지경을 만들어 놓은 주제에 음식이 입으로 넘어가는 모양이오?"

조웅은 눈살을 찌푸렸다. 바로 옆에 앉아 있던 무도관의 관주, 장천호였다.

"무슨 소리오?"

장천호의 노골적인 모욕에 조웅이 반문했지만, 돌아온 것은 그의 조소 섞인 목소리였다.

"허어, 무슨 소리냐고? 자신에게 물어보시지."

조웅의 인내심도 한계가 있었다. 그는 막무가내인 장천호의 모욕에 눈에서 살기를 뿜어내기 시작했다.

"자꾸 이러면 나도……."

"흥."

그러나 장천호는 아예 고개를 돌려버리더니, 술잔을 들어 벌컥 벌컥 들이켠다. 조웅은 어이가 없었다.

'대체……'

장천호가 무언가 알고 있는 것은 분명했다. 그런데 대체 무엇을 알고 있는지, 왜 이런 반응을 보이는지 전혀 알 수가 없었다.

'무도관이 태평맹과 손을 잡은 것은 아닌 듯한데……'

그랬다면 장천호가 이렇게 나올 리가 없다. 하지만 여전히 돌아가는 상황은 알 수 없고, 결국 조웅도 장천호와 마찬가지로 애꿎은 술잔만 들이켤 수밖에 없었다. 그러나 그 시간, 조웅의 아들 조홍은 가슴이 무너지는 듯한 절망감을 느껴야 했다.

'아, 이럴 수가 있는가!'

처음 태평맹이라는 현판을 보았을 때 예감했던 그 느낌은, 이곳에 앉아 있는 이들의 면면을 확인하며 거부할 수 없는 사실로 다가왔다.

조홍은 이를 악물었다. 꽉 움켜쥔 두 주먹이 배신감과 분노로 인해 부르르 떨려온다.

그러나 조홍은 결국 고개를 떨굴 수밖에 없었다. 이 말도 안 되는 현실 앞에, 자신은 너무도 무력한 것이다. 아니, 태평맹의 이름 앞에 상주의 조가장이라는 이름은 너무나 하잘것없는 것이었다.

'끝이로구나.'

조홍의 절망을 아는지 모르는지, 분위기는 점점 고조되어가고 있었다. 그리고 어느 정도 분위기가 무르익자 당일기가 자리에서 일어났다.

악사들의 음악소리가 어느새 잦아들고 사람들의 목소리도 잠잠해진다.

"이곳에 이렇게 왕림해 주신 상주의 여러 귀빈 여러분께 태평맹의 이름으로 먼저 감사를 올리는 바입니다."

당일기가 손님들을 향해 정중하게 고개를 숙여 보였다.

"이곳 상주는 예로부터 산세가 빼어나고 인걸이 모여드는 곳이라 하였습니다. 이곳 상주에 오게 되어 저 개인으로서는 매우 기쁘기 한량없습니다. 또한 여기 계신 분들을 뵈니 옛말이 허언이 아님을 알겠습니다."

물론 그런 말은 없다. 지세가 험한 것은 사실이지만 인걸이라 내세울 만한 사람은 없었다. 다만 관도의 요충지에 자리 잡아 재화는 많이 모여드는 편이지만 말이다.

"상주의 귀빈들을 모신 뜻깊은 날을 맞이하여 이 유서 깊은 고장에 태평맹의 현판을 걸게 된 것을, 저 당일기는 참으로 자랑스럽게 생각합니다."

챙그랑.

사람들의 시선이 일제히 소리가 난 쪽을 향했다. 그곳에는 조가장의 장주 조웅이 술잔을 떨어뜨린 채 분노로 부들부들 떨고 있었다.

태평맹이 상주에 현판을 올렸다는 사실이 의미하는 바는 간단했다. 그것은 태평맹이 정식으로 상주에 자리를 잡는다는 의미이자, 상주의 모든 이권이 태평맹에게 넘어간다는 것을 뜻했다.

조가장이 대대로 상주의 터줏대감이라 하지만 태평맹과는 비교조차 할 수 없다. 당연히 상주의 그 누구도 태평맹의 비위를 거스르려 하지 않을 것이고, 또한 그 누구도 태평맹이 원하지 않는 일을 하려 하지는 않을 것이다. 그렇게 상주의 모든 것은 바로 태평맹의 것이 되는 것이다.

당일기는 아무 일도 없었던 것처럼 말을 계속했다.

"태평맹은 상주의 안녕을 위해 최선을 다해 노력할 것입니다. 물론, 다른 무관들과 우호적인 관계를 유지하고 지역 발전에도 각별한 관심을 기울일 것입니다. 특별히 이번 일에 지대한 공헌을 해주신 조가장 분들께······."

당일기는 조웅을 향해 두 손을 모아 보이며 웃었다.

"심심한 사의를 표하는 바입니다. 말씀하신 대로, 이번 일을 통해 태평맹과 조가장의 관계에 큰 진전이 있을 것을 의심치 않습니다."

"이, 이럴 수는 없소!"

조웅의 격노한 목소리가 울려 퍼졌다.

'아버지! 안 됩니다!'

조홍은 안타까운 눈빛으로 아버지 조웅을 바라보았다. 조웅의 심정은 넘치도록 이해가 간다. 그러나, 그 결과는 너무나

뻔한 것이 아니던가?

"강호 무림의 도의가 살아 있거늘 어찌……!"

당일기는 여유로운 미소를 잃지 않은 채, 침착한 목소리로 말했다.

"상주의 질서와 안녕을 위해 태평맹에 먼저 도움을 요청하신 분은 바로 조 장주가 아니시오?"

"하, 하지만!"

"태평맹이 상주에 거처를 마련하는 것에 적극적인 협조를 아끼지 않겠다 하신 분 역시 조 장주시외다."

"그렇지 않소! 그것은……."

"허면."

당일기의 풍모가 순식간에 바뀌었다.

"조 장주께서 태평맹의 현판을 내리기라도 하시겠다는 말씀이시오?"

조웅을 향해 버티고 선 당일기에게서 강한 기세가 거침없이 뿜어 나오고 있었다. 부드러운 초로의 노인 모습은 삽시간에 사라지고, 마치 맹수의 그것과도 같은 살기가 그대로 쏟아져 나오고 있었던 것이다.

현판을 내리게 한다는 것은 곧 문파를 무너뜨리겠다는 뜻이나 다름없는 전면적인 최후통첩이다. 지금 천하에 감히 누가 있어 태평맹의 현판을 내리게 한단 말인가?

"으윽."

조웅은 자신도 모르게 신음을 내뱉었다. 그것은 비단 태평맹이라는 이름 때문만은 아니었다. 조웅의 앞에 버티고 선 당일기는 고수였다.

그것도 조웅 정도는 압도적으로 눌러버릴 수 있는 정도의 고수. 온화한 미소 뒤에 숨어 있던 당문의 고수가 자신의 본모습을 드러낸 것이다. 그 자리에 있던 모든 사람들, 심지어는 무공에 문외한인 사람들마저 당일기가 내뿜는 살기에 얼굴이 파랗게 질려 있었다.

"물론 조장주의 말씀은 그런 뜻이 아니리라 생각하오."

살기는 순식간에 거둬졌고, 당일기는 다시 온화한 미소를 지닌 초로의 노인으로 되돌아갔다.

"말씀드린 대로 태평맹은 조가장을 비롯한 상주의 문파, 무관들과 우호적인 관계를 유지하는 데 최선의 노력을 다할 것입니다. 그럼, 모두들 태평맹의 건승을 빌며 이 자리를 즐겨주시기 바랍니다."

당일기는 두 손을 모아 사람들에게 깊숙이 고개를 속이며 정중한 예를 표했다. 몇 사람들이 박수를 쳤고, 다시 음악이 흐르기 시작했다. 그러나 하얗게 변한 조웅의 얼굴은 쉽게 돌아오지 않았다.

"이런 게, 이런 게 아니었는데…… 이런 게……."

조웅의 입에서 마치 신음처럼 나지막한 목소리가 흘러나왔다. 이런 것이 아니었다. 태평맹에게 바란 것은 그저 상주 조가장의 새로운 뒷배경으로 든든한 보호막이 되어주는 것뿐이었다.

이렇게 상주에 보란 듯이 현판을 걸고, 온갖 이권과 상권에 뛰어들라는 뜻은 아니었다. 이렇게 통째로 모든 것을 빼앗아 가라는 뜻은, 더더욱 아니었다.

흥겨운 음악소리도, 옆자리에 앉은 장천호의 비아냥거리는 목소리도 조웅에겐 들리지 않았다.

눈앞에 보이는 모든 것이 그리고 방금 전 겪은 일들이 마치 꿈처럼 여겨질 정도로 현실감이 없었다. 단 한순간에 모든 것이 이렇게 변했다는 것이, 도저히 실감이 나지 않았다.

'아버지……'

조홍은 입술을 깨물었다. 울고 싶었지만 울 수 없었다. 아니 눈물 한 방울조차 보여서는 안 되었다. 적어도 자신만이라도 당당한 모습을 끝까지 보여야만 했다. 그것이 상주 조가장 장주의 아들, 조홍의 마지막 자존심이었다.

* * *

"군사님."

말끔하게 차려입은 중년의 무인이 절도 있게 고개를 숙인다. 서류를 내려다보며 무언가 생각에 잠겨 있던 태평맹의 대외 총괄 군사 당설련은 살짝 고개를 들었다.

"뭐지?"

그녀의 붉은 입술이 살짝 열리며 나른한 듯한 목소리를 내뱉는다.

"섬서성에서 보고가 올라왔습니다."

두 손으로 정중하게 내민 서반 위에 얄팍한 보고서가 놓여 있었다. 당설련은 하얀 손을 뻗어 그 보고서를 집어 들었다.

바스락.

서류를 넘겨가던 당설련의 입가에 희미하게 미소가 어린다. 그리고 잠시 후 당설련은 피식 하고 웃음을 흘렸다.

"조가장의 아들이 그래도 똑똑한 편이네."

"네. 아비와는 달리 아주 협조적이라고 합니다."

"하지만 그렇다고 그를 완전히 믿을 수는 없지."

탁.

보고서를 내려놓으며 당설련이 차가운 표정으로 말했다.

"그들은 자신들이 피해를 입었다고 생각하는 사람들이야. 언제고 원한을 갚으려 들 테니 결코 이 점을 잊지 말라고 당일기에게 전해."

중년의 무인은 고개를 숙여 당설련의 말을 받들었다.

"이로써 섬서성에도 기반을 마련한 셈인가?"

당설련은 혼잣말처럼 중얼거렸다. 섬서성의 성도인 서안(西安)에도 태평맹 지부를 세우기는 했다. 그러나 서안 지부를 통해 큰 이득을 보기는 힘들었다.

필요 이상으로 화산을 자극하지 않기 위해 공격적인 외부 활동을 삼가고 있었기 때문이다. 오히려 상주야말로 태평맹이 노리던 전략적 지역이었다. 이제 그 노력이 결실을 맺어 확실한 기반을 잡은 셈이니, 상주로부터 들어오는 이익이 작지 않을 터였다.
"조가장주에 대한 해독은 어떻게 할까요?"
"흠."
당설련은 잠시 생각했다. 보고서의 말미에는 상주의 주요 무인들 중에 하독(下毒)한 사람들의 이름과 그 상세 내용이 적혀 있었다. 아직 자각 증상이 없는 사람들이 대부분이었지만, 중요 무관과 문파들의 요인들이 모두 포함되어 있는 방대한 양이었다.
조가장의 장주 조웅은 그 중에서도 가장 위독한 상황이었다. 물론 주변에서는 심한 정신적 충격에 의해 몸져누운 것으로만 알고 있었다.
사실 조웅은 실제 그렇다 해도 전혀 이상할 것이 없는 처지였다. 수십 년 지켜온 상주를 한순간에 빼앗긴 셈이니 말이다.
조가장은 상주의 숱한 의원들을 불러 조웅을 치료하고자 했지만, 의원들은 마음에 병이 든 것이라 어찌할 수 없다며 고개를 저을 뿐이었다.
결국 그나마 총명한 조홍이 태평맹에 적극 협조하며 당문의 의술을 빌려주기를 간청하고 있는 것이 조가장의 현재 상황이었다.
"요청대로 의원을 보내주도록 해."

당설련은 말했다.

"다만, 일시적인 완화증상을 보이도록 하되 이미 병이 깊어 어쩔 수 없다는 점을 분명히 하도록 하고."

그것은 조가장 장주 조웅의 사망선고나 마찬가지였다. 중년의 무인은 깊이 고개를 숙여 그녀의 명을 받든다.

"아, 그리고."

"네."

"그 아들이 병으로 위독하다는 소식은 아마 내년 이맘때쯤 올라오면 좋을 테지? 효심이 깊은 아들이니 아비의 죽음을 당하여 시름시름 앓는 것도 어색하지는 않을 테고."

"그렇게 조치하겠습니다."

태평맹의 대외 총괄 군사, 당문설화 당설련은 만족한 듯 고개를 끄덕였다.

"자, 이로써 아홉 개 성(省)에 대한 일차 정비 단계가 모두 끝난 셈이니……."

당설련은 아까 보고 있었던 서류를 집어 들며 사뭇 즐거운 듯한 목소리로 말했다.

"이제 대회(大會)를 열 차례지?"

그녀가 들어올린 서류에는 태평맹(太平盟) 무림용봉지회(武林龍鳳之會)라는 글자가 뚜렷하게 적혀 있었다.

제8장
일검(一劍)

 관의 깃발을 올리고 유유히 관도를 달리는 운현 일행의 길에는 거칠 것이 없었다. 감찰어사 조관이 세심하게 여정을 계획한 탓인지, 혹은 그저 운이 좋았던 것인지는 모르지만 운현 일행의 마차는 아무런 문제나 어려움 없이 여정을 계속해나갔다.
 덕분에 운현과 감찰어사 일행은 자주 이런저런 이야기를 나눌 수 있었고, 항주에 다다를 무렵에는 꽤 편안한 분위기를 만들어 갈 수 있었다. 물론 그 대부분은 분위기를 띄울 줄 아는 담소하의 덕분이기도 했다.
 "항주군요."
 문득, 마차 밖을 내다보던 운현이 작은 목소리로 중얼거리듯 말했다. 그 소리에 감찰어사 일행 역시 바깥 풍경을 내다보았다.

언뜻 보기에는 이제까지의 풍경과 별다를 바 없어 보였지만 운현에게는 차이가 보이는 모양이었다. 감찰어사 조관은 운현에게 조용히 말했다.

"항주에서 배로 갈아타고 북상할 예정입니다."

운현은 고개를 끄덕였다.

"오래 머무를 수는 없을 듯합니다."

감찰어사 조관의 말에 운현은 다시 고개를 끄덕였다. 조관은 운현이 항주에 들러야 한다고 말했던 것을 기억하고 있었다. 그것이 무슨 용무인지는 모르지만 오래 지체할 수는 없었다.

"항주에 도착하는 대로 숙소를 정하도록 하겠습니다. 그 후에 저희가 귀인을 호위하도록 하지요."

"호위하실 필요까지는 없습니다."

운현이 말했지만 조관은 받아들이지 않았다.

"송구하오나 이곳은 항주입니다. 영웅맹의 영향력을 생각할 때, 귀인께서 혹여 위험에 처하신다면……."

"제가 위험에 처하는 일은 없을 것입니다."

조관은 사양하는 운현을 쳐다보다가 나지막한 목소리로 묻는다.

"굳이 호위를 물리실 만한 일이십니까?"

운현은 쓴웃음을 지었다. 조관이 짐작하는 바를 알 것 같았기 때문이다.

"다른 사람의 눈을 피해야 하는 일은 아닙니다. 단지, 여러분을 번거롭게 할 필요까지는 없다고 생각하기 때문입니다."

조관은 가볍게 안도의 한숨을 내쉰 후 대답했다.

"그렇다면 귀인의 호위를 허락해 주시기 바랍니다."

운현은 결의에 찬 조관의 표정을 보았다. 이 여정의 책임자인 그의 처지를 생각할 때 아무래도 더 이상 사양할 수는 없을 것 같았다.

"알겠습니다. 대신 호위는 최소한의 인원만으로 해주십시오."

운현의 의도는 감찰어사 조관만의 동행이었다. 그러나 조관의 생각은 달랐다.

"그러면 군사들은 물리도록 하겠습니다. 귀인의 호위는 여기 있는 저희들만으로 하지요."

운현이 나지막이 한숨을 내쉴 무렵, 어느새 일행의 마차는 항주에 들어서고 있었다. 이제는 무림맹이 아닌 영웅맹이 버티고 있는, 호반(湖畔)의 도시 항주에.

항주는 변한 것이 없었다. 북적거리는 사람들, 화려한 거리들, 그리고 여전히 아름다운 서호(西湖)까지. 항주 혈사라고도 불리는 그 끔찍한 일들은 마치 일어나지도 않았던 것 같은 모습이었다.

미녀의 호수라 일컬어지는 서호와 함께 항주의 거리는 여전히 화려하고, 그리고 태평스럽기만 했다.

"의외로군요."

항주 거리를 지나던 마차 안에서, 항장익이 감찰어사 조관에게 말했다.

"생각보다 영웅맹이 처신을 잘 하는 듯합니다."

영웅맹은 본디 수적의 집단이다. 당연히 약탈이 있으리라 여겼는데 의외로 항주 거리의 모습이 평온해 보이니 항장익의 감탄도 당연한 일이었다. 그러나 감찰어사 조관은 아무 말이 없었다.

"우와. 누님, 저것 보세요."

신이 난 것은 담소하였다. 그는 화려한 항주 거리를 지나는 동안 연방 감탄사를 내뱉어 가며 구경에 여념이 없다.

"야, 조용히 해."

진예림이 핀잔을 줬지만 담소하는 신경도 쓰지 않았다. 아예 마차 밖으로 나갈 것 같은 자세로 담소하는 항주의 거리 모습을 구경하는 것에 열중하고 있었다. 어찌 보면 막내 동생 같은 그런 태도여서, 운현은 슬그머니 웃음을 머금기도 했다.

따각 따각.

천천히 항주 거리를 가로지른 마차 행렬은 곧 화려하고 커다란 객점에 도착했다. 마차를 들이고 짐을 푼 후, 운현은 감찰어사 일행과 함께 객점을 나섰다.

조관은 운현이 누군가를 만나려는 것이리라 생각했다. 때문에 운현이 항주 시내를 벗어날 때에는 조금 당황했고, 그 당혹감은 운현이 관도를 벗어나 길도 없는 숲으로 들어서는 것과 함께 더욱 커져만 갔다.

 다른 일행 역시 묵묵히 뒤를 따르고는 있었지만 대체 운현이 어디로 가는 것인지 의아한 것은 마찬가지였다. 하지만 운현은 아무 말도 없이 발길을 재촉하기만 했다. 때로는 이리저리 방향을 트는 통에, 대체 목적지를 정확히 알고나 있는 것인지 의심스러울 정도였다.

 그렇게 숲길을 헤치고 나가기를 얼마나 했을까?

 바스락.

 수풀을 헤치고 나서자 문득 작은 공터가 나왔다. 그리고 그제서야 운현은 발걸음을 멈췄다. 이곳에 이르기까지 단 한 번도 쉬지 않았던 발걸음을.

 "후우."

 조관은 숨을 가다듬었다. 앞서가는 사람을 무작정 따라가는 것은 생각보다 쉽지 않은 일이었다. 잠시 후, 숨을 가다듬은 조관은 그제서야 주위를 둘러보았다.

 '흐음.'

 보이는 것은 아무것도 특별할 것 없는, 그저 평범한 숲속의 공터에 불과했다. 희미하지만 분명히 풍겨오고 있는 이 악취를 제외한다면 말이다.

조관은 자세히 주위를 살피기 시작했다. 다른 일행들도 이미 각자 자신의 방식대로 상황을 파악하기 시작하고 있었다.

담소하는 진예림과 함께 이리저리 다니며 흙을 살피기도 하고, 나무에 난 상처들을 살펴보기도 했다. 항장익은 지도를 꺼내 이곳의 위치를 파악하고, 백운상은 공터 전체가 보이는 곳에 서서 주변을 감시했다.

대강 주변을 파악한 조관은 다시 운현을 쳐다보았다. 운현은 처음 도착했을 때 모습 그대로 묵묵히 서 있었다. 무언가 깊은 생각에 잠긴 것 같은 모습이었다.

"귀인."

조관이 운현을 부르려는 그때, 운현이 몸을 숙였다. 조관은 운현에게 가까이 다가갔다.

'응?'

몸을 숙인 운현은 한 손으로 흙을 만지고 있었다. 마치 흙속에 떨어진 무언가를 찾는 듯, 가늘게 떨리는 그의 손가락이 가볍게 검붉은 흙을 헤집었다.

'검붉은 색……'

그 검붉은 색의 정체가 무엇인지 조관은 짐작할 수 있었다. 아까부터 코끝을 자극하고 있는 이 악취와 함께 말이다.

"조 대인."

담소하가 진예림과 함께 조관에게 다가왔다. 주변을 살피는 일이 대강 끝났다는 의미다.

"급하게 시신을 파묻은 흔적이 여기저기 보입니다. 흙에 남은 혈흔과 지형의 상태로 보건대 이곳에서 격렬한 싸움이 있었던 것 같습니다."

"관군의 흔적은 아니에요. 나무에 남은 검흔을 보면 이건 무림인들의 짓입니다. 아마도……."

진예림은 슬쩍 고개를 돌려 항주를 향했다. 그녀의 뒷말은 분명히 영웅맹을 지칭하고 있었다.

"지리적 위치로 보면 아마 이전 항주 혈사 당시 접전이 벌어졌던 장소로 추정됩니다. 자세한 상황은 알 수 없지만 이곳에서 무림맹과 영웅맹의 충돌이 있었던 것 같습니다. 하지만 문제는 저곳과 저곳, 저곳의 흔적입니다."

담소하는 몇 군데를 손가락으로 가리키며 말했다.

"흔적이 대단히 크고 격렬합니다. 화약을 사용한 것 같지는 않은데, 마치 화포라도 사용한 것 같은 커다란 흔적입니다. 이곳에서 무림맹과 영웅맹의 충돌이 있었다면, 적어도……."

뒷말은 진예림이 이었다.

"최소한 일파의 장문인급, 아니 그 이상의 고수들이 격돌한 흔적이에요."

"시신을 파묻은 곳은 어디인가?"

조관의 물음에 담소하가 멀리 떨어진 한 곳을 손가락질했다.

"저곳입니다. 시신을 한데 모아 급히 파묻은 것 같습니다."

조관은 힐끗 운현을 쳐다보았다. 아무리 봐도 이곳은 누군가를 만나기 위한 장소는 아니었다. 굳이 누군가를 만난다고 말한다면, 이미 죽은 누군가의 흔적을 찾으러 왔을 경우뿐이다. 그러니 만일 그의 짐작이 맞는다면 최악의 경우 그 시신들을 도로 파내야 하는지도 모른다.

"이상 없습니다."

주변을 감시하던 백운상이 조관에게 짧게 보고했다. 항장익도 지도에 지형을 표시하고는 조관 옆으로 다가와 섰다. 그리고 자연스럽게 그들의 시선은 아직도 몸을 숙인 채 흙을 매만지고 있는 운현에게 향했다.

"귀인?"

운현은 일어섰다. 그의 얼굴은 딱딱하게 굳어 있었다. 어찌 보면 격동을 참아내는 듯 보이기도 했고, 아픈 과거를 떠올리는 것처럼 보이기도 했다.

"귀인."

다시 한 번 그의 이름을 부르는 조관의 목소리에 운현은 고개를 돌렸다.

"죄송합니다."

운현은 나지막한, 그러나 떨리는 목소리로 대답했다.

"잠시만 기다려 주십시오. 어쩌면, 어쩌면……."

확연히 떨리는 목소리. 운현의 목소리는 어찌할 수 없는 격동과 희망, 그리고 실망에 대한 두려움을 동시에 담고 있었다.

조관은 의아한 표정으로 운현을 쳐다보았다. 갑자기 운현이 저런 반응을 보이는 이유가 무엇일까? 회한에 잠기는 것은 어쩔 수 없다 해도 말이다.

"아차!"

혼잣말처럼 중얼거리던 운현은 문득 생각난 듯 조관 일행을 돌아보며 말했다.

"여러분, 빨리 이곳을 피하십시오!"

"네?"

조관은 물론 일행 모두의 의아한 시선이 운현에게 향했다. 그러나 운현은 다급했다. 혹시 모른다는 갑작스러운 생각에 사로잡혀 그만 다른 일들을 까맣게 잊고 있었던 것이다.

"누군가 이곳에 곧 도착할 것입니다. 그러나 그가 누구일지는 저도 확신할 수 없습니다. 그러니 어서……."

"귀인, 대체 무슨 일인지……."

조관이 말했다. 갑작스런 운현의 태도 변화에 당황한 것은 조관만이 아니었다. 진예림은 이미 눈살을 있는 대로 찌푸리고 있었다.

"이런!"

순간, 운현은 낭패한 표정이 되었다. 그와 함께 낯선 웃음소리가 숲속의 공터에 울려 퍼진다.

"허허허."

묵직한 웃음소리와 함께 한 사내가 모습을 나타냈다.

"오랜만이로구나. 아이야."

마치 한참 전부터 이곳에 있기라도 했던 것 같은 여유로운 인사였다. 그러나 조관을 비롯한 일행의 얼굴에는 경악이 떠올라 있었다. 그는 마치 신선이라도 된 양 하늘에서 표표히 떨어져 내리고 있었기 때문이다.

탁.

그가 가볍게 땅을 딛자 운현이 굳은 얼굴로 대답한다.

"오랜만입니다."

붉은 비단에 황금빛 실로 문양을 수놓은 화려한 옷을 입은, 마치 고관대작과도 같은 중후한 인상을 지닌 중년의 사내는 한 손으로 느긋하게 수염을 쓰다듬고 있었다.

"철혈사왕(鐵血蛇王)…… 아니, 이제는 영웅맹의 맹주라 불러 드려야겠군요."

사내는 운현의 말에 씨익 미소 지었다. 그러나 조관을 비롯한 감찰어사 일행의 얼굴은 경악으로 물들었다. 백운상과 진예림처럼 무림에 대해 어느 정도 알고 있는 사람들은 아예 얼굴이 하얗게 질려버릴 정도였다.

그들의 앞에 나타난 사람은 환우 오천존의 일인이자 이제는 천하를 양분하는 영웅맹의 맹주(盟主), 바로 철혈사왕(鐵血蛇王) 염중부였다.

"철혈사왕 염중부!"

스윽.

감찰어사 일행의 나지막한 음성에 반응하듯 운현은 반 보를 움직여 조관의 앞을 막아선다.

"그 아이들 걱정이라면 하지 않아도 좋다."

염중부는 운현을 보며 자애로운 표정으로 미소를 지어 보였다.

"지금은 관인을 건드릴 기분이 아니니까."

'관인?'

운현은 어째서 염중부가 감찰어사 일행의 신분을 알고 있는지 의아했다. 그러나 지금은 그것에 신경 쓸 때가 아니었다.

"네가 한 번은 이곳에 돌아올 줄 알았다."

염중부의 말은 기다리고 있었다는 뜻과 마찬가지였다. 운현은 고개를 끄덕였다.

"이곳을 지켜보는 눈이 있는 것을 알고 그럴지도 모른다고 생각했습니다."

운현이 격동한 것은 단지 회한이 어린 이 장소에 도착했기 때문만이 아니었다. 이곳을 지켜보는 눈들이 있었다. 그리고 그 중의 하나가 운현이 나타나는 것과 동시에 사라졌다.

운현은 누군가 자신을 기다리고 있다는 것을 확신했고, 문득 그 누군가가 자신에게 어쩌면, 어쩌면 정말 기적과도 같은 소식을 전해줄지도 모른다는 생각이 떠올랐다.

그것이 바로 운현이 격동에 휘말려 아무것도 하지 못하고 있었던 이유인 것이다. 비록 이것이 함정일 가능성 또한 무시할 수 없었다고 해도 말이다.

"하지만 당신이 올 줄은 몰랐습니다."

"후후후."

짐짓 여유로운 미소를 지으며 염중부는 수염을 매만졌다. 그리고 문득 말했다.

"지난번에는 아주 잘하더구나."

난데없는 말이었다. 그러나 그가 무엇에 관해 말하고 있는지 운현은 금방 알 수 있었다. 바로 항주 혈사에 관한 이야기였다.

"아마 그로서는 뼈아픈 실책이었을 것이다. 네가 꽁무니 빼는 모습을 보며 웃고 있는 동안, 너는 그의 목에 칼을 들이댔으니 말이다."

염중부가 지칭하는 '그'가 누구를 의미하는지도 운현은 금방 알 수 있었다. 그는 바로 문왕을 의미하는 것이리라. 이제는 혈공자 문왕이라 알려진 바로 그자 말이다.

하지만 이해할 수 없는 것은 염중부가 말하고 있는 내용이었다. 그의 목에 칼을 들이댔다고 표현할 만한 일이 있었던가? 운현은 침묵했고 염중부는 운현의 침묵을 조금 다른 방향으로 해석했다.

"어찌 보면 나는 너에게 감사를 표해야 할지도 모르지. 네가 그의 계획을 완전히 엉망으로 만들어 놓은 덕분에……."

염중부는 뒷말을 잇지 않았다. 잠시 운현을 쳐다보던 그는 문득 이렇게 말했다.

"보면 볼수록 놀랍군. 이렇게 보면 그저 평범한 어린아이에 지나지 않아 보이는데 말이지."

지금 운현의 나이는 결코 아이라고 불릴 정도는 아니다. 그러나 염중부는 항상 운현을 아이라 불러왔다. 사실 무림에 알려진 염중부의 나이로 보자면 운현이 아이라 해도 과언이 아니긴 하지만 말이다.

"어찌됐건 네 덕에 나는 작은 여지를 얻었고, 그는 많은 것을 잃었다. 하지만 조심하는 게 좋을 게다. 그는 자기 것을 빼앗기고 가만히 있는 성격은 결코 아니니까. 어쩌면 네 칼을 부러뜨리려고 노리고 있을지도 모르지."

운현은 살짝 눈살을 찌푸린다. 적어도 그가 아는 철혈사왕은 이렇게 많은 말을 하는 사람이 아니었다. 그리고 물론 운현을 걱정하는 사람도 역시 아니다.

"어째서 제게 이런 것을 말씀해 주시는 것입니까?"

묻는 운현의 눈동자에는 경계의 빛이 가득했다. 염중부는 마치 군자인 양 자애로운 웃음을 지어 보였다.

"말했지 않느냐? 내가 얻은 것에 대한 감사의 표현이라고."

운현은 조용히 고개를 저었다.

"그것만이라면 이 외진 곳에 사람을 심고 기다리실 필요까지는 없으셨을 테지요."

"후후."

염중부는 만족한 듯한 미소를 지었다.

"옳다. 나는 너를 기다렸고, 이렇게 만났다. 자부심을 가져도 좋을 게다. 천하에 내가 기다렸다는 표현을 쓸 수 있는 사람은 거의 없으니까."

"어째서입니까?"

"내가 너를 중요하게 생각한다는 뜻이다."

운현은 염중부를 똑바로 바라보았다. 염중부의 눈은 웃고 있었다. 마치 곧 벌어질 일에 대한 즐거움을 기대하기라도 하듯이.

"그래. 예를 들면……, 이곳에 피범벅이 되어 누워 있던 한 녀석을, 그저 그 녀석이 너와 관계가 있다는 이유만으로 수고로움을 감수하며 따로 챙겨놓을 정도로 말이지."

쿵.

묵직한 무엇이 운현의 심장에 떨어졌다. 지금껏 참아왔던 격동이 다시금 온몸을 뒤흔든다.

"사, 살아 있습니까?"

운현의 목소리는 심하게 떨렸다. 아니, 말을 제대로 잇는 것이 스스로 놀라울 정도였다. 그러나 돌아온 대답은 잔인하기만 했다.

"허리가 으스러지고 내장을 전부 땅에 쏟았다. 설령 신선(神仙)이 그 자리에 있었다 해도……."

염중부는 은은한 웃음을 떠올리며 말했다. 마치 운현의 덧

없는 기대를 비웃기라도 하듯.

"그런 녀석은 살릴 수 없다."

알고 있었다. 알고 있었는데도, 바닥이 무너지는 것 같은 상실감이 몰려오는 것을 어찌할 수 없다. 그러나 운현은 이를 악물었다. 지금은 주저앉을 수 없다. 지금은 약한 모습을 보여서는 안 된다. 적어도 지금만은.

"그의 유해(遺骸)는 어디 있습니까?"

스스로 생각하기에도 놀랄 정도로 침착한 목소리. 운현의 물음에 염중부는 여유로운 표정으로 대답한다.

"유해라기엔 조금 어폐가 있군. 수습을 잘 해 놔서 보기에는 아직 멀쩡하거든."

"어디 있습니까?"

다시 한 번 운현은 물었다. 흥분하지도, 화를 내지도, 목소리를 높이지도 않았다.

다만 처음처럼 그렇게, 염중부에게 물었다. 염중부는 운현의 시선을 똑바로 마주하며 되묻는다.

"가져가려느냐?"

운현은 염중부를 똑바로 직시할 뿐, 대답하지 않았다. 염중부는 다시 피식 웃고는 짐짓 생각하는 듯 수염을 매만지며 말한다.

"뭐, 내어줘도 좋겠지. 남의 시신(屍身)을 맡아 놓고 있는 것이 그리 기분 좋은 일은 아니니까. 하지만 그보다는······."

염중부는 운현을 바라보며 웃었다.

"더 간단한 방법이 있지 않겠느냐?"

후욱.

순간 엄청난 기세가 철혈사왕 염중부로부터 쏟아지기 시작했다. 운현 뒤에 서 있던 감찰어사 일행은 그가 뿜어내는 기세에 얼굴이 하얗게 질려간다.

"이대로 조용히 나를 따라 오겠다면, 내 각별히 아량을 베풀 수도 있다."

염중부는 비릿한 웃음을 숨기지 않으며 말했다. 그와 함께 쏟아지는 그의 기세는 마치 당장이라도 운현 일행을 집어삼킬 듯했다.

하지만 정작 맨 앞에서 그의 기세를 그대로 받아내고 있는 운현의 표정은 아무 일도 없다는 듯 담담하기만 하다.

"정중한 초청이라면 거절할 이유가 없습니다."

운현의 대답에 염중부의 웃음이 짙어진다. 그러나 그것은 조금 이른 판단이었다.

"그러나 그것이 강압이라면 문제가 달라지지요."

운현은 말했다.

"저는 가지 않겠습니다."

"호오."

염중부는 짐짓 의외라는 듯한 표정을 지어 보였다. 하지만 그의 눈에 서린 비웃음은 사라지지 않는다.

"꽤나 당돌한 모습이로구나. 아주 놀라워. 하지만······."
비릿한 웃음을 피어 올리며 염중부는 말했다.
"내게 그런 허세는 통하지 않는다."
후우욱.
그 말과 함께 염중부의 기세에 살기가 실리기 시작했다. 분명한 위협이었다. 자신의 말에 따르지 않는다면 지금 당장이라도 죽이겠다는 명백한 위협.
"크윽."
신음소리는 뒤에 선 감찰어사의 일행으로부터 흘러나왔다. 철혈사왕 염중부의 기세를 견디지 못하고 있는 것이다.
지금이 위험한 상황이라는 것도, 여차하면 운현의 목숨이 위험하다는 것 역시 잘 알고 있었지만 감찰어사 일행 중 아무도 앞으로 나서지 못했다. 이 기세를 거스르고 나설 수가 없는 것이다.
그러나 정작 운현은 여전한 모습으로 표정 하나 변하지 않은 채 그 기세에 맞서고 있었다.
철혈사왕 염중부의 머릿속에 여러 가지 가능성들이 동시에 떠오르며 어쩌면 운현의 상태가 자신이 알고 있는 것과는 다를 수도 있다는 생각이 들었다.
'혹시 독선(毒仙)이?'
문득 독선이 운현을 돕지 않았을까 하는 생각이 스쳐 지나간다.

'흥, 그렇더라도…….'

 운현이 무슨 일을 당했는지는 자신이 직접 확인했다. 만옹 인태상이 혈공자 문왕에게 보고한 내용도 다 들었다. 설령 독선이 운현을 도왔다 해도 분명히 한계는 있다. 무엇보다 아직까지 운현에게서 아무런 기세도 느껴지지 않고 있다는 것이 그 증거가 아닌가?

 "저런, 네가 데려온 관인들이 몸이 좋지 않은 모양이로구나. 저런 상태라면……."

 염중부는 짐짓 혀를 차며 말했다.

 "어디 내 한 수나 제대로 받아낼 수 있겠느냐?"

 "관인을 건드릴 기분은 아니라고 하지 않았습니까?"

 운현의 말에 염중부는 피식 웃으며 말했다.

 "기분이란 쉽게 바뀌기도 하는 것이지. 자, 이제 어찌 하려느냐?"

 염중부의 물음에 운현은 그를 똑바로 쳐다보며 대답했다.

 "저는 가지 않습니다."

 "그래? 만일 내가……."

 그의 웃음이 비웃음으로 바뀌는 것은 순간이었다. 염중부는 얼굴 가득 비웃음을 떠올리며 말한다.

 "네 녀석의 단전이 만옹 인태상에 의해 부서져버렸다는 것을, 이미 알고 있다고 해도 말이냐?"

 운현은 대답하지 않았다. 염중부는 다시 말을 잇는다.

"게다가 네가 이렇게 나온다면, 그 녀석의 시신은 어찌 하려느냐?"

운현은 철혈사왕 염중부를 똑바로 쳐다보며 대답했다.

"그는……."

한 마디, 한 마디 마치 곱씹듯 운현은 대답했다.

"이미 제 가슴에 묻었습니다."

그 목소리에는 절절한 격동이 숨기지 않고 드러나 있었다.

"이런, 이런."

그러나 염중부는 비웃음 가득한 눈으로 이렇게 말했다.

"내 말을 오해한 모양이로구나. 나는 네게 이렇게 물어보고 있는 것이다. 예를 들어……."

염중부는 마치 남의 이야기를 전하듯 무심한 어조로 말했다.

"그 시신이 항주 시내에서 오체분시(五體分屍)를 당하고, 그 머리가 영웅맹 정문에 내걸린다면 그것을 지켜보는 네 심정이 어떨까라고 말이다."

운현의 눈빛에 노기(怒氣)가 서렸다. 마치 눈빛만으로도 염중부를 죽일 수 있을 것 같은 눈초리였지만 염중부는 느긋하게 그 눈빛을 마주 받았다. 이런 눈빛을 받는 것은 이미 익숙한 일이었기 때문이다.

"저도 한 가지 묻고 싶은 것이 있습니다."

운현은 낮은 음성으로 물었다. 그와 함께 운현의 전신에서 희미한 기세가 마치 아지랑이처럼 스멀스멀 피어오르기 시작한다. 염중부의 눈빛에 이채가 돌고, 어느새 그의 얼굴에서 비웃음이 사라지고 있었다.

"당신은 그의 죽음과 직접적인 연관이 없습니다. 그런데도……"

운현은 염중부를 똑바로 쳐다보며 말했다. 그 눈빛이 염중부에게는 마치 자신을 꿰뚫고 지나갈 것처럼 강하게 느껴졌다.

"그의 죽음에 대한 제 분노를 굳이 덮어쓰려는 이유가 무엇입니까?"

점점 짙어지기 시작한 운현의 기세는 이제 확연히 느껴질 정도가 되고 있었다. 염중부는 무언가 일이 잘못되어 가고 있다는 생각이 들었다.

'놈……'

염중부의 마음 한구석에 불안이 스쳐 지나간다. 그의 동물적인 감각이 위험을 경고하는 것이다. 그러나 그의 자존심과, 운현의 망가진 상태에 대한 그의 확신은 그 경고를 무시하게 했다.

어쩌면 독선이 손을 썼을지도 모른다는 생각이 들었지만, 설령 그렇다 하더라도 어느 정도까지다.

이 짧은 기간 내에 회복을 바라기에는 너무나 치명적인 상처. 게다가 자신이 파악한 운현의 상태는, 적어도 방금 전까지만 해도 무공을 전혀 모르는 범상한 자의 그것과 다름없지 않았던가? 상대가 심안(心眼)의 소유자라는 것을 감안한다면, 자신의 기세를 흘려버리는 것이나 이 정도의 허세를 보이는 일은 얼마든지 가능하리라.

'그래. 지금의 이 기세는 허세다.'

염중부는 그렇게 확신했다. 그리고 짐짓 느긋하게 운현의 물음에 대답했다. 하지만 그는 자신의 얼굴에서 비웃음이 벌써 예전에 사라지고 없다는 사실은 미처 알아차리지 못했다. 자신의 한 손이 어느새 적사편(赤蛇鞭)에 가 닿고 있다는 사실도.

"내가 그렇게 할 수 있으니까."

염중부는 대답했다.

"네 녀석의 목을 쥐고, 개처럼 끌고 갈 수 있으리라는 확신이 있기 때문이다."

지우지 못한 마음 한구석의 동요는 그의 대답을 첫 의도보다 더 격렬하고 과장되게 만들었다.

그러나 운현은 여전히 날카로운 눈으로 염중부를 쳐다보고 있을 뿐이었다. 차갑고, 냉정한, 그러나 강렬하고 날카로운 눈빛으로.

"자! 어찌하려느냐?"

염중부의 목소리가 높아졌다. 그것은 그에게 결코 흔하지 않은 경우였다. 철혈사왕이자 환우 오천존의 일인, 지금은 영웅맹의 맹주인 그가 운현 앞에서 흔들리고 있는 것이다. 그러나 염중부는 미처 그것을 의식하지 못하고 있었다.

"할 수 있으니 한다."

운현은 나지막한 어조로 혼잣말처럼 말했다.

"폭력을 행사할 수 있으니 폭력을 행사하고, 빼앗을 수 있으니 빼앗고, 죽일 수 있으니 죽인다."

운현은 탄식했다.

"대체 이런 어리석은 짓이 언제까지 이 땅에 횡행(橫行)해야 한단 말인가?"

"놈! 감히 어디서 건방진 짓을!"

염중부가 소리쳤다. 평소라면 그저 흘려들을 말이었지만 어째서인지 격렬하게 화가 끓어오른다.

마치 자신을 비웃는 것 같기도 하고, 자신을 무시하는 것 같기도 했다. 그러나 운현은 염중부의 반응에는 아랑곳 않고 천천히 말을 이어간다.

"모른다면 가르쳐드리지요."

스륵.

천천히, 운현의 한 손이 허리에 걸린 검의 손잡이에 가 닿는다.

"그래선 안 된다는 것을."

스릉.

그것은 너무나 자연스러운 동작이었다. 운현의 손이 움직이는 것과 함께 그의 검이 그 모습을 드러냈다. 그러나 그 검에 서린 엄청난 기세는, 철혈사왕 염중부에게는 전혀 예기치 못한 것이었다.

후우웅—

"헉!"

모습을 드러낸 운현의 검. 그 검에 서린 기세에 염중부는 본능적으로 적사편(赤蛇鞭)을 휘두르며 뒤로 물러선다. 자신이 놀라 숨을 삼켰다는 것도, 뒤로 물러서는 것이 꼴불견이라는 사실도 잊을 정도였다.

파지지직.

적사편이 마치 비단을 찢는 듯한 소리를 내며 휘둘러졌지만 그저 애꿎은 허공만을 갈랐을 뿐이다.

운현이 그 자리에서 한 발자국도 움직이지 않았기 때문이다. 그제야 자신의 추태를 깨달은 적혈사왕 염중부의 얼굴이 붉게 달아오른다.

"네 이놈!"

취익.

적사편이 날카로운 소리를 내며 두 개의 날카로운 독니가 운현을 향한다. 그의 절기 중 하나인 쌍두독아(雙頭毒牙)가 운현을 향해 거침없이 날아가고 있었다.

쉬잉.

운현의 검이 가볍게 휘둘러지며 거침없이 쏘아지던 쌍두독아가 흔적도 없이 사라진다. 하지만 이미 철혈사왕의 적사편은 새로운 공세를 시작하고 있었다.

투두두둥.

마치 활줄을 튕기는 듯한 소리. 무수히 많은 공세가 철혈사왕의 적사편에서 막무가내로 쏟아져 나왔다. 그 하나하나가 모두 범상치 않은 기세를 담고 있는 파괴적인 일격. 그의 또 다른 절기인 적혈사심(赤穴死心)이었다.

"조심하십시오!"

백운상이 소리쳤다. 운현의 기세에 염중부의 살기가 사그라지자 움직일 여력이 생긴 것이다. 그는 급히 검을 뽑아들며 감찰어사 조관과 일행의 앞을 가리고 나섰다. 진예림도 검을 뽑아 들고 백운상의 옆에 선다.

콰과광!

폭음과 함께 사방에서 흙이 튀어 오르고, 그 틈을 날카로운 공세가 파고든다.

카앙!

"큭!"

백운상의 검이 공세와 맞부딪히며 날카로운 쇳소리가 인다. 백운상은 검을 통해 전해지는 압력에 이를 악물었다.

카앙!

옆에서 나는 소리는 진예림의 검에서 나는 소리일 터였다.

"크윽."

나지막한 신음이 예외 없이 뒤를 잇는다. 진예림의 실력으로 이 정도의 공세를 막는 것은 확실히 무리일 터이다. 아마도 내상을 입었을 것이 분명했다. 그러나 지금은 진예림을 돌아볼 상황이 아니었다.

하나의 공세를 막아낸 백운상은 또 다른 충격을 대비했다. 그러나 무자비하게 쏟아지던 모습과는 달리 일행을 향한 공격은 그 두 개가 전부였다.

'설마?'

백운상은 고개를 돌려 철혈사왕 염중부를 바라보았다. 그리고 운현의 검이, 마치 자신들을 가로막는 것처럼 철혈사왕 염중부의 앞에서 도도하게 고개를 쳐들고 있는 것을 발견했다.

"이, 이놈……."

철혈사왕 염중부는 이를 갈았다. 자신의 적혈사심은 분명히 운현과 그 일행을 향해 거침없이 쏘아져 갔다. 사방팔방에서 무자비하게. 그러니 설령 운현이 자신을 향한 공세를 막아낸다 하더라도, 뒤에 선 일행은 종잇조각처럼 찢겨져야 했다.

그런데 운현의 단 일검(一劍)에 적혈사심의 공세가 형편없이 흐트러져버린 것이다.

마치 바람에 깃털이 날리듯, 운현이 휘두른 검에 직접적으로 닿지 않은 공세들마저 힘없이 지면으로 혹은 허공으로 흘러가 버리는 모습을 염중부는 똑똑히 보았다.

"어, 어떻게……."

그것은 정말 어떻게 했냐고 물어본 것은 아니었다. 그러나 운현은 그 질문에 대답했다.

"눈속임은, 그 깊이가 천박하기에 그저 눈속임일 따름이라 하는 것. 그저 현란하게 눈을 가릴 뿐인 이런 것은 적어도 내게는 더 이상 통하지 않습니다."

아득!

철혈사왕 염중부의 입에서 거북한 소리가 울려 나왔다.

"네가 감히! 나의 적혈사심을 그저 눈속임이라 말하는 것이더냐!"

"눈속임이 아닌 것이 있다면."

운현은 차가운 눈으로 염중부를 보며 말했다. 한 조각의 배려조차 없는 태도. 나지막한 목소리였지만 운현은 분명히 분노하고 있었다.

"어디 한번 보여 주시지요."

"오만한 놈!"

염중부는 소리치며 그의 적사편을 머리 위로 크게 휘저었다. 강맹한 기세가 서린 그의 적사편이 공기를 가르며 섬뜩한 소리를 낸다.

짜자자자작!

마치 천신의 벼락이라도 내리려는 듯, 붉은 사편(蛇鞭)이 염중부의 머리 위에서 그 회전을 더해가자 대기가 마치 찢겨지듯 울부짖고 있었다.

"어디 이것도 한번 받아봐라!"

그와 동시에 그의 적사편에서 초승달 모양의 기세가 운현을 향해 짓쳐 들어왔다. 이전에 한 번 맞닥뜨린 바 있는 철혈사왕 염중부의 절기, 적사강림(赤蛇降臨)이었다.

시이이잉.

초승달 모양의 붉고 창백한 궤적이 섬뜩한 죽음의 기운을 가득 담은 채 똑바로 운현을 향한다. 그러나 운현은 표정 하나 변하지 않은 채 그것을 바라보았다. 그리고 운현의 검이 천천히 움직임을 시작하는 순간, 철혈사왕 염중부의 입가에는 비릿한 미소가 떠올랐다.

'놈!'

염중부는 마치 분노로 이성을 잃은 듯 보였지만 그것은 일순간이었다. 운현의 검이 내뿜는 기세를 확인한 순간, 그는 절대 운현과 정면으로 부딪쳐서는 안 된다는 것을 확신했다. 대체 어찌된 영문인지 몰라도 운현은 이전보다 훨씬 더 강해져 있었다.

'괴물 같은 놈.'

만옹 인태상이 운현에 대해 탄식처럼 했던 말이 떠올랐다. 그 표현은 더할 나위 없이 정확했다.

아니, 괴물이라는 말 말고는 운현을 표현할 말이 없었다. 어떻게 단전이 부서질 정도의 치명상을 입고도 이전보다 더 강해져서 나타난단 말인가?

'이대로는 승산이 없다.'

그랬다. 이전에도 이미 그의 절기, 적사강림(赤蛇降臨)은 운현에 의해 헛되이 허공만 가른 적이 있지 않았던가? 그래서 철혈사왕 염중부는 비밀스럽게 두 번째의, 그리고 진짜 공격을 따로 준비하고 있었다. 이제껏 한 번도 선보인 적 없는, 그만의 비기(秘技)를.

파지직.

첫 번째 적사강림이 운현의 눈을 가리는 순간, 섬뜩하고 낮은 소리와 함께 철혈사왕 염중부의 적사편에서 푸른빛을 띤 또 다른 적사강림이 소리도 없이 운현을 향해 날아간다.

사실 염중부가 적사편을 그토록 오래 회전시킨 것은 바로 이것을 준비하기 위함이었다.

이것에 비한다면 첫 번째의 적사강림은, 물론 그 위력에 대해서는 여전히 자신하는 바이지만, 단지 이 새로운 적사강림을 위한 포석에 불과했다.

두 번째의 적사강림은 이전의 것보다 훨씬 작았지만 대신 더 정교하고, 더 빠르며, 더 은밀했다. 그리고 무엇보다, 더 치명적이었다. 그것은 운현이 첫 번째 공격을 막아내는 순간, 날카로운 독니처럼 운현의 빈틈을 덮쳐갈 것이었다.

탓!

철혈사왕 염중부의 안배는 그것만으로 끝나지 않았다. 그는 두 번째의 적사강림을 펼쳐낸 직후, 운현을 향해 몸을 날렸다.

첫 번째의 공격을 운현이 막아내는 순간 두 번째의 적사강림이 운현을 덮친다. 설령 운현이 두 번째 공격을 파악한다 해도 그는 피할 수 없다. 그의 뒤에 저 약해빠진 관인들이 옹기종기 모여 있지 않은가?

연이은 두 번의 적사강림을 오로지 정면으로 맞닥뜨릴 수밖에 없는 운현의 상황. 그러니 만의 하나 운현이 두 번째 비기(秘技)까지 막아낸다 하더라도, 그 충격으로 인해 그는 반드시 얼마간은 무방비로 노출될 것이다. 그리고 바로 그 한순간을 철혈사왕 염중부는 절대 놓치지 않을 것이다.

시이이잉.

자신을 향해 짓쳐오는 철혈사왕 염중부의 공세를 운현은 무심한 눈으로 내려다보았다. 그리고 천천히 검을 들어올리기 시작했다. 천천히, 그러나 물이 흐르듯 자연스럽게.

높이 올린 깃발처럼 그의 검이 하늘을 향하자, 검 끝에서 일렁이던 푸른 기운도 거짓말처럼 사라졌다. 그리고 그의 검은 나지막한 울음을 울기 시작한다.

우웅.

다음 순간, 운현은 검을 내리그었다. 위에서 아래로, 하늘에서 땅으로. 마치 온 세상을 가르기라도 할 것처럼.

콰아앙!

대기가, 아니 대지가 울부짖었다.

'허억!'

철혈사왕 염중부는 자신의 눈앞에서 적사강림이 형편없이 부서지는 것을 보았다. 그의 비기(秘技)였던 두 번째 적사강림은, 조금 버티는 듯하더니 운현의 검 앞에 마치 녹아내리듯 사라져 버린다.

그것은 이전에 운현이 자신의 공세를 빗겨내는 것과는 완전히 달랐다. 그의 평생의 절기가 눈앞에서 박살나고 있었다. 변명의 여지없이 처참하게.

'이, 이럴 수가.'

아득한 절망감이 철혈사왕 염중부를 엄습했다. 운현의 검은, 아니 그 검이 일으킨 공세는 자신의 절기를 박살내고도 멈추지 않았다. 그것은 철혈사왕 염중부를 향해 똑바로 쏟아져 내리고 있었다.

마치 하늘이 무너지고 있는 것 같았다.

후우웅.

운현의 검에서 푸른 기운이 마치 아지랑이처럼 일렁이고 있었다. 사라졌던 그 기운은 운현이 검을 멈추자 당연하다는 듯 다시 피어올랐다. 그리고 그 검날 아래 있는 사람은, 바로 철혈사왕 염중부였다.

"그, 그건 대체……."

흙먼지 속에 반쯤 나뒹굴듯 쓰러져 있던 염중부는 구겨진 얼굴로 신음하듯 중얼거렸다.

이러한 검의 경지는 그로서도 본 적조차 없는 것이었다. 검성 이검학에게서도 이런 검은 보지 못했다. 아니 검성 이검학이라 해도 이 일검(一劍)을 받아낼 수 있을지 의심스러울 정도였다.

염중부는 이를 악물었다. 그리고 고개를 들고 운현을 올려다보았다.

"왜…… 검을 멈추었느냐?"

운현은 염중부를 내려다보며 담담한 음성으로 말했다.

"당신은 틀렸습니다."

염중부를 내려다보는 운현의 눈빛은 싸늘했다.

"그것을 제가 증명했습니다."

이런 치욕이 있었던가? 평소의 그라면 지금 당장이라도 손을 뻗어 운현의 목숨을 끊고자 했을 터였다.

그러나 운현의 검 앞에 선 지금, 그는 자신의 모든 것이 아무런 의미도 없는 듯한 느낌이 들었다. 그것은 허탈하다는 느낌을 넘어, 당연하다는 느낌마저 드는 생소한 감정이었다.

"허."

문득 공허한 웃음이 염중부의 입가로 새어 나왔다.

'그랬군.'

염중부는 비로소 깨달았다. 아까 운현의 탄식에 왜 그토록 자신이 날카롭게 반응했는지 말이다. 그것은 운현이 저 높은 곳에서 자신을 내려다보고 있다는 것을 은연중에 깨닫고 있었기 때문이었다.

자신으로서는 도저히 닿을 수 없는 저 높은 곳에서, 자신을 내려다보며 혀를 차고 있다는 것을 무의식중에 감지하고 있었던 것이다.

저벅.

염중부는 일어섰다. 운현은 그것을 용납했고, 염중부는 엉망이 되어버린 의복을 간단히 추스르고는 운현을 향해 섰다.

"내일, 맹으로 와서 나를 찾아라."

염중부는 그대로 한 걸음 뒤로 물러섰다.

"그러면 네가 원하는 것을 내어주도록 하지."

탁.

가벼운 발구름과 함께 염중부의 몸이 가볍게 공중으로 떠올랐다. 운현은 염중부의 행동을 조용히 바라보고 있었고, 감찰어사 일행 대부분은 어찌된 상황인지 제대로 파악하지 못한 표정이었다. 그러나 그렇지 않은 사람도 있었다.

"잠깐 기다려!"

목소리의 주인공은 진예림이었다. 그녀는 멀어져 가는 염중부를 향해 소리쳤다.

"기다리란 말이야!"

쉬익.

진예림이 한 발을 앞으로 내딛는 순간, 한 줄기 바람을 가르는 소리와 함께 섬뜩한 느낌이 그녀의 등줄기를 타고 올라왔다.

"소저!"

운현이 진예림을 막는 순간, 본능적으로 멈춘 진예림의 발 앞에 무엇인가가 내리꽂혔다.

쿠웅!

둔탁한 충격음과 함께 자욱한 흙먼지가 일어난다. 진예림은 창백한 표정으로 자신의 발 앞을 쳐다보았다.

"가져가라. 본래 네 것이었으니."

아스라히 들리는 염중부의 목소리는 이미 멀어져 가고 있었다. 운현은 들고 있던 검을 거두고 진예림의 발치에 박혀 있는 그것을 향해 손을 뻗었다.

스릉.

차가운 검날이 운현의 손을 따라 그 모습을 드러냈다. 칼날에 흐르는 예기가 범상치 않음을 말해주는 그 검의 이름은 바로 미명(未明), 독고랑과 함께 잃어버렸던 운현의 검 미명이었다. 운현의 표정에 회한이 서렸다.

감찰어사 일행 또한 염중부의 갑작스런 방문이 가져다 준 혼란과 충격에서 쉽사리 벗어나지 못했다.

이미 염중부는 모습을 감추었지만, 아무도 입을 여는 사람이 없었다. 그리고 진예림의 눈동자는 그 중에서도 가장 격하게 흔들리고 있었다.

"후우우."

항장익의 입에서 긴 한숨이 새어 나왔다. 그는 고개를 저으며 중얼거렸다.

"대단하군요."

아직도 파랗게 질려 있는 그의 안색이 그의 진심을 말해주고 있었다. 담소하가 고개를 절레절레 저으며 한 마디를 보탠다.

"나는 진짜 죽는 줄 알았어요. 어? 백형은 뭐하시는 거예요?"

담소하는 백운상에게 가까이 다가가더니 놀란 음성으로 말했다.

"으엑. 손이 안 펴지는 거예요? 세상에, 얼마나 힘을 줬길래······."

백운상은 아무런 말없이 검 손잡이에서 떨어지려 하지 않는 자신의 오른손 손가락에 힘을 주고 있었다. 담소하가 백운상을 돕는답시고 요란을 떠는 동안, 감찰어사 조관이 운현에게 다가왔다.

"그가 정말 철혈사왕 염중부입니까?"

감찰어사 조관의 음성은 지극히 정중했다. 본래 정중한 태도로 운현을 대하던 그였지만, 지금은 특히 더했다. 운현은 고개를 끄덕였다.

"영웅맹의 맹주가 바로 저자였군요."

조관의 안색은 굳어 있었다. 영웅맹은 결코 국가에 충성을 다하는 집단이 아니다. 국가에서 감찰을 시작할 정도로 위험 요소로 인정한 무장단체가 바로 그들이다.

실제로 도찰원을 통해 내려온 명령이 영웅맹에 대한 정보

수집이 아니었던가?

비록 운현에 의해 패퇴당하기는 했다 해도, 영웅맹의 수장(首長)이 저런 능력을 가지고 있는 것을 확인한 셈이니 감찰어사로서는 근심이 앞설 수밖에 없는 것이다. 차라리 아까 그가 무력화되었을 때 바로 관가로 압송해가는 편이 낫지 않았을까 하는 아쉬움이 생길 정도로 말이다.

"어사대인."

운현의 목소리에 조관의 굳은 얼굴이 운현에게 향한다.

"최근 중앙 정계에 커다란 변화가 있었습니까? 유력자가 실각을 했다거나, 혹은 누군가가 커다란 사건에 연루되었다거나……"

조관의 눈빛이 살짝 변했다.

"어째서 그런 것을 여쭈십니까?"

"그는 내가 문왕의 목에 칼을 들이댔다고 했습니다. 그것은 즉, 문왕의 계획에 무엇인가 큰 차질이 생겼다는 뜻입니다. 실제로 염중부는 문왕의 계획이 엉망이 되었다고 언급했으니까요."

"문왕? 혈공자 문왕이라는 자 말씀입니까?"

조관은 눈살을 찌푸렸다. 항주 혈사에 대한 기본적인 내용을 알고 있던 터라, 혈공자 문왕에 대해 떠도는 소문에 대해서는 그도 이미 알고 있었다. 다만 지금 그 이름을 거론하는 것이 갑작스러웠던 것이다.

'그럼 철혈사왕이 말했던 인물이 혈공자 문왕이란 말인가?'

염중부가 했던 말을 떠올리던 조관이 다시 물었다.

"그런데 어째서 그것이 중앙 정계의 일이라 생각하신 것입니까?"

"첫째는 적어도 저는 그런 일을 한 적이 없기 때문이고, 둘째는 어사님이 관인이라는 것을 철혈사왕이 확신했기 때문이며, 셋째는 지난 항주 혈사 당시 이 지역 지방 관청이 모두 침묵했기 때문입니다."

"네?"

조관은 어리둥절한 표정을 지었다.

"제가 알기로 여러분이 관인이라는 것을 확신할 만한 일은 없었습니다. 물론 여러분의 행동을 살펴보고 의심을 할 수도 있었겠지요. 그러나 철혈사왕은 그 작은 의심을 바로 확신으로 결론지었습니다. 즉, 그는 제가 관인과 연관을 맺고 있다는 것을 지극히 당연하게 받아들였다는 뜻입니다."

"그렇다면……."

한 가지 생각이 조관의 머리를 스치고 지나갔다. 운현은 고개를 끄덕였다.

"그렇습니다. 철혈사왕의 말은 제가 관인, 즉 정계와 관련하여 무언가 했을 것이라는 것을 전제로 하고 있었습니다. 그렇다면 혈공자 문왕의 계획이라는 것은 어쩌면 중앙 정계와 관련된 무엇이었는지도 모릅니다. 실제로 지난 항주 혈사 당시 이 지역 관청이 모두 침묵 내지 방조한 것을 생각해 보면 충분히 가능한 일입니다."

"저런 무리들이 어찌 감히 조정(朝廷)에까지!"

조관은 분노했다. 있을 수 없는 일이라 생각한 것이다. 그러나 이미 그의 판단력은 운현의 말이 사실일지도 모른다는 결론을 내리고 있었다.

영웅맹에 대한 감찰을 명령한 곳은 형식상 도찰원이지만, 그 진정한 주체는 현재 동창(東廠)의 핵심인물이라 할 수 있는 병필태감(秉筆太監) 박 공공이다.

그리고 동창이 움직였다는 것이 의미하는 바는 간단하다. 황권을 둘러싼 그간의 은밀한 분쟁에 영웅맹이 어떤 식으로든 연관되어 있다는 것이다. 그렇다면 이것은 매우 심각한 일이 아닐 수 없었다.

"으음······."

분노는 빠르게 가라앉았다. 조관은 고민했다. 운현의 말은 충분히 신빙성이 있었다. 그러나 그럼에도 불구하고 조관은 대답을 망설이고 있었다.

아무리 자신이 호위를 맡은 귀인의 질문이라 해도 관원으로서 발설할 수 없는 말이 있다. 더구나 도찰원의 감찰어사로서 함부로 중앙 정계의 일을, 그것도 일반에 알려지지 않은 일을 어찌 가벼이 말할 수 있단 말인가?

"어사님."

망설이는 조관에게 운현이 다시 말했다.

"제가 염려하는 것은 철혈사왕이 한 말 때문입니다. 문왕이 제 칼을 부러뜨리려 할지도 모른다고, 그가 경고하지 않았습니까?"

조관은 입술을 깨물었다. 칼을 부러뜨린다는 것이 무엇을 의미하는지 모를 리가 없었다. 그것은 곧 조정에 있는 누군가의 목숨이 위협받고 있을지도 모른다는 의미다.

분노가 다시 조관의 가슴속에서 꿈틀거렸다. 조정이 이런 무리들에게 위협받고 있다는 사실 자체가 그에게는 참을 수 없는 모독이나 다름없었다. 그러나 지금은 분노하고 있을 때가 아니었다.

"어찌해야 옳겠습니까?"

굳은 표정으로 조관은 운현에게 물었다. 그 질문은 곧 운현의 물음에 자세한 대답을 하지 않겠다는 뜻이기도 했다. 그의 고지식함을 꺾을 수 없다는 것을 알아차린 운현은 작은 한숨과 함께 이렇게 대답했다.

"가능한 한 빨리 이 사실을 조정에 알려 대책을 세우도록 해야겠지요."

운현은 빠르게 말을 이었다.

"일단 어사님의 판단에 가장 위험하다고 생각되는 분들께……. 아니."

잠시 말을 멈춘 운현은 다시 생각을 정리한 후 말을 이었다.

"차라리 박 공공께만 알리는 것이 낫겠군요. 그 후에는 어사님과 박 공공의 판단에 따라 대책을 세우면 되겠습니다. 우선은 이 사실을 빨리 박 공공께 알리는 것이 급선무입니다."

조관은 고개를 끄덕였다. 지극히 상식적이면서도 합리적인 대답. 그 역시 전적으로 운현의 말에 동의하는 바였다.

"알았습니다. 그럼······."

재촉하듯 조관이 운현에게 말했다. 한시라도 빨리 알려야 하니 어서 이곳을 떠나자는 뜻이다. 운현은 고개를 끄덕였다.

"떠나도록 하지요."

운현의 말이 끝나기가 무섭게 감찰어사 조관과 그 일행이 기다렸다는 듯 발길을 돌리고, 운현 역시 그들을 따라 몇 걸음을 걷다가 문득 자리에 멈춰서 뒤를 돌아보았다.

사라락.

바람이 나뭇가지를 무심히 흔들고 지나갔다. 참혹한 그날의 일들이 아직도 눈앞에 생생한데, 지금 이곳은 아무 일도 없었다는 듯 석양 아래 조용히 누워 있었다. 마치 그날의 일들이 모두 꿈이기라도 한 듯.

'독고랑······.'

텅빈 마음에 바람이 스쳐 지나간다. 무너져 버린 헛된 기대가 스산한 떨림이 되어 아픔을 더하지만, 이대로 슬퍼하고 있을 수만은 없었다.

쏴아―

숲에 한차례 바람이 지나고 난 후, 운현은 몸을 돌렸다. 감찰어사 일행이 운현을 기다리고 있었다.
"저희가 앞장서겠습니다."
 조관의 말에 운현은 고개를 끄덕였다. 부근의 위치와 전체적인 지리를 파악한 항장익이 앞장을 서고, 운현은 감찰어사 조관과 함께 뒤를 따랐다.
 덕분에 일행은 미로 같은 숲을 헤치며 항주를 향해 똑바로 나아갈 수 있었다. 그리고 숲을 빠져나가는 어느 길목에서 조관은 운현을 향해 문득 낮은 목소리로 말을 건넸다.
 "지금 가장 위험한 분은……"
 운현은 고개를 돌려 조관을 바라보았다. 운현을 돌아보지도 않은 채 굳은 표정으로 발걸음을 재촉하며 감찰어사 조관은 말했다.
 "바로 박 공공이십니다."
 운현의 얼굴이 살짝 굳어졌다. 조관의 말은 운현이 예상한 그대로였다.

제9장
미래불시(未來不是)

띠링.

작은 종소리가 울리자 졸고 있던 객잔 주인은 반사적으로 고개를 들었다. 그와 동시에, 마찬가지로 근처 식탁에서 졸고 있던 점소이가 본능적으로 입구를 향해 몸을 날렸다.

"어셥쇼! 저희 객잔을 찾아주셔서 캄사함다!"

점소이는 깊숙이 고개를 숙이며 큰 목소리로 말했다. 손님에게 깍듯이 인사하라는 주인의 엄명도 있었지만, 졸고 있던 흔적을 숨기는 데도 더없이 좋은 방법이었기 때문이다.

혹 남아 있을지 모를 졸음의 흔적을 눈가에서 쓱 지워버린 점소이는 웃는 낯으로 고개를 들어 손님들을 바라보았다. 그리고 일순, 점소이의 눈살은 살짝 찌푸려졌다. 그것은 객잔 주인의 표정도 마찬가지였는데, 들어선 손님들이 영락없는 탁발승(托鉢僧)의 모습을 하고 있었기 때문이다.

이 승려들이 과연 손님인지 아니면 탁발을 하러 온 것인지에 대해 점소이가 잠시 갈등하고 있는 동안, 작은 종소리가 다시 울리며 또 다른 사람들이 들어섰다.

띠링.

"어휴, 날씨하고는……. 옷이 다 더러워졌습니다, 대사형."

이번에는 확실히 손님이었다. 수수하지만 확실히 고급스러워 보이는 무복(武服)을 입은 두 명의 젊은 청년이 막 객잔 안으로 들어서고 있었기 때문이다. 얼굴이 환해진 점소이가 다시 고개를 숙이며 큰 소리로 말했다.

"저희 객잔을 찾아주셔서 감사합니다!"

점소이의 인사는 듣는 둥 마는 둥 하던 두 사람은 입구에 서 있는 두 명의 승려를 보며 말했다.

"오늘은 여기서 묵도록 합시다."

눈치를 보던 점소이는 잽싸게 손님들을 자리로 안내했다.

"이리로 오시지요. 여기가 제일 좋은 자리입니다."

닦을 것도 없는 빈 식탁을 슥슥 문지르며 점소이가 말했다. 관도 변에 위치한 전형적인 허름한 객잔에 딱히 좋은 자리가 있을 리 없다.

볼품없이 그저 널찍하기만 한 식탁에 두 사람의 승려와 두 사람의 청년이 둘러앉고, 점소이는 그 중에 가장 돈이 있어 보이는 청년 옆에 쪼르르 달려가 웃는 낯으로 주문을 기다렸다.

물주를 찍는 점소이의 안목은 틀리지 않아서, 그 청년은 일행이 하루 묵을 방 두 개와 푸짐한 음식을 주문하여 객잔 주인을 기쁘게 하는 것은 물론, 밖에 매어 둔 두 마리의 말을 돌봐줄 것과 함께 점소이에게 슬쩍 한 푼 쥐어주는 요령까지 잊지 않았다.

그 덕분인지 쏜살같이 달려간 점소이는 금방 그들 앞에 꽤 좋은 향내를 풍기는 따뜻한 찻주전자를 대령했다.

"그나저나, 소림사에는 말이 없습니까?"

따뜻한 찻잔을 들어올리던, 무복을 입은 두 사람 중 조금 나이가 어려보이는 한 청년이 불편한 기색을 숨기지 않으며 물었다. 대사형인 영호준을 따라나온 화산파의 젊은 제자 진하성이었다.

"어찌 소림에 말이 없겠습니까?"

차분한 음성으로 대답한 사람은 소림사의 무승, 혜천이었다. 그 역시 따뜻한 찻잔을 들어올리고 있었다. 그는 찻잔을 입으로 가져가며 조용히 대답했다.

"다만 저희가 말을 요구할 만한 처지는 아니었을 따름이지요."

혜천의 대답에 진하성은 살짝 눈살을 찌푸렸다.

일견 그의 대답은 납득이 가는 것이기도 했다. 소림의 제자는 누구를 막론하고 산문을 넘지 말라는 엄명이 내려진 상황에서 혜천의 행동은 어디까지나 비공식적이고 개인적인 것이 되어야 했다. 그러니 당당히 말을 달라 할 만한 처지가 아니라는 것도 사실일 것이다.

그러나 혜천 정도의 위치라면 말 정도야 어찌 구하지 못하겠는가? 진하성이 보기에는 애초에 혜천에게 그럴 생각이 없었던 것이 분명했다.

게다가 혜천은 혼자 나타난 것도 아니었다. 진하성과 비슷한 또래의, 분명히 사제로 보이는 젊은 승려와 함께 나타난 것이다.

'말도 없는 주제에 군식구까지…….'

진하성은 속으로 투덜거렸다. 덕분에 고생한 것은 자신과 대사형 영호준이다. 말이 두 필인데 사람이 넷이다. 그렇다고 두 사람더러 걸어오라 할 수도 없는 일이라 결국 그들은 말 한 필에 두 사람씩 타야 했다.

당연히 말에게 무리가 되는 것은 물론이요, 탄 사람들도 불편하기는 마찬가지였다. 그런데 정작 이런 불편을 야기한 이 두 승려는 하나도 미안한 기색이 없으니 어린 진하성의 심사가 불편한 것도 당연한 일이었다.

그러나 이런 진하성의 속내를 아는지 모르는지 혜천은 한술 더 떠 이렇게 말한다.

"그리고 불문(佛門)에 든 사람이 길을 떠나며 안락(安樂)을 생각한다는 것도 어불성설이 아니겠습니까?"

진하성의 인내도 한계에 달했다. 그가 결국 혜천에게 무어라 한 마디 하려는 순간, 옆에서 문득 대사형 영호준의 목소리가 들렸다.
"혹시."
영호준은 복잡한 표정으로 혜천을 바라보며 물었다.
"설마 노자는······."
혜천은 천천히 고개를 끄덕였다.
"가지고 있지 않습니다."
이번에는 영호준의 눈살도 찌푸려졌다. 진하성은 어이가 없다는 표정으로 물었다.
"아니, 그럼 숙식은 어떻게 하시려고······."
"당연히 탁발을 해야지요."
"타, 탁발······."
말이 좋아 탁발이지 한 마디로 빌어먹는다는 뜻이 아닌가? 진하성은 아예 노골적으로 얼굴을 찡그렸다. 보나마나 그 탁발의 첫 대상은 다분히 자신들이 될 것이 뻔했기 때문이다. 하지만 혜천은 여전히 느긋한 모습으로 태연하게 차를 음미하고 있었다.
"원정 스님이라 하셨던가요?"
말없이 가만히 앉아 있는 다른 승려를 향해 영호준은 시선을 돌렸다. 혜천이 소림을 나설 때 함께 동행한 젊은 승려다.
"그렇습니다."
"스님은 어떻게 소림을 나설 결심을 했습니까?"

단도직입적으로 묻는 영호준의 말에 그는 당황해하는 기색이 역력했다.

"저는……."

원정은 슬쩍 고개를 돌려 혜천을 바라보았다. 마치 도움이라도 구하는 듯한 그의 시선에 혜천의 목소리가 대신 대답한다.

"본디 소림의 제자가 산문을 나설 때에는 항상 두 명이 함께 다니도록 되어 있습니다."

혜천은 찻잔을 입에 가져가며 쳐다보지도 않고 대답했다. 영호준은 마치 보란 듯이 원정의 눈앞에서 인상을 찌푸렸다.

"그럼 아무것도 모른다는 것인데……. 곤란합니다."

영호준은 정말 곤란하다는 듯, 고개까지 저으며 말을 이었다.

"이번 여정은 호기심으로 따라올 만한 것이 아닙니다. 답답한 산사를 벗어나 속세로 나간다고 하니 혹하는 마음에 아무 생각 없이 따라나선 것이라면 분명히……."

"그, 그렇지 않습니다!"

흥분한 원정의 목소리가 튀어나왔다. 영호준은 슬며시 미소를 지었다. 그의 의도가 성공한 것이다.

"결코 생각 없이 나선 것이 아닙니다. 비, 비록 저는 부족하지만 목숨을 바쳐서라도 반드시 사형께서 대의를 이루시는데……."

"그만."

조용한 혜천의 목소리가 원정의 말을 끊었다.

"그만 하면 됐다. 목숨을 바친다느니, 대의라느니. 불자로서 어울리지 않는 말이 아니더냐?"

"사, 사형. 저는……."

"안다."

혜천의 말은 그것뿐이었다. 그러나 그 한마디로 원정은 거짓말처럼 마음을 가라앉혔다. 때마침 점소이가 다가와 웃는 낯으로 말했다.

"헤헤. 손님들 방이 준비되었습니다. 혹 짐이 있으시면 지금 가져다 놓으셔도 됩니다."

혜천은 말없이 원정에게 고개를 끄덕이고, 원정은 많지 않은 두 사람의 짐을 들고 일어났다.

진하성 역시 영호준과 자신의 짐을 들고 일어난다. 그렇게 두 사람이 잠시 자리를 비우고, 영호준은 혜천을 향해 조용한 음성으로 말했다.

"착한 사제로군요."

"그렇습니다. 마음이 여린 녀석이지요."

"굳이 아끼는 사제를 동행시킨 의도는, 함부로 경거망동하지 말라는 뜻입니까?"

"아마도 그렇겠지요."

혜천은 따뜻한 찻잔을 들어올리며 대답했다.

"나의 행동 하나, 말 한 마디가 사문에 어떤 결과를 가져오게 될 것인지 다시 한 번 생각하라는 뜻입니다. 일종의 경고이

자…… 살아 숨쉬는 책임감 같은 것이지요."

"혹은 상황을 객관적으로 보고해 줄 증인, 경우에 따라서는 문파의 공식적 개입을 정당화할 명분이 되기도 하고 말이지요."

혜천은 씁쓸한 미소를 머금었다. 문파의 공식적 개입을 정당화할 명분이 된다는 뜻은 자신과 그의 죽음을 전제로 한 말이기 때문이다.

"소림이든, 화산이든…… 높은 분들의 생각이란 다들 비슷한 모양이군요."

영호준의 독백과도 같은 말에, 혜천은 영호준과 진하성 역시 비슷한 관계임을 확인할 수 있었다.

"그보다는 책임 있는 자리에 앉은 이들의 고뇌라 해야겠지요."

"글쎄요. 제게는 오히려 책임을 회피하려는 것으로 보입니다만."

혜천은 무엇이든 좋은 쪽으로 생각하는 버릇이 있다. 하지만 영호준의 생각은 조금 달랐다. 아마도 그것은 무림맹이라는 복마전을 겪으며 자연스럽게 몸에 익은 습관인지도 몰랐다.

달칵.

혜천은 들고 있던 찻잔을 내려놓았다. 그도, 영호준도 한동안 아무 말이 없었다. 그러다 문득 혜천이 입을 열었다.

"헌데, 옷은 어찌하여 갈아입으셨는지요?"

혜천의 물음은 영호준의 옷차림에 대한 것이었다. 지금 그의 복장은 도사 차림을 하고 있던 소림에서와는 사뭇 달라 보였다. 은은한 매화 문양을 넣은, 수수하지만 고급스러워 보이는 가벼운 무복차림이었던 것이다.

비록 매화 문양을 통해 화산의 사람임을 나타내고 있었지만 옷차림만으로는 그들을 도문(道門)에 든 사람이라고 판별하기는 어려웠다.

"저희는 본래 복식에 그다지 구애받지 않는 편입니다. 그저 때와 장소에 따라 적절한 옷을 선택하는 정도이지요. 어차피 옷이란……."

영호준은 빙긋 웃으며 말했다.

"그저 허망한 겉모습에 지나지 않는 것 아니겠습니까?"

무림맹에서도 손꼽혔던, 아니 무림에 손꼽히는 풍류 공자로 알려진 영호준의 말치고는 다분히 변명처럼 들리는 말이었지만 혜천은 순순히 고개를 끄덕였다.

"그렇군요. 색즉시공이라, 보이는 겉모습은 모두 허망한 것이라 하였으니 말입니다."

"그렇습니다."

"하지만 제게는 그저 항주에서 풍류를 즐기시기 위한 것으로만 보이는 것은 무엇 때문인지요?"

"스님."

영호준은 더할 나위 없이 진지한 눈빛으로 혜천에게 말했다.

미래불시(未來不是) 317

"항주야말로 모든 일이 시작된 곳입니다. 항주 혈사의 장소이자 영웅맹의 근거지인 그곳에서 시작하지 않는다면, 우리는 그야말로 가야 할 방향을 모르고 떠도는 일엽편주와 같을 것입니다. 그리고 항주에는……."

느긋한 표정으로, 마치 자신에게 모든 것을 맡기면 된다고 말하는 것 같은 표정으로 영호준은 말했다.

"저를 도와줄 사람들이 생각보다 많이 있으니까요."

혜천은 나지막이 불호를 외웠다. 눈앞의 이 사내, 풍류 귀공자로 더 알려진 이 매화검 영호준이라는 사내를 대체 어디까지 믿어야 할지 알 수 없었기 때문이다. 특히 이런 말을 할 때는 더더욱.

"좋습니다. 매화검을 믿도록 하지요."

당연하다는 듯, 영호준은 고개를 끄덕였다.

"그보다 오늘 저희 때문에 두 분이 고생하셨습니다. 내일은 부근에서 말을 구해보도록 하지요."

예를 표하며 부드러운 목소리로 말하는 혜천에게 영호준이 의외라는 표정으로 물었다.

"호오, 말이 그렇게 가볍게 구할 정도의 것은 아닐 터인데, 혹 따로 준비해 온 노자라도 있으십니까?"

방금 전 탁발을 하겠다는 말을 들은 터이니 의외가 아닐 수 없었다. 그러나 혜천은 얼굴 표정 하나 변하지 않은 채 대답했다.

"매화검께서 가지고 계시지 않습니까?"

매화검 영호준이 미처 무어라 반응을 하기도 전에, 혜천의 느긋한 목소리가 이어졌다.

"재물 또한 본디 허망한 것이니, 그리 마음 쓰지 마십시오."

태연히 찻잔을 들어올리며 혜천은 그렇게 말했다. 누가 들었다면 돈을 내는 것이 혜천이라고 착각할 법한 말투였다. 영호준은 어이가 없다는 듯 혜천을 쳐다보았다. 그러다 문득, 눈살을 찌푸리며 혜천에게 묻는다.

"한 가지만 여쭤봅시다."

영호준이 진지한 눈빛으로 말했다.

"강호에 나온 것이, 처음입니까?"

혜천은 찻잔을 내리며 대답했다.

"네. 그렇습니다."

그 간단한 대답은 영호준을 절망에 빠뜨리기에 충분했다. 혜천에 원정, 진하성까지 합치면 강호초출이 셋이다. 게다가 승려 두 사람은 고지식한 탁발승의 사고방식 그대로이고 말이다.

"후우."

자신도 모르게, 영호준은 한숨을 내쉬었다. 그의 마음을 아는지 모르는지, 혜천은 느긋하게 차향을 만끽하고 있었다.

   *   *   *

운현 일행이 머물고 있는 항주의 고급 객잔은 이른 새벽부터 사람들로 분주했다. 아침 일찍 길을 떠나야 하는 장사치들은 새벽부터 일어나 짐을 꾸렸고, 고급 객잔답게 그들을 위한 아침식사 또한 정성스럽게 준비되어 있었다.

그리고 항주의 아침을 재촉하는 듯 새벽부터 부지런하게 움직이는 이들 중에는, 감찰어사 조관의 일행도 포함되어 있었다.

"전령은 출발했나?"

"네. 방금 확인했습니다."

조관은 고개를 끄덕였다.

"좋아. 중간에 갈아탈 배편의 수배는?"

"예정대로 확인했습니다. 저희도 언제든지 출발할 수 있습니다."

"그럼, 아침 식사를 마치는 즉시 출발하도록 하지."

"알겠습니다. 아!"

항장익의 시선이 문득 뒤편을 향하는 것을 알아차린 조관은 고개를 돌렸다. 객잔 이층으로 연결되는 계단으로 운현이 내려오고 있었다.

"기침(起寢)하셨습니까?"

조관은 정중하게 인사를 표했다. 운현 역시 예의바른 태도로 답례한다.

"일찍 일어나셨군요."

아직 이른 새벽. 확실히 자리에서 일어나기엔 꽤 이른 시간이라 할 수 있었다. 조관은 싱긋 웃었다.

"준비해야 할 일이 조금 있었습니다."

"그렇습니까?"

대답하는 운현의 목소리는 가라앉아 있었다. 문득 조관은 운현의 표정이 그리 밝지 않다는 것을 발견했다.

"혹, 주무시지 않으신 것입니까?"

씁쓰레하게 웃는 운현의 표정은 조관의 말을 긍정하고 있었다.

"아직도 여정은 많이 남아 있습니다. 보중(保重)하시기 바랍니다."

감찰어사 조관이 말했다. 어제의 일을 겪었어도, 그의 투철한 책임감은 여전히 운현의 안위를 염려하고 있었다.

"감사합니다."

운현은 진심으로 그에게 감사했다. 그리고 물었다.

"연락은 보냈습니까?"

난데없는 말이었지만 조관은 운현의 질문이 무슨 뜻인지 알아차렸다. 조관은 고개를 끄덕였다.

"네. 어젯밤 급히 사람을 보냈습니다. 그리고 자세한 내용을 담은 추가 보고를 방금 보냈습니다."

어젯밤, 조관은 객잔에 도착하자마자 박 공공의 위험을 경고하는 짤막한 보고를 급하게 북경으로 출발시켰다. 그리고 밤새도록 자세한 내용을 담은 두 번째 보고서를 작성한 후, 이른 새벽에 다시 북경으로 출발시킨 것이다.

"다행이군요."

운현은 고개를 끄덕였다.

"해서, 가능한 빨리 북경으로 출발하고자 합니다."

조관은 운현의 안색을 살피며 물었다.

"영웅맹은 언제 가시겠습니까?"

운현은 영웅맹에서 찾아와야 할 것이 있다. 그 일이 끝나야 일행이 출발할 수 있을 것이다. 운현은 대답하지 않았다. 잠시 침묵을 지키던 그는 문득 조관에게 말했다.

"잠시 이야기를 나눌 수 있겠습니까?"

운현의 말에 조관은 고개를 끄덕였다.

손에 쥔 따뜻한 찻잔에서 용정차(龍井茶)의 향기가 그윽이 풍겨 나온다. 오랜만에 느껴보는 그리운 차향에, 운현은 번잡한 마음이 포근해지는 것을 느꼈다.

"좋군요."

찻잔을 내려다보며 운현은 조용히 말했다. 그러나 조관은 묵묵히 운현을 지켜볼 뿐이다. 그의 앞에도 역시 향기를 피어올리는 뜨거운 찻잔이 놓여 있었지만 그에게는 그다지 감흥이 없는 듯했다. 잠시 손 안의 따뜻함을 음미하던 운현이 입을 열었다.

"어제 일을 기억하고 계시겠지요?"

조관은 나지막이 고개를 끄덕였다. 당연하다. 어찌 그런 일을 잊을 수 있을까?

"돌아가신 분은, 가족입니까?"

운현은 희미한 미소를 지었다.

"친우입니다. 이름은 독고랑이라 하지요."

'독고랑······.'

감찰어사 조관은 잠시 기억을 더듬어 보았다. 그러나 딱히 생각나는 이름은 아니었다.

"그는 저를 구하기 위해 목숨을 던졌습니다. 그런데 저는······."

어제의 격동이 다시금 되살아나는지, 찻잔을 쥔 운현의 손에 힘이 들어간다. 잠시 후, 마음을 진정시킨 운현이 다시 말을 계속했다.

"염중부는 제 친우의 시신을 수습하고, 그 외진 곳에 사람을 심어 저를 기다렸습니다. 그가 왜 그랬을까요?"

조관이 눈살을 살짝 찌푸린다.

"귀인을 납치하고자 함이 아니었습니까?"

운현은 고개를 저었다.

"그랬다면 굳이 시신을 수습할 필요까지는 없었을 것입니다. 그가 강압적으로 나온 것은 제가 무력하다고 판단했기 때문에 취한 방법일 뿐이지, 본래 의도는 아니었습니다."

"흠."

조관은 생각했다. 운현의 지적은 옳았다. 철혈사왕 염중부가 독고랑의 시신을 수습하고, 그 외진 곳에 사람을 심어 운현을 기다린 것에는 반드시 이유가 있을 터이다. 바로 그 때문에, 굳이 운현을 영웅맹으로 오라 한 것일 테고 말이다.

"어제의 대화로 미루어 볼 때, 그는 어느 정도 독립적인 위치를 확보한 것처럼 보였습니다. 실제로 자신에게 어느 정도 여지가 생겼다고 말하기도 했으니까요. 그런 그가 저를 기다렸다는 것은."

혼잣말처럼 말을 이어가던 운현은 문득 감찰어사 조관을 똑바로 쳐다보며 물었다.

"만약 어사님의 일에 큰 영향을 미칠지도 모르는 사람이 있다면, 어사님께서는 그에게 무엇을 바라시겠습니까?"

"네?"

난데없는 질문에 조관은 자신도 모르게 눈살을 찌푸리며 반문했다. 운현의 말은 계속 이어졌다.

"그는 어사님의 일에, 혹은 앞으로 이루고자 하는 목적에 결정적인 영향을 미칠 수 있는 사람인지도 모릅니다. 그러나 아직은 확신할 수 없는 일이지요. 그렇다면 차라리 자신의 패를 숨겨두고 있다가 결정적인 순간에 드러내 보이는 것이 더 효과적이지 않을까요? 구태여 지금 그를 만나서 대체 무엇을 원하겠느냐는 말입니다."

살짝 일그러졌던 조관의 눈썹이 제자리를 찾아갔다. 운현의 말은 철혈사왕에 대한 이야기가 분명했다. 물론 이야기의 세부적인 내용을 전부 이해한 것은 아니었지만, 어쨌든 조관은 운현이 질문하는 요지를 알아차릴 수 있었다.

"결정적인 영향을 미칠 수 있다는 것은, 조정 고위직 인사의 영향력에 대해 말씀하시는 것입니까?"

조관은 운현이 조정의 영향력 있는 지위에 오를 것인가에 대해 묻고 있었다. 그런 경우라면 중대한 영향을 미친다는 말도 납득이 간다.

"아!"

운현의 두 눈이 둥그렇게 되었다.

"고위직 인사라……. 그렇군요. 분명히 그는 그렇게 생각할 수 있습니다."

미처 생각하지 못한 부분이라도 지적당한 것처럼, 운현은 놀란 표정을 짓는다. 그의 반응에 상관없이, 조관은 말을 이었다.

"조정의 고위직 인사라 해도, 아니 오히려 고위직일수록 일을 결정함에 있어 많은 변수들을 고려하게 됩니다. 그러니 명분이 확실하지 않은 사적인 청탁으로는 그다지 많은 것을 바랄 수 없게 되지요. 어떤 경우에는 차라리 개인적인 희생을 택해야 할 때도 있으니까요. 하지만 만일 반드시 그렇게 해야만 하는 경우라면……."

조관은 잠시 생각을 가다듬고는 말했다.

"결과를 예측하고 처음부터 개입해야 합니다."

운현의 눈이 반짝였다.

"자세히 말씀해 주시겠습니까?"

조관은 잠시 머뭇거렸다. 그러나 결국 입을 열 수밖에 없었다.

"저희가 감찰 대상에 대한 감찰을 시작하고 나면 결과가 나오는 것까지는 이미 정해진 수순이나 다름없습니다. 없던 것을 있다고 할 수도 없고, 있던 것을 없다고 할 수도 없지요. 그렇게 결과가 나오면 그 결과에 따라 처벌을 받게 마련입니다. 죄의 경중이 분명하게 드러난 만큼 어떠한 경우라 해도 처벌을 피할 수는 없습니다. 만일 억지로 그 결과를 비틀고자 한다면, 제아무리 고위 관료라 해도 쉽지 않은 일입니다. 최악의 경우 자신까지 함께 탄핵받을 수 있기 때문이지요."

운현은 고개를 끄덕였다. 정치는 어찌 보면 전쟁보다 더 피비린내 나는 투쟁의 장이다. 조금이라도 빈틈을 보이면, 바로 그것으로 정치 생명이 끝나는 경우가 허다한 곳이 바로 정계라는 복마전이 아니던가?

"물론 감찰어사들 중에서도 일부 부패한 자들의 잘못된 행태가 없는 것은 아닙니다만……. 크흠. 일단 표적 감찰이 시작되면 그것으로서 이미 결론이 지어졌다고 보아도 무관할 것입니다."

조관은 가벼운 헛기침을 했다. 자신의 입으로 부패한 관리들의, 그것도 같은 감찰어사들의 행태를 인정하는 것이 관원으로서 수치스러웠기 때문이다.

"그러니 가장 좋은 방법은 처음부터 감찰 대상에 오르지 않는 것입니다. 즉, 자신이 감찰 대상에 오를 것 같은 상황이라고 한다면 방법은 감찰 활동의 처음, 그러니까 감찰 기획 단계에서 개입하는 것입니다."

"감찰 기획?"

생소한 단어에 운현이 반문한다.

"감찰 활동의 목적과 대상을 설정하는 작업입니다. 예를 들어 지방 유지와 부적절한 밀착 관계에 있었다고 해도, 감찰 목적이 특정 범죄 행위에 관한 것이라면 그는 감찰 대상에 속하지 않게 됩니다. 그러니까 감찰 활동에 처음부터 개입하는 것이 유일하면서도 가장 확실한 방법입니다."

조관은 한마디를 덧붙였다.

"물론, 결국에는 다른 감찰 활동에 의해 적발되고 말 테니 이것도 어찌 보면 임시적인 방편에 불과합니다만……."

"그렇군요!"

운현은 자리에서 벌떡 일어섰다. 그리고 조관이 놀라는 것에도 아랑곳없이 생각에 잠기며 중얼거렸다.

"처음부터 개입하여 방향을 바꾼다. 그렇다면……."

생각에 잠겨 있던 운현은 번쩍 고개를 들었다.

"그가 제게 하고 싶은 말이 무엇인지 알 것 같습니다. 지금 당장 출발할 수 있겠습니까?"

감찰어사 조관은 대답했다.

"즉시 준비하도록 하겠습니다."

*   *   *

"아―함."

영웅맹의 정문을 지키던 영웅맹 소속 무사 이팔은 손으로 슬쩍 입을 가리고 하품을 했다.

혹시 동료가 볼까 해서 고개까지 옆으로 돌렸지만, 그 동료 역시 아까부터 조금씩 몰래 졸고 있다는 것을 그는 모르고 있었다.

"으으음."

하품을 하고 나자 왠지 몸이 더 찌뿌드드한 것 같아서, 이팔은 목을 이리저리 돌렸다.

"아아, 이제야 해가 뜨는구먼."

눈살을 찌푸리며 이팔은 혼잣말처럼 말했다. 그의 말 그대로, 윤곽만 보이는 항주 거리의 지붕들 위로 지금 막 환한 태양이 머리를 내밀기 시작하고 있었다.

"쳇. 날이 환해진 지가 언젠데 이제야 고개를 내미는 거야? 알고 보면 해도 참 게으르다니까. 안 그래?"

"어, 어어 그래."

이팔의 목소리에 졸고 있던 동료는 아직 졸음이 가시지 않은 눈으로 건성건성 대답한다. 졸고 있던 참이니 이팔이 무슨 말을 하는지 몰라 그의 반응이 더디다. 그러나 그의 반응에 상관없이 이팔은 자신만의 흰소리에 스스로 빠져들고 있던 중이었다.

"킥. 그러고 보니 해님도 꽤 높은 분이신가 보네. 다들 일어난 다음에 느지막이 행차하시는 걸 보니. 우리네 아랫것들이나 해뜨기 전에 빨랑빨랑 움직여야지. 킥킥."

"어어, 그, 그런가 보네. 허허."

내용도 모르는 동료는 일단 이팔의 말에 고개를 끄덕였다. 그리고 여전히 별일 없다는 것을 확인하고 난 후, 다시 슬금슬금 졸기 시작한다.

"으아아. 아직 교대 시간도 꽤 남았는데 오늘따라 왜 이리 지루하냐?"

영웅맹의 이른 아침은 그야말로 적막했다. 잠든 영웅맹을 감히 새벽부터 깨우려는 자가 누가 있으랴?

덕분에 아침에 경비 순번이 걸린 이팔은 누구의 눈치도 보지 않고 이렇게 마음껏 불량한 근무 태도를 보일 수 있는 것이다.

"하암."

이팔이 막 다시 한 번 긴 하품을 하려는 차였다. 졸고 있던 동료의 가물가물한 시야에 무언가 들어왔다.

"응?"

"뭐야?"

변고를 알아차린 이팔도 눈을 크게 떴다. 길 저쪽, 솟아오르는 태양을 뒤로 하고 항주 시내로부터 일단의 무리들이 다가오고 있었던 것이다.

"말이잖아?"

눈을 가늘게 뜨고 쳐다보던 이팔은 그 무리들이 말을 탄 대여섯의 사람들이라는 것을 알아보았다. 그리고 즉시 옆에 걸려 있던 줄을 잡아당겼다.

땡 땡.

줄 끝에 달린 종이 울리며 두 번 소리를 냈다. 요란한 경보는 아니었지만 그 신호의 의미는 즉시 안에서 대기하고 있던 다른 동료들에게 전달되었다.

"뭐냐!"

"뭐야?"

아마도 안에서 졸고 있었을 무사들 십여 명이 일시에 정문 앞으로 몰려나오고, 이팔은 창 자루를 쥔 손에 힘을 주며 말했다.

"수상한 자들이다!"

동료들도 역시 영웅맹에 접근하는 무리들의 존재를 알아차렸다. 그들 역시 긴장된 표정으로 정문 앞을 막아섰다.

따가닥, 따가닥.

긴장된 표정으로 서 있는 영웅맹 무사들을 향해 규칙적인 말발굽 소리가 울려 퍼진다. 수상한 무리들은 아주 빠르지도, 느리지도 않은 속도로 말을 몰아 영웅맹으로 다가왔다.

"멈춰라!"

이팔이 창을 겨누며 외쳤다. 함께 경비를 서던 무사 역시 창 끝을 겨눴고, 다른 동료들은 한 손을 검 손잡이에 얹은 채 무서운 눈으로 노려보고 있었다. 그러나 사태는 그들이 예상치 못한 방향으로 전개되고 있었다.

"네 이놈들!"

커다란 호통소리가 말에 탄 한 명으로부터 터져 나온다. 영웅맹 경비무사들은 움찔했다.

"감히 조정의 관원 된 자에게 창을 겨누다니, 네놈들이 정녕 국법이 두렵지 않단 말이냐!"

"관원!"

영웅맹 경비무사들이 놀란 표정으로 웅성거렸다. 관, 관원, 관군. 여하튼 관이 들어간 단어라면 일단 화들짝 놀라는 것이 그들 대다수가 가진 습성이었다.

대부분은 산채나 수채 생활을 겪었던 자들이기 때문이다. 게다가 다시 살펴보니 불청객들이 다들 관원의 복장을 하고 있지 않는가?

"과, 관에서 무슨 일이오!"

이팔은 짐짓 큰소리로 말했다. 어쨌든 밀리지 않으려는 생각이었지만, 이미 그의 목소리는 기세가 꺾이고 창끝은 아래로 내려가고 있었다.

말에 탄 사람은 대답하지 않았다. 그는 오히려 불쾌한 표정으로 일행을 둘러싼 영웅맹 경비무사들을 훑어보더니, 관원 특유의 거만한 음성으로 이렇게 말했다.

"책임자를 불러오라."

여전히 말을 탄 채로 내려다보며 하는 그의 말에 이팔은 슬그머니 성질이 나기 시작했다.

"책임자는 대체 왜 찾는……."
"내가 책임자요."
 문 안에서 한 중년인이 경비무사들을 밀치고 앞으로 나왔다. 제법 그럴듯한 무복을 차려입은 그는 일반 무사들과는 눈빛에서 풍겨나는 기세부터가 남다르다.
 그는 먼저 가볍게 손을 올려 예를 표한 뒤 날카로운 눈매로 말 위에 탄 사람을 쳐다보며 말했다.
"이른 아침부터 영웅맹에는 무슨 볼일이시오?"
 쉽사리 눌리지 않는 기백이 담겨 있는 목소리였다. 책임자를 찾던 사람의 표정이 더욱 불쾌한 듯 일그러진다.
"잠깐."
 목소리는 말을 탄 일행 중 다른 사람에게서 나왔다. 자신을 관원이라 밝혔던 이가 뒤돌아보자, 그 목소리의 주인공은 말에서 내려섰다.
 탁.
 흔히 볼 수 있는 문사의 차림을 한 그는, 말에서 내려서더니 앞으로 나왔다. 그리고 정중하게 예를 표한 후 자연스러운 목소리로 말했다.
"저는 운현이라 합니다. 영웅맹의 맹주를 뵙고자 이렇게 찾아왔습니다."
"매, 맹주님을?"
 한껏 일그러지는 상대의 표정을 보며, 운현은 이렇게 덧붙였다.

"약속이 되어 있으니, 제가 오는 것을 기다리고 계실 것입니다."

불신과 놀라움이 함께 뒤섞인 애매한 표정이 상대방의 얼굴에 떠오르고 있었지만, 운현의 얼굴은 당연하다는 듯 그저 태연하기만 했다.

* * *

"이리로 오십시오."

정중한 태도로 운현을 안내하는 사람은 무인이라기보다는 문사처럼 보였다.

그 모습에서 운현은 문득 동료였던 서기들의 모습을 떠올렸다. 아마도 예전 무림맹이었던, 지금은 영웅맹이라고 불리는 곳에 있는 탓에 더욱 그러했으리라.

"대단한 곳이군요."

운현은 영웅맹 내부를 돌아보며 말했다. 그 말이 칭찬으로 느껴져서인지, 운현을 안내하던 이의 얼굴에 자랑스러운 미소가 지어진다.

"황궁을 제외하고는 천하에 이런 곳이 없을 것입니다. 예전에 이 자리에 있던 무림맹과는 비교도 되지 않지요."

운현의 뒤를 따르던 감찰어사 조관의 인상이 구겨졌다. 비록 이곳의 건물들이 크고 화려하다 해도 감히 도적들의 소굴을 어찌 황궁에 비견한단 말인가?

 그러나 조관은 그저 인상을 찌푸렸을 뿐 무어라 입을 열지 않았다. 그보다는 은밀히 태평맹의 내부를 관찰하는 것에 더 신경을 쓰고 있었다.

 얼마를 그렇게 걸었을까? 몇 개인가의 건물을 지나 나무로 된 낭하를 통해 운현은 화려하게 장식된 커다란 건물 앞에 도착했다. 바로 예전 무림맹의 대의사청이 있던 자리였다.

 "맹주님께서는 한 분만 만나겠다 하셨습니다."

 발을 멈추고 안내인이 정중한 태도로 말했다. 감찰어사 조관은 다시 눈살을 찌푸린다.

 "그럴 수는 없소."

 다른 일행은 영웅맹 정문을 넘어오지도 못한 상태다. 관원을 들이는 것을 영웅맹 측에서 극도로 꺼려했기 때문이다.

 감찰어사 조관이 그나마 동행하게 된 것도 조관의 강력한 주장과 운현의 요청에 의해서다. 운현의 안전을 보장하지 못하는 상황을, 책임자인 조관이 결코 용납하지 않았기 때문이다.

 "그럴 수 없습니다."

 안내인은 고개를 저었다. 그의 태도는 조심스러웠지만 이번에는 결코 물러설 수 없다는 단호한 각오를 읽을 수 있었다. 이번에도 운현의 목소리가 결론을 짓는다.

 "알겠습니다. 그렇게 하지요."

"귀인."

"괜찮습니다."

운현은 조관을 향해 웃어보였다. 그리고 옆에 찬 그의 검, 미명을 툭툭 쳐 보인다. 걱정하지 말라는 뜻이다. 그러나 조관의 얼굴은 쉽게 펴지지 않는다.

"귀인, 혹 매복이라도 있다면……."

비록 어제 운현이 염중부를 이겼다고는 하나, 어디까지나 일대일의 경우다. 혹 매복이 있어 함정에 빠뜨린다면 대처할 방법이 없지 않은가?

그러나 운현은 고개를 저었다. 결국 조관은 고개를 끄덕일 수밖에 없었다.

"후, 알겠습니다."

그러나 책임자로서 그의 얼굴은 불편한 기색을 떨치지 못한다.

"조심하십시오."

마치 다짐을 받듯 조관이 운현에게 낮은 목소리로 이야기한다. 운현은 어색한 웃음으로 그의 배려에 대한 대답을 대신했다.

사락.

화려하게 장식된 커다란 방문이 소리도 없이 양 옆으로 미끄러지듯 물러나며 모습을 감춘다. 사람의 기척은 아무 데도 없었지만 운현이 발을 옮기는 것에 맞추어 몇 개인가의 문이 그렇게 모습을 감추었다가 운현이 지나면 다시 소리도 없이 닫힌다.

탁.

다섯 번째의 방문을 통과하자 고급스런 비단 휘장이 천정부터 바닥까지 몇 겹으로 드리워진 커다란 방이 나타났다.

그리고 그 휘장들 사이로 한 사람의 모습이 보인다. 화려하기 그지없는 비단옷, 금박으로 장식된 고풍스런 의자. 염중부는 여전한 모습으로 그곳에 앉아 있었다.

"왔느냐?"

염중부의 말에 운현은 가볍게 예를 취하며 대답했다.

"벗의 유해를 돌려받고자 합니다."

운현을 바라보는 염중부의 얼굴에는 불편한 기색이 숨기지 않고 드러나 있었다. 잠시 침묵하던 염중부가 말했다.

"물어볼 것이 있다."

운현은 고개를 가볍게 끄덕이는 것으로 대답을 대신했다.

"독선이냐?"

염중부의 물음은 독선이 운현을 도와주었느냐는 물음이었다. 운현은 고개를 저었다. 염중부는 눈살을 찌푸린다.

'그러면, 만옹이 거짓을 말했단 말인가?'

염중부는 운현의 단전을 부쉈다는 만옹 인태상의 말이 거짓이 아니었을까 하는 생각이 들었다. 그러나 그럴 리가 없었다.

게다가 자신도 확인한 일이 아니었던가?

'어쨌든 이제는 중요한 일이 아니지.'

어떻게 힘을 되찾았는지 묻고 싶었다. 그러나 소용없을 것이다. 대답해 주지 않을 것이 분명하니까.

다만 지금은 독선이 연관되지 않았음을 확인하는 것으로 충분했다. 독선이 연관되어 있지 않다면 당문과도 무관하다는 뜻이고, 당문과 무관하다면 태평맹과도 아무 상관이 없다는 뜻이다.

"나는 영웅맹의 맹주다."

염중부의 말에 운현이 조용히 대답했다.

"허나 영웅맹의 주인은 따로 있지요."

그렇다. 영웅맹의 맹주는 철혈사왕 염중부이되 주인은 바로 혈공자 문왕이다. 운현이 아는 바가 그러하고, 세간에 알려진 바가 또한 그러하다. 하지만 염중부는 담담한 표정으로 대답했다.

"그랬지. 하지만 이제는 아니다."

염중부는 말했다.

"그리고 나는 황실 따위는 두려워하지 않는다."

운현은 묵묵히 귀를 기울였다.

"내 평생 수많은 관원을 죽였으나 여태껏 개의치 않았고 앞으로도 또한 그러할 것이다. 허나."

굵은 눈썹을 살짝 찌푸리며 염중부가 말했다.

"귀찮고 번거로운 일에 휘말리는 것은 좋아하지 않지. 특히……."

염중부는 한 자 한 자 힘을 주어 분명히 말했다.

"그것이 내가 원하지 않은 것이라면 더더욱."

철혈사왕 염중부는 운현을 마치 노려보듯 똑바로 쏘아보았다.

"내 뜻을 알겠느냐?"

운현은 염중부의 눈을 똑바로 마주보았다. 이것이 염중부의 본래 의중이었다. 이것이 독고랑의 시신과 맞바꿔 그가 얻고자 했던 것이었다.

철혈사왕 염중부가 바라는 바는 상인(上人)의 목적과는 다르다. 또한 스스로 독자적인 움직임을 모색할 여지도 얻었다. 하지만 사실상 상인의 수하에 든 것이나 다름없는 그의 말을 누가 인정해 줄 것인가?

이미 황궁의 화살은 영웅맹을 향하고 있었고, 항주 혈사의 모든 책임을 대신 뒤집어 쓸 판국이 된 철혈사왕 염중부로서는 무언가 대책을 강구해야 했다. 그래서 그가 선택한 것이 바로 운현이었다

상인이 주목하는 소위 '문서(文書)의 주인'이자, 중앙 정계에서 혈공자 문왕이 하려던 일을 파탄낼 수 있을 정도의 영향력을 가진 사람이 바로 운현이다.

운현에게 염중부 자신의 입장을 정확히 인지시킬 수만 있다

면, 적어도 황궁의 화살이 자신과 영웅맹을 향하는 것만은 막을 수 있을 터였다.

만일 운이 좋아 운현을 손아귀에 쥘 수 있다면 최고의 패를 손에 쥔 것이나 마찬가지일 테고 말이다. 이것이 염중부의 판단이었다.

"알겠습니다."

운현은 냉정한 눈으로 대답했다.

"그러나 저와는 상관없는 일입니다."

염중부의 눈살이 크게 일그러진다.

"하지만 한 가지는 분명히 말할 수 있습니다."

철혈사왕 염중부를 똑바로 쳐다보며 운현은 말했다.

"아직 오지 아니한 것(未來)은, 결코 그렇지 아니할 것(不是)입니다."

"아직 오지 아니한 것(未來)이, 결코 그렇지 아니하다(不是)?"

운현은 천천히 고개를 끄덕였다.

"일대상인(一大上人)이 무엇을 하고자 하는지는 이미 알고 있습니다. 또한 맹주께서도 알고 있을 터입니다."

염중부는 아무 말도 하지 않았다.

"그러나 그의 일은 결코 이루어지지 못할 것입니다."

운현은 염중부를 직시하며 말했다.

"제 뜻을 아시겠습니까?"

염중부의 굵은 눈썹이 꿈틀 경련한다.

"아직 오지 아니한 것(未來)은 결코 그렇지 아니하다(不是)라……. 그렇군. 차라리 그 와중에 양패구상이라도 해준다면 더욱 좋겠는데 말이지."

염중부는 쓰게 웃었다. 운현의 말은 곧 자신이 상인의 뜻을 꺾을 것이라는 의미였다.

그리고 또한 그것은 영웅맹을 향한 경고이기도 했다. 이제부터 철혈사왕 염중부는, 무슨 일을 하건 상인이 실패할 경우를 보다 명확히 염두에 두어야 할 것이었다.

"네 뜻은 분명히 알겠다."

그는 운현을 쳐다보며 말했다.

"이 방을 나가면, 네가 원하는 것을 받을 수 있을 것이다."

"그의 마지막은…… 어떠했습니까?"

묻는 운현의 목소리는 떨림을 숨기지 못했다. 앞서와는 너무나 대조적인 그 모습에 염중부는 피식 웃음을 흘렸다.

"마지막이랄 것도 없다. 내가 도착했을 때는 이미 숨이 끊어진 후였으니까. 하지만 그 표정은……."

염중부는 문득 기분이 나빠진 듯, 살짝 눈살을 찌푸린다.

"그건 직접 보도록 해라."

염중부는 고개를 돌렸다. 이제 모든 용무가 끝났다는 투였다. 하지만 아직 운현에게는 용건이 남아 있었다.

"한 가지……."

아주 천천히, 운현은 입을 열었다.

"물어보고 싶은 것이 한 가지 더 있습니다."

운현의 물음에 염중부가 고개를 돌려 그를 쳐다본다.

"불영 대사님은 어찌 되셨습니까?"

염중부는 대답 대신 운현을 똑바로 쳐다보았다. 마치 운현이 질문을 하는 다른 의도를 탐색하기라도 하는 듯한 태도였다. 잠시 후, 염중부는 말했다.

"어제, 왜 검을 멈추었느냐?"

"당신이 선을 행하였기 때문입니다."

운현은 대답했다.

"그것이 계산에 의한 것이었든, 혹은 필요에 의한 것이었든 상관없이."

염중부 역시 대답했다.

"불영에 관한 것은, 소림에 가면 알게 될 것이다."

그리고 나서 염중부는 가볍게 손짓했다.

"가라."

그의 손짓과 함께, 두텁게 내리워진 휘장이 염중부의 모습을 가렸다. 명백한 축객령이었다. 운현은 천천히 철혈사왕 염중부의 방을 나왔다. 다섯 개의 방문이, 운현의 뒤에서 소리도 없이 닫히고 있었다. 그것으로 운현과 염중부의 만남은 끝이 났다.

운현이 염중부의 거처를 나왔을 때, 조관은 안도의 빛을 보였고 안내인은 말없이 그들을 영웅맹 정문으로 안내했다.

정문에 도착할 때까지 운현은 아무 말도 하지 않았다. 그리고 도착한 정문에서 운현은 자신을 기다리고 있는 허름한 마차 한 대를 발견했다.

"이것은?"

조관의 물음에 정문 앞에서 대기하고 있던 항장익이 대답했다.

"방금 전 영웅맹에서 나온 마차입니다. 그 외에는 아무것도……."

항장익의 눈길이 슬쩍 영웅맹을 향한다. 정문 앞에는 아직도 경계의 눈빛으로 자신들을 향하는 무사들의 시선이 가득하다.

문득, 조관은 운현이 거침없이 마차를 향해 걸어가고 있는 모습을 발견했다.

"위험합니다. 먼저 저희가……."

그러나 이미 운현의 손은 마차의 휘장을 잡고 있었다.

휘릭.

"귀인!"

마차의 휘장이 젖혀지는 것과 동시에 조관과 그 일행이 즉시 마차로 몸을 던졌다. 갑작스러운 그들의 움직임에 영웅맹 무사들까지 움찔하며 무기를 쥐는데, 정작 운현의 모습은 마치 굳어버린 듯 휘장을 젖히던 자세 그대로 멈춰 서 있었다.

그 마차 안에 독고랑이 있었다. 언뜻 보면 그저 잠을 자고 있는 것처럼 보였지만, 그의 얼굴에는 희미한 숨결도 따뜻한 온기도 없었다. 마치 밀랍으로 만든 인형처럼 창백한 얼굴로 그가 누워 있었다.

그러나 운현은 보았다. 독고랑은 미소 짓고 있었다. 그날 밤, 파란 달빛 아래 피 웅덩이에 누워 홀로 죽어가고 있었을 그는, 죽음에 이르는 마지막 순간까지도 희미하게 미소 짓고 있었다. 그때의 그 미소가 창백한 그의 얼굴에 아직도 남아 있었다.

휘장을 쥔 운현의 손이 부들부들 떨려왔다.

"귀인."

옆에 다가온 조관은 먼저 운현의 안전을 확인했다. 그가 무사하다는 사실에 나지막이 한숨을 내쉰 조관은 고개를 돌려 마차 안의 상황을 확인한다.

'이 사람이……'

조관은 마차 안에 있는 시신이 누구인지 짐작할 수 있었다. 조관은 즉시 담소하에게 손짓을 했다.

담소하는 고개를 끄덕이고는 마차 안에 누워 있는 사람에게 가까이 다가갔다. 잠시 살펴보던 담소하가 조관에게 나지막한 목소리로 말한다.

"수상한 것들은 없습니다."

조관은 고개를 끄덕였다. 그리고 운현에게 말했다.

"가시지요."

그때까지도 운현은 여전히 한 손으로 휘장을 쥔 채 서 있었다. 마치 그 모습 그대로 굳어버린 듯했다.

"귀인."

다시 한 번 조관이 재촉하자, 그제야 운현의 손에서 휘장이 풀려난다.

펄럭.

휘장은 다시금 제 모습으로 돌아가 마차의 내부를 가린다. 조관은 일행을 돌아보며 말했다.

"가자!"

운현과 다른 사람들이 각자의 말에 올라탔다. 마차는 담소하가 맡았고, 남은 말은 진예림이 한 손으로 고삐를 쥐었다.

"이랴!"

조관의 호령과 함께 여섯 마리의 말들과 한 대의 마차가 움직이기 시작했다. 그렇게 멀어져 가는 그들의 뒷모습을 보며, 영웅맹 정문 경비무사들은 그제야 안도의 한숨을 내쉴 수 있었다.

* * *

운현과 조관의 일행은 객잔으로 향하지 않고 그대로 대기하고 있던 배로 옮겨 탔다. 독고랑의 시신은 조심스럽게 배 안으로 옮겨졌고, 운현과 감찰어사 조관의 일행은 선실로 이동했다. 그 사이, 그들이 탄 배는 천천히 항주를 떠나고 있었다.

"여기 계셨습니까?"

문득 들려온 조관의 목소리에 뱃전에 기대 있던 운현은 고개를 돌렸다. 감찰어사 조관이 자신을 바라보고 서 있었다. 운현은 대답했다.

"바람을 좀 쐬려 나와 있었습니다."

조관은 가까이 다가오더니 운현과 마찬가지로 뱃전에 몸을 기댔다. 그렇게 잠시, 두 사람은 지나는 풍경을 바라보고 있었다.

"시신은 사후 보존 처리가 잘 되어 있었습니다."

담담한 목소리로 조관이 말했다. 운현은 고개를 끄덕였다. 이미 예상하고 있었다. 그래서 지금까지 모습을 유지하고 있었을 것이다.

"유가족은……."

운현은 고개를 저었다.

"없습니다. 아니…… 모릅니다."

대답하는 운현의 심정은 참담했다. 따지고 보면 자신은 그에 대해 아는 것이 없었다. 조관은 운현의 불편한 심경을 알아차렸지만, 그래도 여정의 책임자로서 계속 물어볼 수밖에 없었다.

"허면 장례는 어찌 하시겠습니까?"

'장례.'

운현은 생각했다. 어디에 그를 묻어야 옳을까? 아니, 어디에 그를 묻을 수 있을까? 이제는 익숙해진 줄 알았는데, 다시금 가슴이 먹먹해 온다. 이제는 똑바로 볼 수 있을 줄 알았는데, 문득 문득 가슴을 찌르는 예기치 않은 말들은 아직도 아프고 눈물이 난다.

"죄송합니다."

조관은 고개를 숙여 사과했다.

"아닙니다. 사과하실 필요는……."

운현은 문득 자신의 눈에 눈물이 흐르고 있음을 깨달았다. 조관이 고개를 숙인 것은 아마도 이 까닭이리라. 운현은 손을 들어 눈물을 닦았다.

"괜한 말로 심기를 어지럽혀 드렸습니다."

조관의 말에 운현은 고개를 저었다. 어차피 한 번은 겪어야 할 일이다.

"장례 문제는, 잠시만 생각할 시간을 주십시오."

"알겠습니다."

조관은 고개를 숙여 운현의 뜻을 따른다.

"그보다, 제게 물어보고 싶은 것이 있으시겠지요?"

화제를 바꾸려는 듯, 운현은 조관에게 묻는다. 조관은 고개를 들어 운현을 바라보았다.

"그렇습니다."

그럴 줄 알았다는 듯, 운현은 고개를 끄덕인다.

"그렇지 않아도 말씀드려야겠다고 생각했습니다. 쓸데없는 오해를 막기 위해서라도, 어사대인께서는 알고 계셔야 할 테니……."

조관은 말없이 고개를 끄덕여 긍정의 뜻을 표했다. 지금 그는 조정의 명을 받아 귀인, 운현을 북경으로 호위하고 있는 중이다.

도찰원 감찰어사이자 이번 일의 책임자인 조관으로서는 영웅맹의, 그것도 영웅맹 맹주와 얽힌 이번 일에 대해서 반드시 보고하지 않을 수 없었기 때문이다.

"철혈사왕 염중부는 더없이 잔혹하고 냉철한 성격이라고 하더군요. 그는 타인의 목숨을 빼앗는 데 있어서 주저함이 없고, 한 치도 손해를 보려 하지 않으며, 다른 사람의 평판에 집착하여 늘 대협으로 인정받고자 합니다. 그의 그 뻔히 들여다보이는 군자연(君子然)한 태도는 이미 겪어보셨겠지요?"

조관은 고개를 끄덕였다. 그가 본 철혈사왕 염중부의 유난히 화려한 옷차림이나 가식적인 목소리, 그리고 그 이중적인 태도는 이미 첫 만남에서부터 파악하고 있던 바이다. 게다가 죽은 자의 시신으로 거래를 하려 하다니.

"그러나 그의 무공은 천하에서 가장 강한 다섯 중에 꼽힐 정도입니다. 사람들은 철혈사왕을 오존(五尊)의 한 명으로 꼽는 데 주저함이 없지요. 당연히 그의 야망도 크고 그를 이룰 만한 능력 또한 갖추고 있습니다."

조관은 영웅맹에서 받았던 인상을 떠올렸다. 그저 도적 떼들의 모임일 것이라 생각했던 영웅맹의 내부는 의외로 상당한 규율이 갖추어져 있는 모습이었다.

마치 군대의 그것처럼 질서정연하고 확고한 체계가 갖추어져 있는 모습을 어렵지 않게 발견할 수 있었던 것이다.

"그런 그가, 다른 사람의 수하에 들었습니다."

"다른 사람?"

"일대상인(一大上人)으로 알려진 자입니다."

"상인(上人)이라……."

조관은 눈살을 찌푸렸다. 상인은 지혜와 덕을 갖춘 고승을 일컫는 말이다. 때로는 신선이나 도인을 의미하기도 하지만 어쨌거나 관원인 조관으로서는 그다지 익숙하지 않은 단어였다.

"염중부는 결코 타인에게 충성될 사람이 아닙니다. 게다가 그가 말하기를, 문왕의 실패로 인해 어떤 여지를 얻었다고 하지 않았습니까?"

염중부가 했던 말을 조관은 떠올렸다. 분명히 그는 그렇게 말했었다.

"그의 말로 미루어 짐작컨대, 그 여지란 것은 아마도 독자적인 어떤 움직임을 모색할 수 있는 가능성이란 것이 아닌가 생각됩니다."

"독자적인 움직임?"

운현은 쓸쓸하게 미소 지었다.

"예컨대, 영웅맹을 통한 무림제패 같은 것이겠지요. 천하제일인(天下第一人)이라 불리는 것이 철혈사왕 염중부의 오랜 희망이었다고 하니까요."

"도적의 수괴 주제에 천하제일인이라니, 가당치도 않은 말이군요."

조관이 불쾌한 표정을 숨기지 않으며 말한다.

"그게 꼭 그렇지만도 않습니다만……."

운현은 쓴웃음을 지었다. 태생이 관인인 조관은 무림이라는 곳을 잘 알지 못한다. 물론 그것은 운현도 마찬가지였지만.

"그런데 정작 상인의 목적은 염중부와는 아주 많이 다릅니다. 그 때문에 그는 자신과 상인의 목적이 별개라는 것을 제가 인정해 주길 바랐고 제 친우의 시신을 가지고 거래를 하려고 했던 것입니다. 하지만 저는 그 거래에 응하지 않았습니다. 그 대신 저는……."

운현은 말했다.

"그에게 아직 오지 아니한 것(未來)은 결코 그렇지 아니할 것(不是)이라고 말했습니다."

조관은 다시 눈살을 찌푸린다. 운현의 말이 무슨 뜻인지 이해하지 못했기 때문이다. 그러나 운현은 계속 말했다.

"철혈사왕 염중부 개인의 생각이 어떠하든 간에 그가 상인의 수하에 있는 것은 사실이고, 저와는 분명한 대척점에 서 있다는 것 또한 사실입니다. 비록 그가 자신이 상인과는 다른 목적을 가지고 있다고 강변한다 해도, 구태여 제가 나서서 그것을 인정하고 보증해 줄 이유는 없습니다. 아니 오히려……."

난간을 잡은 운현의 손에 힘이 들어갔다.

"영웅맹이…… 친우 분의 죽음과 관련이 있습니까?"

조관의 물음에 운현은 살짝 놀란 표정이 되었다. 하지만 곧 조관이 감찰어사라는 것을 상기하고는 씁쓸한 표정이 되었다. 그러면 자신의 반응을 놓칠 리가 없으리라.

"그렇습니다. 하지만, 염중부의 영웅맹은 아닙니다."

"염중부의 영웅맹은 아니다?"

운현은 굳은 얼굴로 말했다.

"사실 저는 염중부가 무엇을 하려 하든 상관하지 않습니다."

운현은 이를 악물었다. 그렇다. 영웅맹이나 철혈사왕 염중부에게 복수하려는 생각은 없다. 그러나 그렇다고 해서 아무 일도 없었다는 듯 행동하거나, 혹은 비록 의도하지 않았을지라도 그에게 도움을 주는 일을 하려는 생각 같은 것 또한 절대로 없다.

"천하 무림을 누가 제패하든 그것이 제게 무슨 상관입니까? 영웅맹이든, 태평맹이든, 혹 무림맹이든 자신들이 원하는 바를 행할 권리가 있고, 잘못한 바가 있다면 국법에 따라 처벌을 받으면 그뿐입니다. 그렇지 않습니까?"

영웅맹을 바라보는 운현의 시선은 냉정했다. 잘못한 것이 있다면 국법에 따라 처벌을 받을 것이다. 그것이 누구이건 간에, 혹 그것이 영웅맹의 맹주라 해도 말이다.

감찰어사 조관 또한 운현의 말에 관원으로서 십분 동감했다. 누가 무어라 한들 천하는 천자의 것이다. 조정의 권위가 지엄하고 국법이 엄연하니 어찌 한낱 무부(武夫)에 불과한 자들이 천하를 논하랴? 그것이 감찰어사 조관의 생각이며 또한 대다수 관원들의 생각이었다.

"그래서 저는 다만 아직 오지 아니한 것(未來)은 결코 그렇지 아니할 것(不是)이라고 말한 것입니다."

"그 말이 무슨 뜻입니까?"

운현은 조용한 목소리로 말했다.

"비록 일대상인이 앞날을 도모할 지라도(未來) 결코 그렇게 되게 하지 않겠다(不是)는 뜻입니다."

"그럼 그 일대상인이라는 자의 목적은 대체 무엇입니까?"

조관은 운현에게 물었다.

"그가 목적하는 바는 아마도……."

운현은 잠시 말을 멈췄다. 철혈사왕 염중부마저도 연관되기를 거부하게 만든 상인의 목적. 입에 올리는 것만으로도 껄끄러운, 그러나 분명히 확신하고 있는 그 단어를 운현은 입을 열어 짤막하게 내뱉었다.

"반역(反逆)입니다."

미래불시(未來不是) 351

짧은 단어였지만 그것이 주는 의미를 감찰어사 조관은 너무나 잘 알고 있었다. 그의 눈살이 찌푸려지고 얼굴이 형편없이 일그러진다.

그러나 운현은 굳게 입을 다문 채 더 이상 아무런 말이 없고, 두 사람을 실은 배는 유유히 대운하의 물결을 헤치며 끊임없이 북상하고 있었다.

운현의 뜻에 따라 독고랑의 시신은 화장(火葬)을 하기로 결정했다. 잠시 배가 정박한 도시에서 시신을 화장하고, 배를 타고 대운하를 따라 올라가며 운현은 독고랑을 물결 사이에 흩뿌렸다.

쏴아아.

뱃전에 부는 바람 사이로 하얀 가루는 금방 형체도 없이 사라져 버렸다. 운하에 뿌렸다기보다는 마치 바람 가운데로 사라진 것만 같았다.

하지만 운현은 그렇게 생각하지 않았다. 그가 독고랑을 묻은 곳은, 바로 그의 가슴 한가운데였다.

〈4권에서 계속〉

2009 신무협 베스트 질주 4인
드림 출간 기념 이벤트!

제 3 탄!

오랜 숙고 끝에 드디어 선보이는

『학사검전』 2부!

창룡전 학사의 붓 끝에서
무림을 격동시킨 폭풍우가 몰아친다!

최현우 신무협 장편 소설

무림의 격류(激流) 속으로 다시 돌아온 창룡검주 운현.
그가 소중한 사람들을 지키기 위해 붓 대신 검을 들었다!

제1탄, 수담 · 옥 작가의 신무협 『질주강호』(1월 23일 출간)
제2탄, 황규영 작가의 신무협 『참마전기』(2월 3일 출간)
제4탄, 강호풍 작가의 신무협 『적운의 별』(2월 18일 출간)

푸짐한 사은품 증정!!

EVENT ONE

이벤트를 진행하는 4종의 책을 '모두 구입하신 분들 중' 추첨을 통해 사은품을 드립니다.

[사은품]
1명 : <최신형 디지털 카메라> + 4종의 3권(작가 친필사인)
('EVENT ONE'에 참여하신 분들 중 30명'에게 작가 친필사인이 들어 있는 4종의 3권을 드립니다.)

[응모요령]
1,2권 띠지에 부착된 응모권 8개를 오려 드림북스로 보내주세요.

EVENT TWO

이벤트를 진행하는 4종의 책을 개별적으로 구입하신 분들 중' 추첨을 통해 사은품을 드립니다.

[사은품]
4명 : <백화점 상품권(10만원)> + 구입한 도서의 3권(작가 친필사인)
(『질주강호』(1명), 『참마전기』(1명), 『창룡검전(학사검전 2부)』(1명) 『적운의 별』(1명))

[응모요령]
1,2권 띠지에 부착된 응모권 2개를 오려 드림북스로 보내주세요.

EVENT THREE

책을 읽고 감상평을 올리시는 분들 중 11명을 추첨하여 사은품을 드립니다.

[사은품]
으뜸상(1명) : Mplayer Eyes MP3 + 서평을 쓴 도서의 3권(작가 친필사인)
우수상(10명) : 문화상품권(1만원) + 서평을 쓴 도서의 3권(작가 친필사인)

[응모요령]
이벤트 진행 도서들 중 하나를 읽고 인터넷 서점(YES24)리뷰란에 감상평을 올려주시고,
그 내용을 복사하여(이메일, 아이디 기재) 한 번 더 '드림북스 홈페이지 감상란'에 올려주세요.

[보내주실 곳] (우)142-815 서울시 강북구 미아8동 322-10
(주)삼양출판사 2층 드림북스 이벤트 담당자 앞
[이벤트 기간] 2009년 1월 30일~2009년 3월 23일
[당첨자 발표] 2009년 3월 30일(당사 홈페이지 및 장르문학 전문 사이트에 발표합니다.)

드림북스 홈페이지 http://www.sydreambooks.com
드림북스 블로그 http://www.blog.naver.com/dream_books
문피아 사이트 http://www.munpia.com/출판사 소식/드림북스
조아라 사이트 http://www.joara.com/출판사 소식

※ 응모권을 보내주실 때는 '이름, 연락처, 주소'를 정확히 기입해 주세요.
※ 사은품은 이벤트 진행도서 4종의 3권의 책이 모두 출간된 직후 일괄 배송합니다.
※ 사은품은 상기 이미지와 다를 수 있습니다.
※ 『창룡검전(학사검전 2부)』의 해현우 작가님은 해외에 체류 중인 관계로 일정이 여의치 않으면
사은품 도서에 작가사인이 없을 수도 있다는 점 미리 양해를 구합니다.

신세대 무협 작가 '3인 3색' 이벤트 진행!
(자세한 내용은 당사 홈페이지 참조)

군림마도

건아성 신무협 장편소설

ORIENTAL FANTASYSTORY & ADVENTURE

감성무협의 신기원을 열었던 『은거기인』의 작가 건아성!

이번엔 배신과 음모가 판치는 비정한 사파인들의 이야기로
끊임없이 변화를 추구하는 작가주의의 진면목을 보여준다!

하북 호혈관에서 시작된 강호 대파란.
이제 사파의 이름으로 천하 무림을 굽어보리라!

dream books
드림북스